寻常日里泼茶香

郭娟 著

北京日报出版社

图书在版编目（CIP）数据

寻常日里泼茶香 / 郭娟著. — 北京：北京日报出
版社，2023.10
ISBN 978-7-5477-4471-0

Ⅰ.①寻…　Ⅱ.①郭…　Ⅲ.①中国文学—当代文学—
作品综合集　Ⅳ.①I217.2

中国国家版本馆CIP数据核字（2023）第007334号

寻常日里泼茶香

出版发行：北京日报出版社

地　　址：北京市东城区东单三条 8–16 号东方广场东配楼四层

邮　　编：100005

电　　话：发行部：（010）65255876
　　　　　总编室：（010）65252135

印　　刷：三河市中晟雅豪印务有限公司

经　　销：各地新华书店

版　　次：2023 年 10 月第 1 版
　　　　　2023 年 10 月第 1 次印刷

开　　本：710 毫米 × 1000 毫米　1/16

印　　张：15.5

字　　数：200 千字

定　　价：69.80 元

序

　　郭娟，是一位我一直关注的女作家。之所以这样说，是因为她是我认识的女性中具有真性情的人之一。她不做作、不矫情，很率直。无论是做老师、当女儿，还是处朋友、交文友，她都是那么认真对人、正直坦荡，以我对她的了解，她可以称得上侠骨柔肠、慧外秀中。

　　郭娟是个性情中人。她乐观开朗、真诚友爱，淡泊名利又与世无争。只要看到她微信号的名字——笑语盈盈，眼前便会浮现出她欢快的样子。她以笑语面对世事和朋友，以笑语修身治学，慰藉心灵。"笑语盈盈暗香去，众里寻他千百度"，是对她的生动写照，时间是最好的证明。在人间至纯的美丽时间里，才有了一个笑语盈盈的她。

　　认识她，是在津南"沽上艺栈"举办的诗歌朗诵会上，她既是主持人，又是朗诵者。她清灵的声音飞扬的同时，也把快乐传递给每一个人。岁月未曾在她脸上留下任何斑斓的秋色，本来以为她不过三十多岁，后来通过了解才知道，她已到知天命之年。读到她第一篇文章，是《行走山水间》，写得那么潇洒，随着她的笔端，我仿佛也观了一回唐诗宋词诗情画意的山水长卷，用心与王维、苏轼，面对面地做了一番对话。

　　"走在山水间，我有一个瑰丽的梦，幻想自己是一只洁白的大鸟，翱翔在天地之间，自由如烟霞烂漫，徜徉仿佛彩云追月。游走天地间的灵魂，把玩凡心万般的虔诚，阅览风风雨雨脚步尘痕。"多么美的词句，打动心灵至最深处。

　　女子爱茶，是古代才女们的佳话。清茶一盏，不仅是风情，也是诗意，更是处世人生。茶一样的女子，是自信，是独立，是优雅，是温婉，是真诚，是无边动人的风情。茶一样的女子，是春花秋月里的李清照，是一笺素心的朱淑真，是侠骨柔肠的秋瑾，是人间四月天里的林徽因。

无意中从杂志上看到一篇文章——《寻常日里泼茶香》。只是浅浅地读了几段，便被女性温柔的笔触，知性的语言，静逸的心绪打动。待去寻找作者的名字，以作存念，竟然是文友郭娟。平时大家工作都忙，也不聊天，但是从心里觉得亲切，可能这就是人们常说的默契吧。

郭娟的文章在报刊上经常可以看到，不管是《心海那片未落的兰花》《你站这别动，等着姐》这样的亲情故事，还是《趣游大明湖》《乌镇的桥》这样的散文游记，或是《丁香雨》《烟雨里的紫色风铃》这样的随笔感悟，还是本书中没有收录的《两代妯娌》《爱情保卫战》等等这样的时代小说，看多了以后，虽然和郭娟总也不见，却能感受到她对文学的那番深厚情怀。待到郭娟请我为她的《寻常日里泼茶香》一书作序，方才得以侃谈。原来欣赏是相互的，相知也可以把文熟析，字行通犀。

"寻常日里泼茶香"作为散文集的名字，可看出作者是一个爱茶、惜茶、知茶的女子，并以茶一样的女子自诩，茶一样的品格自立，茶一样的韵雅自嘱，想要成为像茶一样有品位的人。用"腹有诗书气自华"，来写照自己暗香流动，笑语盈盈的影像，透着淡然自信的修养。

读了郭娟的散文集，仿佛看到了渡海而来衣裙飘飘凌波仙子，舞动月影婆娑的长袖，散发着仙缘奇葩的芬芳，旖旎起嫣然的盈盈笑语。她的作品把人生与梦想拉近了；让快意同风雅鲜活了；将行走的脚步诗化了；使才情的背影清晰了。

作家郭娟，希望自己是茶一样的女子，连她散文集的名字都是与茶有关。《寻常日里泼茶香》是她的散文集，也是萦绕在读者心田的清甜茶香，读来荡涤肺腑，沁润心怀。

李治邦
2022 年 5 月

目　录

第一辑

夜行小南山

南山是深圳的大山，也是深圳的风景。我们喜欢在空闲的时候，走走健步山道，尤其是下雨天的时候，空寂的山里，只有我们几个人。"沙沙"的脚步声和着清脆的鸟鸣，不时峰回路转，蛇口的灯火辉煌如同在眼前。尤其是南海大道上的车流灯河，总会让我们有种莫名的感动。

南山是扎在南海里迎风斗浪的蛇头，改革最前沿的蛇口，便是她掩映的一个海湾。站在南山之巅远望，烟波浩渺的海上那朵盛开的碧莲，便是香港。因为修建兴港路穿凿南山，就把原本混为一体的南山分为了大小两个南山。如果人们想从最北的南山村到蛇口，就要穿越大南山之后，从兴港路进入小南山。

我们客居的地方，是位于小南山半腰处的一片住宅区。视线越过赤湾工业区装箱码头，便是碧波荡漾的铜鼓水道，这是所有商船进出蛇口的必经之路。向西眺望，一个锦绣繁华的海湾，便是女娲补天塑像屹立的蛇口。如果稍微低下头，视线里可以看到旌旗招展、飞檐凌空的宏伟建筑，那是南沙天后宫，以前这可是岭南地区最大的妈祖庙。"辞沙"祭妈祖，是满载广州十三行货品的欧洲商船，扬帆远航之前必不可少的一项祭祀活动，以求海不扬波，妈祖保佑。客居卧室的窗前不足一百米的地方，是少帝庙，南宋最后一个皇帝的坟冢。陆秀夫背着小皇帝的石像，披红挂彩地迎风伫立，窗前还有一列仿佛永远也开不败的三角梅花树，娇艳动人，我觉得三角梅是南山一抹最亮丽的红。

小南山对面的前海湾的山间还有一座小妈祖庙，这里是有一户人家看护的，一年四季，鸟语花香。有一天，我的朋友在菩提树下捡到了一捧菩提子，开心至极，请人做了一串项珠，挂在床头。如果我们从月亮湾回赤湾区，便会从小妈祖庙这儿登着台阶上山，闲庭信步，一路观景。小南山在建设赤湾港和妈湾港的时候，削掉了几座山头，显得有点突兀。因为少了探入海中的蛇头部分，所以气势上有点不太跋扈。

小南山上逶迤萦绕有两条道，一条是车道，一条是石阶路。走车道虽然绕远，却轻松怡然，甚至翻山越岭后，都不会出汗。还是石级路最过瘾，穿过一片葱郁的荔枝林，就到了较为开阔的地方。我们经常一鼓作气，连跑带颠地冲上四百级台阶，站在烽火台上才歇脚，然后任凭清凉的海风，吹乱自己的头发，吹散一身的疲惫。

有一次，白天太热，我们打算夜行小南山。夜晚的小南山清凉四溢，花香袭人，自有一番诗情画意。无论是一轮皓月当空，柔光闪耀，熠熠生辉；还是满天星光灿烂，夜色阑珊，都别有意境。即便无月无星的夜晚，仅仅是一城璀璨的灯火，也把山色渲染得扑朔迷离，静谧得只能听见树叶飒飒，夜鸟偶鸣。

我们走石阶路下山，经过一座戒备森严的通讯塔后，会有一个宽敞的观景平台。这里有干净的饮水台，整洁的凉亭，还有许多花树。深圳的市花簕杜鹃，又叫三角梅，是这里当仁不让的主角。观景台对面航灯闪烁的铜鼓水道，也是眺望香港岛阑珊夜色的最佳处。从这里左行百米，便是建于明朝时期的古烽火台。当年倭寇袭扰赤湾一带，这里是点燃第一堆狼烟的地方。烽火台下面是四百级陡峭的石阶，沿着山脊直插入半山下的公园。夜晚走石阶路，我们也要小心翼翼，不敢像白天里那样上蹿下跳。

猫头鹰也会与我们不期而遇。有一次，就隔着一个流水沟，我们和猫头鹰眼睛对着眼睛地瞧。如果抛掉以往流传的不吉利的话，猫头鹰其实非常漂亮，是非常有气质的鸟。那张颇有喜剧效果的脸，自带憨态，炯炯有神的大眼睛，转来转去，让人捉摸不透。

如果走平整舒缓的车道，还会经过一个废弃的兵营，这个西望蛇口的小山岗，原来驻扎着一支部队。部队走了，但是留下了营房、工事和训练场。兵营里有两排红砖搭建的双层简易宿舍，后来变成了工房，里面住的都是维护小南山环境的工人及家属。这些来自西南山区偏远省份的打工者，虽然住着简易的宿舍，使用公用的卫生间，却悠然自得地过着神仙一样的生活。他们不仅开辟了菜地、果园，还收拾出了一个花团锦簇的小园子，茶余饭后坐在其中，晃荡着二郎腿，一边欣赏蛇口的美丽市景，一边聊着家长里短，惬意得不得了。小花园下面有一条穿行于密林山谷中的小路，只要五分钟的工夫，便会从这个世外桃源一样的半山，融入月亮湾社区的繁华市井中。

这里不知是哪一家养了一条中华田园犬，每次看见我们都会一边摇着尾巴，一边眯眼咧嘴笑，逗得我们也忍不住笑。一圈粗绳网作为围栏的林间空地上，还生活着一群穿着花衣裳的鸡。这群家伙夜宿在灌木的枝头，睡梦里不时发出"咯咯"的呓语。

每次到客居的地方，我们都会伫立在小花园里，银河般璀璨的山路，掩盖不住霓虹迷离的都市风情。万家灯火的窗口，不知有多少温馨的故事闪烁在背后。我们按照惯例寻找女娲像的位置，因为它的后面就是夜生活最鲜活的海上世界。这里山坡上最多的是紫荆树，最挺拔的是木棉树。夜风中缕缕的花香，沁润心田，令人心旷神怡。

拐过一座封闭的隧道，也就是从旧兵营的弹药库穿过，便会看见一座黑漆漆的小楼，小楼上不分黑夜白天都飘扬着一面彩旗。由此前行，大约一百米的下坡路尽头，便是只有夜晚才封闭的车道栅栏门。这里的岗亭，亮着一盏明亮的红灯，照例是不见守夜人。从小门出去，便一步迈到了南山集团的生活区内。

夜行小南山，是我们在深圳这个繁华大都市静谧空间里的难忘的经历。南国风情中的游子，不仅喜欢白日里繁忙的工作，也陶醉于夜风中悠闲安静的生活。我们虽然客居几日，却自觉地做起了主人。

小南山今夜下着细雨，观景台的桂花开了。我们要赶着去看一看，因为已经嗅到了一山的清香。

空山夜月

每一次走在岭南的山水间，都希望自己追逐着东坡先生的脚步，"日啖荔枝三百颗"，逍遥快活地袒露着肚皮，把奇绝风景、幻彩人生写进诗篇。

漫步在岭南的空山夜月中，无论是罗浮山间半日春秋，还是南蛇岭上一色海天。独行，却不寂寞；孑然，却不孤独。因为对于远行的人们来说，在路上游历，走异乡观景，已是生命的欢歌，人生的主题。

鼎湖山的夜色中，有一人高高挽着发髻，怀揣一方端砚，坐在七星岩山。木棉花盛开的枝头上，一只大鸟斜着身子，伫立在他的面前。目不转睛地对视着，静静地，静静地。白云山的望日里，那人鬓上插着一朵颜色浓烈的紫荆花，倚靠在摩星岭栏杆前，只是为了欣赏岭南的璀璨夜色，寂寂地，寂寂地。

如果说普通人的青春，像梦一般流淌在灯火辉煌间，那么游子的心一定会跌宕起伏于天涯海角，他们于椰风中穿行，探寻未知的梦境。如果说普通人的旅途，只是把祖国的大好河山一次次走遍，那么游子会追随着一轮月色荡漾缥缈在桃椰树下，寻找心灵的慰藉，精神的百草园。每个人都希望自己走得比东坡先生更远，走出日月不同天，却永远走不出他的意境和诗篇。哪怕是千年前他在白云山的传奇，都只是在传说里。就算坐在安子期药香火旺的丹炉门外，我们依然还是束缚在碌碌无为里。

夜色阑珊中，东坡先生独自穿行在五岭中。寂静的山路，月光扑朔迷离，一场不期而遇的雨打湿他的衣衫。苍宇的尘埃被漂洗得纯净透彻，幻化成一朵飘逸的云，挂在月儿的船角，随风飘荡。他聆听夜色中山的呼吸和小溪的低语，一声苍凉的鸟叫，一阵清凉的山风，他都懂。每一串脚步走过漫长的石阶，脑海诞生华彩辞章，伴着迷离婆娑的光影，把自己笼罩进历史的风烟。

那天，东坡先生坐在山上的石头上，遥看韶关星光闪烁的夜，月色因为娇羞有几分朦胧。山显得格外高大，谷也清幽深邃，树被风吹得摇摆不停。苏子一时不知身在何方，隔着万重千重的山水，他想到了故乡。旅途不管经历了多少的刻骨铭心与花开花落，终将只是孤独时的回忆。就算在心底珍存的角落总有美好记忆挥散不去，也只是随着思绪缠绕在月光下的一缕青烟，这些美好都会随着晨曦的一道曙光，慢慢消散得无影无踪。时间湮灭不了他的纯真，他依旧还会在月色中独行。我们也同样在空山静谧里，遥望自己的青春，等待又一个诗意的雨季。

这一年，他在惠州的西湖拜见了一位奇女子，孤寂的六如亭月色中，他静静地伫立，面前是一缕青白月色，身后是无尽的山林与风语。寂寞汀州，一只白鹭鸶，潜然地走，周身被月光照着，羽毛迸射出千条银线，瞬间在鹭鸶周身织成了一个银色的网，熠熠生辉。斗拱相乘的一千多年的泗洲塔，此刻在他的面前化为半朵莲花，盛开在清香的月色中，共一夜的馥郁春花。一朵朝云，温暖了他烟雨平生；一抹清影，融化了他万里征程。

东坡先生一直走在空山月夜的暗蓝色背景下，披挂着一身烟霞，散发着双眸气韵。雨，飘飞在山外，像一阕历久弥新的辞章；风，吹拂林间，如万里飞扬千古绝唱。

他，行走在月色朦胧的山中，步履间都是花的芬芳。一个声音在耳边回荡：君之所在，即是吾乡。

我在江南有个梦

小时候，生活在北方，偶然一次看画报，总觉得江南古镇，才应该是我的家乡。长大后，一次偶然的机会走过江南烟雨迷蒙的小镇，脚步一直在寻找熨帖中国文化的心灵密码。岁月荏苒，转瞬已是中年，也曾去过一些地方，但是江南依然还会时常出现在我的梦中，睡梦中总是惊喜地笑出声来。

我的梦里总会有那么一座弯弯的小桥，藤萝缠绕着，紫色的花像瀑布一样一串串垂着。桥洞下的小鱼不时跳跃起来，把一条条垂到水面繁茂的柳梢啃得参差不齐。小桥上老奶奶走过的时候，佝偻着身子，鬓角上还欢喜地插着一朵嫣红的牡丹花。

我的梦里还会有悠长的小巷，斑驳陆离的高墙，一线天的光束下，角落里的苔藓晃得亮黄。偶尔探出头的花枝，忘不了挥舞粉嘟嘟的花手，抚摸着孩子们小脑袋。一声"吱呀"传来，接着是"踢踏"的脚步声，那便是来寻找我的小伙伴了。

我的梦里更不会少了红木雕花大床，每天晚上我数着远方悠扬的钟声，枕着几声"欸乃"的桨声入眠。一束皎洁的月光刺透帷幔，照在我脸上，仿佛凌波仙子把前世今生所有的温柔溺爱，都给了爱做梦的孩子。轻轻的雨声敲打着窗棂，也打在芭蕉上，"簌簌、簌簌"的像是娇嗔的话语。

苏州城外，我在水八仙里穿行，一个蓝盈盈的大木盆，载着我在湖里飘荡。我从娇美笑靥、碧嫩罗裙的莲花怀里，扑进亭亭玉立的茭白胸前，如果湖水打湿了衣衫，我"咕咚"跳到水里，深深地扎一个猛子，手里还捧着大把红菱，然后从水中钻出来。我"嘿嘿"笑着，嘴里还会咬着一个荸荠，美美地吃上一口，透心地甜。我一边唱着歌，一边击打着水花，鱼儿在水里自由自在，时不时跳到盆里来。

藕花深处被我惊飞的一滩鸥鹭，不满意地追着我一声声地鸣叫。我躺在莲花仙子的裙下睡觉，清碧柔和的光，会像一只无限诱惑的网，把花仙子们一个个俘获。一滴水珠，随着风儿在摇曳的荷叶上滚动，一下子催眠了整个午后。荷花的香，可以把我从里到外，沐浴得滋润柔爽。就算打个喷嚏，都四溢着醉人的馥郁芬芳，把莲蓬上顾影自怜的蓝蜻蜓都熏得迷失了方向。

在梦里，我也没有忘记这个秘密。铁岭关前的满树红枫，我摘下红艳艳的叶子，举在阳光下看，因为里面藏着伍子胥的藏宝图，如果找到宝藏的路线图，就可以走进灵岩山下的秘密隧道，通往吴王的灵魂宫殿。但是要想找到一枚完美无瑕的红枫叶，还真是不容易，就算把枫桥走遍也很难找到。因为一首《枫桥夜泊》，张继留给了后人最美的姑苏城夜景，使得千百年来许多文人骚客走不出半江霜月渔火，一个孤独过客的意境。

江南的梦，我至今未醒，因为我的"莼鲈之思"的理想，还没有实现。我想，有一天我能够把江南走遍，阅尽万水千山的风景，在江南的红尘里寻找一处静谧，让魂牵梦系的江南梦慢慢醒来，回到童年的那张画报，欢乐纯真的脸上，笑容愈发灿烂。

偶遇山村

看着地图，施家岙离我们住的地方那么近，我们感觉半个小时就能到。去的路上，才发觉原来那感觉上的一顿饭时间，说的不是小酌，而是热热闹闹的喜寿大宴。从横着的岭石上眺望，一拢翠烟深处，隐约露着几个飞檐，三两个翘角，还有一面杏黄色的大旗滚着红色的边，"呼啦"的一阵大风，大旗卷起随后又舒展下来。

到施家岙，必须要经过芦花，这是一个美得令人炫目的山村名字。一条逶迤的小街看不到尽头，低矮的房舍，灰暗的巷弄，黑泥小筒瓦在屋顶上层层叠叠。青石的街道斑驳陆离，需要踩在石头的缝隙处，才不至于滑倒。许多临街的小店大敞四开，只要站在台阶下就可以把里面看得清楚。老式的玻璃柜台上，还摆放着我们小时候合作社里才有的那种糖果罐子，红色的塑料瓶盖需要斜着才能拧开。两间门对门、窗对窗的小吃店，因为午后的原因，显得格外清静，只有吊扇在"呼啦啦"缓慢地转。

一只肥嘟嘟的大花猫，蜷缩着身子，斜了我一眼，然后很是好奇地瞅着我。不知是我的模样有些蹊跷，还是我刚才的一个趔趄，让它找到了新的视点。一只盯着你而转动眼珠的无声的猫，就像是诡谲的夏日海岛天气，总是那么令人忐忑。

两只狗，一只黄的，另一只也是黄的。缩着脖子伏在还算干爽的店面里，有一搭无一搭地瞅着屋檐下闪出的一角天空。就算偶尔一阵"突突"的摩托声从巷子的深处呼啸而过，因为是它们熟悉的声音，也只是轻轻地摇摇尾巴，显得很安逸。一只好像是来串门的狗，从开着的门里晃悠出来，路过我们的脚边，竟然都没有习惯性地耸耸黑色的鼻子头，便走到猫的面前，转过身子伸着懒腰，慵懒地打着哈欠，算是跟对面的两只狗打了招呼。

芦花村外，一条小路伴着一条大路，小路有些泥泞，没有过多地开拓。大路是可以过公交车的。车开得很慢，里面坐着的乘客，脸上的神情都很平和，仿佛在安心躲避着突如其来的小雨。

寻常的一座石桥下的河埠头，贴着岸下的石阶，石阶上面坑坑洼洼的，像是匠人们并不用心做的样子。从山涧里流出来的几股小溪，潺潺涌过来，在远处形成一个深潭，然后从洞开两岸的青石夹壁，宣泄过来。等到了桥头又忽然开阔起来，生成一个葫芦状的小湖。跌宕至此的溪水，冲落了许多大小不一的石头，在时光的淘洗和冲刷下，已经由峥嵘巉乱的模样变得格外柔和闪亮。清浅的草在水下飘动，忽黄忽绿，不时有大鱼不紧不慢地到处巡游。河埠上立着几块歪扭的船缆石，深深浅浅的绳痕，如同旁边那棵满身伤疤的老构树，静默地记载着历史和风化的岁月。

对面一侧不知是哪里，传来一阵忽高忽低的木槌敲击的声音，伴随着海岛乡音长一声短一声。跟着流水转了一个弯，挤过一个粗大的挡了路的朴树，走上几级石阶，才看到原来是几个中年大姐蹲在那里洗衣服。衣服甩在水里游逛一圈，水花飞溅之间，便被按在光溜溜的长石上。大姐们挥舞有些狰狞的木棒，节奏很密实，重重捶击。大姐们开心耍闹的原因，是有人好像说了什么隐秘的话题，跟着就有人起哄并附和，于是便招来别人不依不饶的笑骂，还有的人举着手拦着，嘴里说着和解的话。大姐们在欢声笑语中，手中捶声不断，分明是一起敲打着生活的交响曲，也是铿锵有力的战鼓。一会儿，敲击声慢下来，已经有些听不清节奏，仿佛一下子把时间拉得悠长，在这样美丽的画卷里连水声潺潺，鸟鸣啾啾，都显得不入耳。

大姐们像是不约而同，都回了头来看，正与我们的目光碰撞了。"衣服跑了"，一声喊叫之后，便是一番嘻嘻哈哈的，还不忘回头看我们，似乎低声在议论着什么，仿佛我们的出现破坏了和谐。

　　我们指了指手中的相机，比画了一个拍照的动作。她们立刻会意了，相互望望，然后纷纷拢了拢头发，神色也郑重起来。我是想着下次还有机会的话，我会回来。因为洗衣服大姐们的美好画面，让我觉得这个偏僻的山村那么充满生机和活力。

　　"下次我们再来的时候，会给你们捎来照片。"我说。"我们这里太普通了，没有什么好看的，你们应该去普陀山。"一位大姐朝我们喊话，"你看我们这里，很破旧的。""挺好的，山清水秀，还有几个美丽漂亮的大姐。"我的话立刻引来大姐们开心的笑声，一个个开心地扭动腰肢，风情万种。大姐们争先恐后地指给我们去施家岙的山路，见我们转身离开的时候，还在身后喊着"回来的时候，到我家的店里吃面，免费的""到我们家喝茶，观音菩萨爱喝的""随时欢迎过来玩啊"……喊过之后，便是一番更加热闹的说笑。

　　我们走在施家岙山谷深处一条弯曲悠长的小路上，忽明忽暗的光线在林间来回变换。风不知从哪里偷来一朵娇羞的云彩，挂在崖壁峻嶙的巨石上。赶过来的一缕乡村烟气，在我们面前欢快地舞动起来，一阵风吹过，袖带舞表演失败，拧成一团麻花，散在了小路的中央。透过林间的缝隙，我们回头去看小溪穿过的小镇，去寻找那些快乐的大姐。那个河边已经没有了身影，只看见一个敞着襟怀，瘦骨嶙峋的老人，趿拉着拖鞋，抽着水烟，迟缓地走过。

青山无语

　　这是孤悬海外的一个岛屿，小到背着手悠闲地绕着海边走一圈儿都不至于太累，睡在墙头上的小猫只是转了个头，日头也只是往下坠一个树梢的距离。小岛居民之所以还没有搬迁，是因为这里还有一个雷达站，一座灯塔，一排码头，一片海水牧场。

　　小岛原本是和大岛浅浅地连在一起的，落潮的时候，一个"猛子"就可以扎到对岸。在岛上老渔民们还是少年的时候，炸出了一个航道，使这里成为东海的一个门户。虽然地理位置不是很重要，却可以为来往渔船提供一处躲避风浪的平静水湾。

　　一百多米高的山岭，有着如同马鞍一般的弧度，造型很优美。两个碧峰，此刻一个正挂着一丝旗云，如同仙子的飘飘衣袂。一个云帽歪斜，宛若俏皮可爱的少女自在徜徉，左右顾盼。变幻莫测的海风，忽然在海面上打了个旋儿，天气由活泼少女变成了谨肃的王母娘娘，阴沉着老长的脸。

　　山腰处一块坪岗上，有一座残破的小庙，门敞开着，窗牖倚斜，里面没了牌位，也没了香火。一团巨大的蜘蛛网的角落，竟然滋生出了一棵枇杷树，枝条上的花蕾一朵两朵地悠然绽放。

　　小庙后面的一条小路，被茂密的刺桐掩映着，如果不想遭受皮肤之痛，就要弯腰低头，侧着身子慢慢地钻过去。出了丛林，又立刻被杧树的树枝打痛了头。一大片粗壮紧密的杧树，遮天蔽日，只给行人留出了一角天空。海岛上最活跃的风，此刻裹挟着缕缕烟云从行人的头上飞。

一阵大风，杜叶"呼啦啦"响成一片，令人草木皆兵，总觉得阴暗的角落，会有无限诡谲。芒和蓟，是东海岛屿上的原生土著植物，占据了得天独厚的位置。只要任其生长，不被人为破坏，芒可以变成森林，蓟可以开满整片山坡。

看起来不高的山丘，因为逶迤弯曲的小路，变得高远莫测，走起来也很费时间。这些路其实也不能称为路，因为上面长满野草，这些野草给小路披上了迷彩的伪装。我之所以能够坚持走下来，因为我心里想着鲁迅先生的话："地上本没有路，走的人多了，也便成了路。"是啊，只要人们都为了希望去奋斗，那么就能实现自己的愿望，实现自己的理想，迎来美好幸福的生活。

我脚下走的是岛民从前的小路，我心里满是崇拜。我发现我的脚边一尺之外，便是被荆棘掩藏的断崖，停下脚步，还可以隐约听见泉水流动。我的手抓着芒，一根芒的力量，足可以把我的身体拉扯在半空。芒丛里有鸟群在骚动，"飒飒""飒飒"，声音听起来立体且环绕，这是大自然生命的合唱。我天生胆子小，但是在这样挥洒昂扬向上力量的大自然面前，我忘记了害怕，而是很自卑，再次感到了自己的渺小和微不足道。

海岛上有荒草凄迷的坟冢，还有水锈沧桑的碑石，那上面的字迹依稀可辨，我知道眼前这些坟冢都是古墓。这些古墓或许是跟着汤和、侯继高、戚继光、胡忠宪等抗倭名将，扬帆征战四海的无畏勇士，他们都是身经百战，舍生取义，长眠于此的大英雄们。

就在这空寂的山谷中，苍茫的芒草丛间，萧瑟的气氛里，我给这些不知是谁家太公太祖的老先辈们抱拳拱手，作揖有三，道了一句："老前辈们，别来无恙。"

绕过古墓的时候，不小心歪坐在一圈砾石护坡上，我赶紧嘴里念念有词，"小辈不是故意的，请老前辈们恕罪"。却不想这个时候，竟然看到了一条大蛇，正在不紧不慢地扭曲着身子从芒树丛下前行。我们相距只有一丈多的距离，我吓得一口大气也不敢出，它却目中无人自顾自地赶路，甚至都没有侧头看我一眼。是前方有一场说来就来的约会，还是因为那些鲜美的鸟蛋大餐，总之它对我没什么兴趣。远远看去大蛇的身体是渐变的蓝绿色，带着金黄色的鳞斑。身体中间最丰腴饱满的身段，看起来和婴儿胳膊一样粗。以前看书的时候，依稀记得一些片段：坟墓有蛇说明风水好，代表后代子孙旺盛。想到这，我特别开心，我们都会继承大英雄的豪迈气概，把我们伟大的民族风范传扬下去。

我向着山巅继续进发。古墓后面的路虽然陡峭了许多，却因为少了荆棘和杂草的牵绊，我走得更快了。一片乌云被海风扫在我头顶上，紧接着就是纷纷扬扬的斜风细雨，面前的路原本狭窄昏暗，现在又多了迷雾轻扬，更加显得扑朔迷离。

山顶上的风更加猛烈，看起来好像是要有一场不期而遇的大雨。可是我看出了天气的秘密，这只不过是它在虚张声势，因为乌云后面的天空依然是湛蓝清澈的。果然，一阵猛烈的大风过后，马上云开雾散，艳阳当空。

山顶平整得可以打一场篮球比赛。那个看起来气势逼人的雷达站，就伫立在东面平台的一角，怎么端详也好像是很少有人来过的样子。它的正门外，便是一条陡直的台阶小径，台阶的尽头扎在一片拥挤浓郁的密林深处。

坐在雷达站的台阶上，正好是东南方向，可以看到浪花飞溅，巉岩崩空的海峡湾处有一带洁白的沙滩。空静的沙滩只有一群鸥鸟在嬉闹，不时绕场环飞一阵，像是要举办什么大型活动，很有仪式感。或许刚才那只大蛇，就是奔着它们的方向，赶着去度化世间聒噪的凡物。

清风袭来，青山无语。碧海蓝天，鹭飞鸥翔，好一个纯净而静谧的世界。我的心情，也正如无语的青山一样悠远。如果让我的心灵找一个暂时休憩地方，这个东海上的缥缈小岛，正是我最想歪着身子打瞌睡的地方。

炊烟里的江南

江南，是我梦里的故乡。江南四季的风景，都像是特意为我展开的绮丽画卷。

江南在我的心中最为柔情的便是那一缕炊烟。山水间，烟雨里，弥漫在房舍上的袅袅炊烟，就像是梦里那束柔光，总是照亮游子回家的路。慈母手中的那根悠长的丝线，若即若离，缠绕、牵绊着游子遥远的心。不管有多少梦，不管梦里有多少风物，炊烟里永远缠绵的是家的味道。

炊烟里的江南，不仅有优美的风景，动人的风情，还有悠久的历史，灿烂的文化。第一缕从河姆渡飘出的炊烟萦绕在山海之滨，江南烟火已经随风飘舞了几千年，甚至还要久远。这一缕来自远古的炊烟，孕育出江南的物华天宝，人杰地灵，也萦绕了中国最美丽的地方。

那朵灰蓝的江南炊烟是我心中最柔软的所在，柔得可以融化梅雨季节无尽的阴霾，柔得能够把七月流火揉搓得清凉。江南的袅袅炊烟，不仅飘荡在古人的诗词文章中，更铭刻在游子的悱恻梦寐里。

清晨的炊烟是淡淡的蓝色，萦绕在层层叠叠逶迤绵延的黛瓦上。一朵朵炊烟随着青雾次第升起，宁静而高远，随风轻盈缥缈在青冥的天空，任意抒写曼妙的图案。水面上偶然徐来的一阵清风，便会把原本有序的线条搅乱，成为杂乱无章的涂鸦，然后重新绘画，再次渲染。傍晚的炊烟，因为有灿烂的霞光余晖，粉黛的青山远树作背景，近处的小桥流水，渔舟唱晚来铺衬，别有一番披着轻纱般飘逸迷幻感觉。尤其是伴着丝丝缕缕馨香的味道，伴着归家的喜悦，更有温馨惬意的舒畅感觉。如果清晨的炊烟是启程的汽笛，那么傍晚的炊烟便吹响了归家的号角。

烟雨江南里，一缕袅袅炊烟是情致，百缕炊烟袅袅是生活。风情万种的江南在诗歌里流传，成为旖旎的画卷；春花秋月的江南在画卷里渲染，令人憧憬和驻足；市井百态的江南在别人羡慕的眼眸里延续，成就了活力和灵动。

我喜欢依偎在古桥的栏杆，张望在雕花的窗台，坐在烟雨的廊棚，行走在静寂的空弄，就是为了让自己沉浸在炊烟袅袅的画面里，放空心绪，平静头脑，荡漾心海。炊烟隔绝的是那种忙碌和杂乱，炊烟渲染的是这份安逸与惬意，可以任流年转换，不负韶华。

在童年的梦境里，我喜欢坐在老奶奶家的枇杷树下，看余晖里柴火味道的炊烟，萦绕在古镇的粉墙黛瓦之上，久久不散。那时候，我幼小的心灵中，便认定这样的剪影炊烟，就是我老去后最想看到的场景。夕阳下淡淡的炊烟袅袅升起，我蹒跚着走在石板路上，左手的潺潺小溪，轻舟自横，是我童年的梦境里捉鱼虾的地方；右手的斑驳院墙，竹影婆娑，是我童年梦境里摔泥巴的地方。我把这些话说给自己童年的小伙伴听，他们一律笑我竟然还把梦当真。

"暖暖远人村，依依墟里烟"，奔波了一整天的人们，此刻正伫立在青山碧水，鸟语花香的太湖湖畔。水湾乡间，一朵炊烟正在袅袅绽放，炊烟的飘散与薄雾的弥漫，给一望无际的太湖披上了梦幻的纱，朦朦胧胧。绚丽的夕阳便落在这无边的苍茫里，硕大如轮，赤红似火，点燃了潋滟的太湖。

炊烟里的江南，梦境里的江南。童话般的梦境让我行走在明月天涯间，成就最温馨的诗篇。

岭南山水间

小时候对于岭南这个地方是有些畏惧的，因为古代先贤一被贬谪就发配到岭南，随后是九死一生的命运。像苏谪仙这样能够"舍生忘死去，谈笑风生回"，历史上还能有几人。尤其苏谪仙把岭南的惠州、广州、雷州和儋州，都打上了个人魅力的烙印，使得这些地方不仅成为光耀华夏的文化名都，更是后代文人心所向往的朝圣之地。

第一次来到岭南，不是从陆地坐火车，而是从海上乘船来的。七月的羊城潮湿闷热，这里因为是亚热带地区，到处花团锦簇，碧水丹山。每日里登峰渡水，乐此不疲，沉浸在此，流连忘返。美丽的广州让我改变了对岭南的看法，以至于很多年以后还常常记起岭南的山山水水，再也忘不掉岭南的风土和民风。

岭南，指的是五岭之南。五岭，由越城岭、都庞岭、萌渚岭、骑田岭、大庾岭等东西向排列的五座大山构成。不仅是中国江南最大的横向构造带山脉，也是长江和珠江两大流域的分水岭。从古至今，五岭便是天然屏障，阻碍岭南与中原交通往来的同时，也割断了它们之间政治和经济的联系。因为岭南地区的经济、文化、交通等诸多方面，一直以来都不及中原地区发展得快。就算秦朝开辟了岭南三郡，赵佗建立南越王国，岭南还是一直游离于中原王朝之外。自唐朝宰相，出生于岭南重镇韶关的张九龄开凿了大庾岭梅关古道以后，才使得中原与岭南联系密切起来，也让这一块蛮烟瘴雨之地，能为中原王朝的赋税做出自己的贡献。尤其是自汉朝以来海运通达的黄埔港，逐渐成为中国最主要的贸易港口，使之成为唐宋时期的税收重地。

北回归线穿越岭南中部，使得这里的气候温润而潮湿，雨水充沛，终年无霜雪，所以岭南地区四季常青，花木繁茂，鲜果不断，可谓绿色王国。岭南的地貌复杂多样，山峰、丘陵、台地、平原交错。岭南自然风光婀娜多姿，既有气势磅礴的峰峦叠嶂，又有秀丽婉约的丹霞奇景，也有江河交织的平畴田野，更有海阔天空的岛湾风光。

逶迤悠长的西江，从崇山峻岭奔波而来，一手挽着旖旎清丽的东江，一手携着奇峻跌宕的北江，汇聚成烟波浩渺的中国第三长河——珠江，把岭南大地造就成一个富足兴旺的鱼米之乡。气象万千的云开大山，把千峰万岭扑向大海，左臂拥着秀冠南国的罗浮山，右臂揽着苍莽原始的十万大山，架构成两广千里锦绣山川，钟灵毓秀，佑护着百越大地，物华天宝，人杰地灵。

行走在岭南的山水间，瑰丽奇特的自然风光，淳朴厚重的人文历史，就像我梦境中的江南一样，令我痴迷和沉醉。无论是猛兽毒蛇出没的亚热带原始丛林，还是狂风恶浪席卷的海上岛屿礁盘，或是人迹罕至的荒山野谷，都挡不住那些勇敢者跋涉穿越的脚步和探索发现的眸光。

我喜欢用相机记录，用文字描述，为岭南的风景名胜，人文古迹，历史文化讴歌。把每一个怦然心动的瞬间，每一件感人至深的故事，每一次拨动心弦的情愫，每一位印象深刻的人物，每一处绝美奇幻的风景，都留写在我的心田，抒发在我的诗文里，温暖我的心灵，成为永久难忘的回忆。

跟随着苏谪仙的脚步，从罗浮山下的惠州，到白云山前的广州，再到五指山北的儋州，让远隔千年的时光，瞬间重合。陶醉在苏谪仙诗情画意中，眼眸在苏子的精神世界里凝望。我们的后辈继续描画着中华锦绣的万水千山，碰撞出灿烂的中华文化。

高空中的私房话

第一次坐飞机，是从天津飞往张家界，这么长的飞行时间里，我充满了新鲜和好奇。看着窗外云山雾海，知道自己真的置身霄汉，很是感慨，也很是开心。

天津到张家界的这班飞机，属于波音里面档次较低的，是一个通舱，走道两边各三排座椅。我一屁股坐下，心里先七上八下起来，感觉座椅非常狭窄，都伸不开手脚，心里越发紧张。旁边的同事说："坐飞机如果出事故，是连尸骨也找不到的。"我眼前立刻有金星乱冒之势，眼看着额上冒出了汗珠。同事一眼瞧见了，连忙打开手里的矿泉水瓶盖，递给我，让我喝口水压压。

都说航班容易晚点，也听说过因为飞机晚点惹得乘客大闹的事。我们乘坐的飞机也晚了五分钟。空乘人员还轻声安慰我们，让我们谅解。我们本来也没有任务，只是去旅游，晚会儿也不会介意的。也有几个人在那小声嘀咕，抱怨飞机起飞没有准时的时候，然后飞机就起飞了，那几个嘀咕的人，很是开心，坐在座位上左顾右盼，极是炫耀，仿佛飞机的起飞，是他们嘀咕的功劳。

广播里通知大家，湖南张家界那里天气不好，可是飞机上的大多数乘客都不介意，也不担心，只有我们这些第一次坐飞机的人，心里有些紧张。

飞机把我们带向天空，与地下的天津城隔着丝丝缕缕的云雾，虽然越来越远，然而街道沟渠却越来越清晰。想起在电子地图上看到的家，电子地图甚至能清楚地看到门牌号，于是我也瞪大眼睛使劲搜寻着，仿佛真的能找见一样。同事好像看透了我的心事，也凑过头来挤在小小的舷窗前。

飞机钻过层层的云，层层的雾，这个时候云和雾没有界限。即便飞机稳定在万米高空，还是在云雾的下方。只不过这时的云要显得更加洁白、高远，纯得令人感觉不到它们的存在。古人没有在万米高空欣赏云的机会，不然那些大文豪会怎样妙笔生花，写出怎样的华彩篇章，肯定会比这个天际还要空灵，还要有神韵。

只要是出门远行，离开家的时候，我总会带着一本书，尽管也不一定有时间看。我喜欢读迟子建的书，那些纯真美妙的故事，很合我的口味，读起来让人满口余香，心旷神怡。她的书是一盏武夷山的岩茶，是一道楼外楼的佳肴，是一处风静波平的妙境，是一个侠骨柔肠的胸膛。

看累了窗外的云，我想闭上眼睛休息一会儿。同事见我眼神游离，身子软软的，便使劲捏着我的鼻子，直到我神清气爽。同事这个举动让我想起了当年风华正茂、青春靓丽的美好花季。年少时的我们，总是尽情地打闹，我的小学同学艳梅最喜欢这样拾掇我，如今我们很长时间不在一起聚会了，每当我想起那情那景，都要感慨唏嘘一番。

我是不是老了，为什么总喜欢回忆过去，无论是从前走过的地方，看到的人，还是惊鸿一瞥的风物都喜欢反复咀嚼。而且现在我都觉得自己越来越啰唆，就连笔端流出的文字，都弥漫着一股老气横秋的味道，像是我们在绍兴吃的霉干菜。

霉干菜其实是很好的非遗产品，流传了两千年，声名色味，余香袅袅，至今依然还是绍兴最具特色的美食代表。我宽慰自己的同时，其实也是想感动自己。

同事问我："如果咱们都退休了，你说咱们应该做什么呢？"同事仰靠着，大眼睛看着我。"那就什么都不要做，待在津城的斜风细雨里，好好听评剧过生活。也就是那种平平淡淡的小生活，抑扬顿挫的，很是美啊。"我接着说："待够了，再换一个地方，继续待着，要不然咱们满世界地转悠。最好能够走进历史，要不就飞向未来。"同事听我说这些，嘴角扬了起来，明媚灿烂。

烟雨里的紫色风铃

四月的江南，春雨微凉，黄鹂站在枝头歌唱，仿佛是在提醒那只还在市河里飘荡的小船，漂得再远，船上的人也还是会听见它的歌声。

寂寥的横塘古镇外，烟雾迷蒙的小河织成了一道银亮的网，把娇艳的油菜花框在一个又一个格子里，迎着清风诱惑那些翅膀湿漉漉的鹭鸟。我背着一个简囊，装了一点衣裳，并没有匆匆忙忙，心里只是想着一个人走在江南的烟雨里。在风景里游走，自己也是别人眼里的风景，我想要享受一次奢侈的孤独之旅。

走过一座古老的月桥，一团紫色的花便绽放在了我的眼前。伴着淡淡的花香，清凉的雨丝打在我的脸上。这是一棵高大而蓊郁的泡桐树，肆意开着寂静的泡桐花。泡桐树下画出一个绿茵茵的圆，一张干爽的长椅向着河埠头的方向。两只画眉鸟高一声低一声地叫着，像是呼唤我，停下脚步来看看风景。

一树紫色风铃般的花，是烟雨蒙蒙中最亮丽的景色，雾化了静谧的风景，也柔化了我的心。眸光从泡桐树收回，极目远望，古镇的粉墙隐隐约约，黛瓦层层叠叠，一丝炊烟飘飘袅袅。

紫色的花，清新雅致，别有意蕴。我曾经看到过瀑布般恣意开放的紫藤，在一街娇艳的紫色木槿花树下，还开放着紫色的蔷薇，这些重叠的紫色，美得让人目眩，让人心神摇荡。紫色，是梦的颜色，也是最能打动人的颜色。

偶遇的一棵大树，为我遮挡了一阵急雨，也开启了我不同寻常的视角。一座在雨中烟雾迷离的江南古镇，我难得有时间能这么安静地欣赏，也难得在寂静的油菜花田间，仔细聆听鸟雀如此动情演唱，更难得的是，在悠悠的清香里，看雨打在紫色风铃般的花瓣上，溅起珍珠般水滴的景色。我融化在一团紫色的花雾里，感觉自己也变成紫衣仙子，有了紫色的柔情。

想起那年在海棠树下避雨，浅粉色的海棠花落了一身，舍不得抖掉。同样也是这样的午后，空气里充盈的是一街粽子的香味，我美美地吃着一个咸肉粽子，看着法华塔旁边来来往往的人，悠扬的塔铃声声入耳。一位老阿婆从明亮的花格窗后向我张望，笑着招呼我到店堂里避雨。

一朵紫色的花，被雨打落在了茵茵绿草上，成了一块玲珑剔透的紫色玛瑙，歪在草尖上。轻轻吹过来一阵风，卷着它跌落到了小河里，做了一朵随波逐流、情意绵绵的花，不知漂向了何方。午后的雨淅淅沥沥，花下的我也浸润了优雅。这惬意幽静的时间，虽然有些短，也有些偶然，却伴着雨声，我读到了江南的另一种曼妙风韵。

我走着李清照曾经走过的路，但是却没有她"梧桐更兼细雨，到黄昏、点点滴滴。这次第，怎一个愁字了得""细雨梧桐，把酒思愁"的感触。我没有古人的羁旅愁思，因为我们生在新时代，走在春风里。我没有古人的忆苦踏愁，也不喜欢把忧思镌刻在眸子里，只愿意让浅浅的幸福慢慢流淌，享受现实的恬静。

江南春雨里这树紫花，开在水乡的诗情画意里，也开在旅人的心上。万朵风铃，一树花香。无论走了多远的路，耽搁了多久的时间，这些都会成为月夜幽梦中，最温馨的回忆。

南湾古村记

位于广州珠江北岸的南湾，我去过一次，碰巧的是赶上了下雨。知道南湾，是在很多年前看到的一本书中，书中把南湾说成是广州最后一个古村落，于是心生向往。

前年的春天我有机会在广州游玩几天，决定顺路去南湾看看。我从夏园村向南湾村走。夏园村可谓店铺林立，生意兴隆，人来人往，喧闹熙攘。尤其特色小吃店铺特别多，天南地北，五花八门。门前招牌上画着诱人的各色菜肴，看着就令人食欲大开。隔了一座水塘上的桥，走过夏园，便是南湾。进入南湾便走进了安静的水乡古镇，会看到青砖黛瓦的老房，水道曲折的水巷。这里无论是建筑，还是人气，都与夏园村有着天壤之别。在夏园村时还是晴空，走入南湾时不知从哪里来了一片乌云，淅淅沥沥下起了雨。

对于南湾，我是了解的，因为我提前做了功课，对于那些有历史意义的老房子、老地方算是了如指掌。比如序睦堂、贻燕堂，李鸿章题写门额的初泰麦公祠，西台庙、常春岩、三贤祠、福德祠、文昌塔、南安市、龙泉古井、护龙古庙、秋枫古堤、南湾公园等等。

午后又赶上一场小雨，南湾村内越发显得古朴安静，偶尔一两声犬吠，回荡在空旷的街巷中。我轻步走在狭窄的小巷中，青砖斑驳，基石湿润，门楼檐角偶尔伸出一支盈盈的小花，显得十分俏皮，却更加衬托出依旧精美的雕花。苍苔随意滋生在潮湿的墙壁，不经意写意出别致情韵。油漆剥落的木门，完好地保留着老式紫铜的门环，只是大多数紧紧地关闭着，似乎正是应了"小扣柴扉久不开"的诗意。

南湾的街巷曲折迂回，很少有贯通的直路，走过几栋房院，便是转弯的街角。皆佳街因为有麦信坚故居和初泰麦公祠，所以特别后修了一个街楼。皆佳街的街道虽然很短，但两边却是保存比较完好的岭南民居。这些民居高墙深屋，却门户狭窄，非常低调。出了皆佳街便是麦氏宗祠，这个南湾麦氏的老祠堂，始建于雍正年间，因前天井有晒书台，而成为现存的广州千百座老祠堂中的特例。按照皇家规制，只有后裔众多且又有突出贡献的大家族才能报准设立晒书台。老祠堂前的长凳上照例坐着三两个中年汉子，抽着烟说着闲话。祠堂东厢灶房里还堆放着桌椅板凳和各式炊具。晒书台上摆放着两盆枝叶茂盛的发财树，晒书台上没有菖蒲叶。

麦氏宗祠前面是一个广场，尽头便是椭圆形的碧波荡漾的风水池。绕着风水池走一圈，也是为了从不同角度欣赏南湾古村的整体风貌。风水池畔便是林木蓊郁的百米长堤——秋枫古堤。这条古堤，见证了南湾自明洪武二十九年（1396 年）建村的六百多年的历史。秋枫古堤外便是有着千年历史的扶胥古运河，如今这条流淌在黄埔的古运河，依旧勾连珠江，潮来潮往，运送船只往来。与扶胥古运河交汇在一起的是南湾水乡中逶迤十里的南湾涌，历代南湾村民便傍水面南而居。

环绕着南湾的文昌塔的风水池，集中了南湾最为精华的部分。始建于清代的文昌塔，塔基六角，共有六层。著名的古海蚀岩常春岩就在南湾公园中，常春岩是南湾古村沧海桑田的最好见证。常春岩是一块巨大的牛型石，绵延百米，东面悬崖峭壁高约十丈，因受水击浪打而光滑锃亮，人不可攀。虽然历经千万年，依旧坚硬密实，草木不生。

百米长的南安市老街，静谧得只有簌簌的雨打树叶的声音。我一直走到窖边洲水滨，这里石栏围河，草木幽深。许多水畔的老建筑都已经被标注上了危房的字样，但是从残存的风貌来看，原先这里应该是四面通畅的建筑。一个两层带木台的小楼，古色古香，依旧还保持着百年前的门窗。一楼敞开的厅堂里，四个中年妇女正在专注地打麻将，一只小黄狗懒洋洋地蜷在桌子下面。

南安市老街中间原来有一座古码头，如今是邻水的小公园。这里的水，便是从前八十米宽阔，通往珠江的水沼。虽然如今这片水沼已被屋楼围绕，但是依旧水域宽阔，仿佛一个小湖泊。隔水相望的是西台庙和紧邻的三贤祠，据说那里过去曾经有许多高大的木棉树，每年暮春三月，木棉花开，红彤彤倒映水中，艳丽非常。

南湾古村中如今很少有商铺，偶尔的几家也是门面极小的杂货店，这也充分展现了这个水乡古村落的宁静祥和。我在文昌塔下的小店买了一瓶水，在秋枫古堤的石凳上闲坐。几个背着书包的小学生，说笑着往南湾公园里走。我忽然想起，在常春岩上有一座古树掩映的学校。一阵清凉的风吹来，带着缕缕的饭菜香，我的肚子被这香味引得"咕噜噜"叫了起来。

第二辑

你站这儿别动，等着姐

玲姐在家中五个女儿里排行老四，只比我大两岁，大名叫郭万玲，我从小就唤她玲姐。妈妈生完玲姐以后得了肺结核，这个病放到现在根本也不叫个病，可是在那个缺医少药的年代就是要命的病。妈妈总是咳嗽，自己以为是累的，也没在意。平时妈妈太节俭，也是为了省出精米白面给爸爸和孩子们吃，妈妈竟然用一斤玉米面换三斤麸子，剁上点白菜蒸菜饽饽自己吃。所以，当妈妈咳嗽时，连爸爸都以为是营养不良，身子太亏了。

爸爸是个老师，算是有文化的人，多处求医问药，为了给妈妈增加营养，还学会了捕鱼。每周休息时他都会用网捕来新鲜的鱼，希望妈妈在家人的精心照料下，能够康复。玲姐才两个多月，正是嗷嗷待哺的时候。大姐那年十岁，我还没有出生。爸爸一边上班一边照顾生病的妈妈，妈妈那时瘦得还剩八十来斤，床上铺了两层褥子还是会硌出"人"形的大印子。妈妈怕把病传给孩子们，根本不敢亲近孩子。两个多月的玲姐没有奶吃，每天靠大姐熬稀饭汁一勺一勺地喂，或者用饼干泡上开水，让她慢慢吮咽。

玲姐长得随妈妈，干活儿的麻利劲儿也随妈妈。妈妈长得特别好看，放在今天看，五官也是精致得无可挑剔。听说爸爸妈妈结婚时，引起轰动，全村人都夸这个小媳妇儿俊。妈妈生了六个子女，其中抚养我们长大的艰辛可想而知。

爸爸妈妈结婚那年是 1958 年，只有两间土坯的小南房，夏天热，冬天冷。那个时候正好搞大炼钢铁，做饭的锅都没处买，妈妈省吃俭用，在艰难中度日。大姐、二姐相继出生，妈妈口挪肚攒积攒了一些钱，一算计不够，又借了一些钱盖了三间土坯房，这在村里又引起第二次轰动，村里人都夸："这个小媳妇儿可真不简单，不仅人长得俊，过日子也是一把好手啊！"艰难的日子，劳累的生活，加上长期营养不良，妈妈的身体每况愈下，妈妈怀玲姐时身体就不好，所以，玲姐生下来身体也弱。

1973 年的春天，我们村子来了很多知青，家家户户都要分配几个知青住宿。我家西屋也住进了几个女知青。实在是玲姐命不该绝，也是我们全家有福，玲姐的咳嗽声，引起了西屋女知青的注意，当时玲姐发着烧，脸也肿得特别大。其中一个女知青学过医，她给玲姐仔细诊治了一下，告诉妈妈，玲姐可能得的是急性肾炎，爸爸听了赶紧把玲姐送到了医院救治，这才保住了性命。玲姐在婴儿阶段，赶上妈妈生病，一口母乳也没吃过，她长大后特别喜欢吃甜食，也不知和没吃过母乳有没有关系。

玲姐天生勤快、飒爽，干活儿特别麻利，独立性强。别看玲姐只比我大两岁，但表现出的"大人范儿"，可是太像个大姐姐了。

小时候我们都去河边采一种叫"蒲蓬香"的东西，特别好吃，童年时期认为那是特别的美味。"蒲蓬香"长在河岸的浅水处，一到河边，玲姐说的最多的一句话就是，"你站这儿别动，等着姐，姐去给你弄"。于是我就站在岸边上，接下来就是玲姐大展身手的时刻了。"蒲蓬香"其实就是蒲草，它还有个正式的名字叫水烛。水烛这个名字实在是与它的外形太像了，特别像一根长蜡烛。夏天蚊虫多，点着了它，可以放在门口熏蚊子。

蒲草刚长出时，幼嫩的草芽，颜色浅黄，刚碰舌尖儿会尝到丝丝甜味，清爽可口，咽下去时有点儿柠檬味儿。长大后我和同事们提及小时候吃的东西，大家纷纷表示惊奇，吃这么多稀奇古怪的东西，竟然没食物中毒。原来这种蒲草花粉可以入药，称"蒲黄"，能消炎、止血、利尿，开出的花晒干了叫作"蒲绒"，可填床枕。蒲草晒干了，可以编草席。儿时我们经常采食的"蒲蓬香"原来浑身都是宝啊。还有一种常吃的名字叫"酸不溜丢"（学名酢浆草），听名字就知道味道酸酸的，这个"酸不溜丢"具有清热燥湿、软坚散结之功效，常用于湿热腹泻。我们小时候，这哪是吃零食，简直是在吃中药啊。难怪那时小孩子们天天在外面玩儿，风吹日晒的，也不得病，估计都是这些中草药在为我们保驾护航呢。

玲姐在我心目中简直无所不能。那时路边树很多，尤其是槐树和榆树，采榆钱儿和摘槐花更是必不可少的。"你站这别动，等着姐，姐去给你弄"，玲姐的话音刚落，一会儿功夫，大捧的槐花，大捧的榆钱儿塞进我的怀中。

我们还去摘"白毛大汉"，这种植物，有的地方叫苗苗。茅草根儿，外皮是嫩绿色的，里面的芯是白色的，嫩嫩的，特别好吃。如果遇到老点儿的，里面的白苗变红。玲姐告诉我，这个不能吃了，已经被蛇舔过了，所以变红了。她也曾告诉过我，遇到蛇不用怕，只要用手抓住头发就行，因为蛇会数小孩儿的头发，数到一百根儿的时候，小孩儿就会死，当时的我对玲姐的话深信不疑。

下雨天，我的心里也跟着下雨，烦得不行。好容易天放晴了，玲姐会说，"娟子，想吃什么，姐去给你买"。我从小就懒，还没等我回答，玲姐又说，"走，姐姐背你去"。一晃几十年就这么过去了，玲姐和我也已经是中年人了。现在回到娘家，玲姐还是习惯性地问我，"娟子，想吃什么，姐姐给你做"。

日子被亲情浸得暖暖的，软软的。耳边一个声音又响起："你站在这儿等着姐，姐去给你弄。"

行走在我生命深处的老姑

我老姑不是我亲老姑，她是我爸爸亲叔叔家的姐姐。我的爷爷奶奶只生了两个孩子，一个是我大伯，一个是我爸爸。爸爸1936年生，在那个几乎家家都有好几个孩子的年代，爷爷家算是生活条件好的。

老姑在双港村住，我家以前住的村庄是郭黄庄，距离老姑家四公里。1976年，也就是我四岁那年，妈妈进厂当了工人，那时妈妈不会骑自行车，为了妈妈上班近些，爸爸决定搬到双港村。

一个星期天的上午，我们全家七口人坐着一辆马车，拉着全部家当搬到了老姑家所在的村子——双港村。因为这个地方离妈妈上班的地方近，离大姐上班的地方也近。

老姑家六个孩子，四个儿子两个闺女，老姑夫和孩子们种地，老姑在家收拾家务，还喂几头猪。我四岁到七岁的童年时光，就是在老姑家度过的，老姑喂猪，我就蹲在猪圈旁边看着。老姑喂猪用的是糠和马铃菜，长大后读书了才知道我天天呼作马铃菜的草，学名叫马齿苋。现在也有把马齿苋叫长寿菜的。马齿苋味道甘酸滋滑，肥厚多汁，富含多种维生素和矿物质，现在的人们采来晒干，用来包饺子。那个时候人们不知马齿苋能抑制血栓，降血压，这种野菜只给猪吃，现在想想，难怪那时的猪肉那么好吃。

老姑每次喂猪前，先将马齿苋切碎，老姑切菜的时候，我都坐小板凳上用马齿苋做耳环、项链、手链。老姑切完菜，我的头上、脖子上、手上早已挂满一嘟嘟、一串串马齿苋做的"首饰"，就像一个浑身挂满珠宝的阔太太。

切完野菜，老姑在门外盘的一个大灶上开始炖猪食。猪食里面不仅有切好的野菜，还要放上糠和有点酸臭的豆渣。有时一抓，豆渣里面会飞出或爬出各种虫子。老姑往锅里倒上水，一会儿大锅里"咕噜咕噜"开了，散发出酸臭怪异的味道。我此时会喊："老姑，太臭了，猪怎么会吃呢？"老姑会哈哈笑，补上一句："要不臭猪呢，臭猪吃臭食。"在猪食快煮熟时，老姑会顺手摘下我披挂一身的"珠宝"扔进大锅里。

当时我家的经济条件算是不错的，爸爸在镇政府上班，妈妈和大姐也上了班，和周围邻居比，我家应该是"富人"。我每天早上会找爸爸要五分钱，去小卖店买五块水果糖，然后去老姑家玩儿。一进门，有时会看见老姑在扫院子，我便剥开一块糖放老姑嘴里，老姑会说："我大侄女儿给的糖就是甜啊。"下午没事时，老姑还会给我讲故事，听着听着我就睡着了。

有一次，我和门口小孩们一起玩儿，其中一个稍大点的给我们讲了一个鬼故事，大概的意思是：有个小孩上厕所，没带纸，找谁要，谁也不给，此时，墙角伸出一只毛茸茸的大手，手上有一张纸，这只大手拖着哭腔说："给你纸——"就是这个现在听起来这么好笑的故事，顿时吓得我哭起来，然后起身就跑，跑的时候，捂着眼只顾哭，正好掉进一个小水沟里，这下更吓破了胆。老姑在屋里听到了她大侄女儿"震天动地"的哭声，把我从小河沟里抱起，洗干净，搂怀里，轻轻地抚着我的后背，轻声地安慰。我从此落下"病根儿"，不敢独自去厕所。

老姑夫有个嗜好是喝酒，下酒菜竟然是油炒辣椒籽，老姑从小睡热炕落下喘病，每次用油给老姑夫炒辣椒籽时都会半天喘不上气。每当这个时候，我就用小肉手打老姑夫的后背，不让他喝酒，谁劝都不行。老姑看了，会哈哈大笑，说还是她大侄女儿最心疼她。

后来，大表哥娶了大表嫂，大表嫂是个特别贤惠的女人。我平时在老姑家天天待惯了，忽然感觉老姑对这个大表嫂嘘寒问暖的，心里特别生气，平白多了个大表嫂和我"争宠"。有一次，我要赶大表嫂走，正好妈妈在老姑家串门，妈妈为此批评了我，把我说哭了，还打了我几下，我大哭起来，心里发誓再也不来老姑家。

第二天，习惯性地来到老姑家门口，不好意思进去，就假装在门口看猪。大门一响，老姑出来了，什么话都没说，一把拉住我，老姑的手好暖啊，我抬头看了一眼老姑，头埋在她怀里。

过年时，我一睁眼，穿上新衣，第一件事是去给老姑拜年。一进院门，我会大声喊："过年过得好呀，没挨老鼠咬呀。"老姑一听嘴里爱怜地说："我大侄女的巧嘴啊！"老姑从口袋里掏出几个一角的小新票。我知道，那是老姑每次看见新点儿的钱就舍不得花，为我攒起来的。就这样，一天一天，春夏秋冬，三年一眨眼过去了。上小学那年，我家搬走了。我的童年是在老姑家长大的，每每想到我的老姑，我的心里总是湿漉漉的，暖洋洋的。

老姑离开这个世界已经二十多年了，儿时在老姑家的点滴往事，亦如眼前。这可能就是我们常说的，只要我们活着，亲人就活着。在我们的谈论中，在我们的记忆里，在我们不经意流下的泪水中，亲人会永生，在一个更快乐、更阳光的世界里永生。

在爷爷身边的快乐时光

爷爷是见过世面的。在那个农村孩子都没见过汽车的年代，爷爷先是给旧社会政府的参议开车，后来又给英国人开车，还可以用英语简单交流，如时间、地点、问候语等。爷爷虽然只是个司机，在我心中是很了不起的，因为爷爷开汽车是自学的。当然，爷爷风光的时候，爸爸才是几岁的娃娃。从老照片里可以看出那时家里的富足：还是娃娃的爸爸手里牵着一只假狗，穿着小棉袄，头上戴着小疙瘩帽；大伯也穿得像个小地主似的，站在旁边；我的爷爷奶奶端坐中间，很是像样。中华人民共和国成立以后，爷爷回到村子里生活。

回到农村的爷爷，不会种地，日子过得挺艰难。爸爸十三岁那年，奶奶久病不起，撒手人寰。这些倒霉事儿并没有击垮爷爷他老人家，爷爷开始学着种地，学着收拾家务。当年爷爷只有四十岁，可是爷爷没有续娶，和大伯、爸爸爷仨共同生活。听爸爸说起过一件事，爷爷好容易攒了三十个鸡蛋，学着邻居的样子想腌起来，留着给大伯和爸爸吃。可是没有腌好，等打开坛子，发现里面生蛆了，爷爷心疼了好些日子。

日子无论怎样，终于熬到两个儿子都结婚了。爷爷和我大伯家一起过，我家分出去单过。爷爷一共有四个孙子，六个孙女。大伯家三个儿子一个闺女，我家五个闺女一个儿子。这么多的孙子孙女哪疼得过来啊。所以，在哥哥姐姐的记忆里，爷爷是冷酷、吝啬、不近人情的。

听我梅姐说，她特别害怕爷爷。小时候看见爷爷，爷爷背着手，看到她也不抬眼皮，当梅姐怯怯地叫上一声"爷爷"时，爷爷才会从鼻孔不耐烦地发出"哼"的一声，算是答应。如果梅姐再斗胆提出要几分钱买个冰棍儿或者其他类似这样的"逆天"要求，爷爷会用拐杖一边使劲戳地，一边气急败坏地喊："走远点儿，走远点儿，我没钱。"每次听梅姐说起，我都会想，爷爷当年肯定真的没钱，谁会不疼自己的孙女呢。唉，都是穷日子惹的祸啊！

我差不多能记起三岁以后的事，也只是零星的片段。梅姐比我大五岁，在我的记忆里，梅姐常常背着我去大娘家玩。去大娘家要经过一座破桥。这座桥是用木板搭的，上面有很多窟窿。我那时记事真早啊，我伏在梅姐的背上，小小年纪懂得害怕，眼睛盯着梅姐的脚下，生怕她一脚踩空。梅姐当时大概八九岁的样子，她的后背，当时就是我的"专用座椅"。

我小时候嘴特别"巧"，听姐姐说，大娘特别爱逗我，看见我，就会问："老闺女啊，长大挣钱给谁花呀？"三四岁的我竟然会乖巧地说："给大娘花！"大娘是个不爱说笑的人，每次都会被我哄得特别开心。爷爷也会问："老孙女，长大挣钱给谁花呀？"我又会脆生生地马上回答："给爷爷花！"爷爷哈哈大笑，摸着我的头，夸我长了张巧嘴。

爷爷住在西屋，大娘大伯住在东屋。每天中午，爷爷是要喝一杯烧酒解解馋的。我每天都去爷爷那屋玩儿，爷爷西屋盘着炕，炕上放着四方的桌子，窗台特别宽，可以坐在上面。爷爷盘腿坐在炕上，我坐在爷爷腿上。爷爷喝酒前会让大伯给煎个鸡蛋，或者弄一点儿其他下酒的小菜，爷爷喝之前，用筷子蘸上一滴酒放进我嘴里，笑眯眯地问我："好喝吗？"我把头摇得和拨浪鼓一样，说："不好喝，辣！"爷爷抿上一口，发出"咂"的一声，说："好喝。"我小时候身上的肉特别多，小肚子圆滚滚的，爷爷总会用两根手指轻轻夹着我的肚皮说："给爷爷拔个大萝卜吃！"一边说，一边假装用手夹我的肚子，我肚子痒得不行，"咯咯"笑起来，爷爷也张着大嘴笑。这个"拔萝卜"的节目，每天中午都会上演一遍，我和爷爷乐此不疲。

我和爷爷"拔完萝卜"，就是我给爷爷说歌谣的时间了。爷爷说，来个《从前有座山》，我马上会说："从前有座山，山里有座庙。庙里有个老道……"爷爷会竖起大拇指称赞我背得好。爷爷有时还会逗我，说："我老孙女怎么那么丑啊？"我会气得躺在地上打滚儿，爷爷就说："那你起来说说，自己有多俊呢？"我会一骨碌从地上爬起来，大声告诉爷爷："我柳叶眉，杏核儿眼，通鼻梁，樱桃小口一点点，还有和元宝一样的耳朵。"这一套"节目"下来，爷爷总是用手轻轻摸着我的头，说上一句："这孩子，嘴这个巧呀！"现在细想起来，一个三四岁的娃娃，尤其是在那个闭塞的年代，会这么多"佳词妙句"，的确不容易啊！

爷爷总是夸我："这个孩子乐呵，有好日子过。"记得我十来岁时，去同学家玩，同学的爷爷也说过类似的话，大意是这个孩子乐乐呵呵的，听着这孩子说话，整个屋子都显亮堂。其实我们全家都特别"乐呵"，用现在的词儿解释就是乐观向上、积极阳光。想一想，这就是家风吧。爷爷丢掉工作，一穷二白和两个儿子在农村种地，依旧乐呵。像爷爷那代人经历了太多的事儿，闹日本鬼子，闹内乱，缺吃少穿，如果不保持乐观的性格，估计也挺不过去。爷爷肯定希望他的后代也能用乐观向上的态度面对一切吧。

乐观向上，这是我从爷爷那继承来的最大财富。也正是这个家风，让我的生活充满知足和快乐。至今能回忆起爷爷的样子：身材瘦高，脸也消瘦，眼窝很深，特别俊朗。

我四岁的时候，爷爷去世了。奇怪的是，爷爷活着时候的事，我都依稀记得，可生病和去世的情形我都不记得了。就能回忆起两个场景：一个是我大哥，也就是大伯家的长子，爷爷的长孙，跪在棺材前，用头撞棺材，不让大家掩埋爷爷。另一个是爸爸跪在棺材旁守灵，我以为爸爸在和我玩捉迷藏，我也跪在那，用头顶着爸爸的头，"咯咯"地笑。

爷爷在世时，最喜欢听我笑，爷爷去世时，我留给爷爷的也是笑声。在成长过程中，我也遇到过曲折和坎坷，有时候也会有畏难情绪和低落的心情，但是想想爷爷的言传身教，想想我们乐观向上的家风，我就释然了。是的，永远保持乐观向上，没有什么过不去的坎，始终微笑面对，生活总会越来越好。我也不知道，有没有另外一个世界。哥哥说，他梦见过爷爷，爷爷穿得干干净净，坐在八仙桌旁喝着小酒，想必爷爷在另一个世界也生活得很舒适、很惬意吧。

春日的阳光洒满了桌面，那些美好的回忆总是在沁满阳光的房间四散开来，总是在慵懒的午后，轰然飘进脑海。爷爷去世已经四十多年了，我一次也没梦见过他老人家。有一次，我眯着眼，半睡着，耳边一个声音轻轻哼唱："记得爷爷最爱陪着你，走在乡间小路买糖果，你说童话故事也会唱歌，我是最幸福的那一个，我是最幸福的那一个。"

此刻，窗前的迎春花灿烂地开放，一种温暖的情愫萦绕在我的心间。泡上一杯花茶，我静静地坐着，摊开纸笔却无从下手，只好任凭思绪四处飘散。

怀念野菜的滋味

中国人和野菜的亲近，恐怕是世界上其他民族不能相比的。《诗经》的第一篇就说："参差荇菜，左右流之。参差荇菜，左右采之。"荇菜的茎、叶鲜嫩多汁，富含丰富的营养。曾有人做过粗略的统计，在《诗经》三百零五篇中提到可食用野菜的诗篇多达四十多篇，虽然我并没有去考证这个数据的准确性，但至少证明，采摘野菜也是古人生活的一部分。

在物质匮乏时期，平民百姓对野菜的感情是很深的，对他们来说野菜不仅仅是"菜"，更是青黄不接时的粮食，是灾荒年月的救命宝贝。

我们这里最常见的野菜有苜蓿、荠菜、灰灰菜和马齿苋等，我家最喜欢吃的是苜蓿。到了春天，妈妈把苜蓿嫩苗采下来，简单用蒜末炒一下就相当好吃。时间充裕的时候，妈妈还会用苜蓿摊鸡蛋饼或者烙杂面苜蓿饼。妈妈在厨房忙活的时候，我隔着老远，就能闻见扑鼻的香味，忍不住溜进厨房，顾不上热锅蒸气，用手把苜蓿鸡蛋饼拿出来，有时烫得左右手来回倒着拿，也舍不得放下。妈妈笑着说，"心急吃不了热豆腐，一会儿再吃，别烫嘴。"

妈妈歇班的时候，早上先蒸一大锅杂面馒头，然后去地里挖苜蓿，回家后，先把苜蓿洗净放到热水里煮一下，把煮熟的苜蓿菜放入清水中浸泡，然后挤掉水分再切碎，里面放入新鲜的胡麻油、香油、食盐、醋，均匀搅拌倒在大盆里，最后支开大方桌，招呼一声"开饭啦"，我们姐妹几个"呼啦"一下子围上桌子，一口热馒头，一口凉拌苜蓿，再来一口绿豆汤，真是无比满足。吃饱了，摸摸滚圆的小肚皮，"吧嗒"一下嘴，顺便把流到嘴边的菜汁也抿回去。

妈妈对苜蓿有很深的感情，她认为野地里的苜蓿是野菜中的上品。于是，我小时候就以能挖到满满的一篮子苜蓿为最大的快乐。听妈妈说，她小时候日子过得很穷，也很苦，地里的野菜也不是像现在这么多。刚挖完野菜，一下雨，地里又长出一大片，她们就会很高兴。

妈妈小时候跑到离家很远的麦地里挖苜蓿菜，回家时趴在小木桥上，把一篮子菜放进河里冲干净，拿回家直接下锅炒。妈妈说起这些童年的事情，眼睛都是亮的，嘴角泛着笑意。妈妈还说，小时候去河边洗野菜，岸边有一溜儿大柳树，柳树的根须漂浮在水里，根须里边还藏着鱼，随手一抓就能抓到，有时洗着野菜，就把柳树根也抓了下来。我赶忙问："柳树不会倒吗？鱼吃了吗？好吃吗？""树根很多，倒不了的。鱼小，逮住的鱼多数是玩玩再放掉，有个别稍大的，用蒲草串着拿回家，然后用新鲜倭瓜叶一裹，再糊上点泥，埋进锅底灰里烧烧，烧熟了剥着吃。再大一些的鱼，用盐腌了放缸里，冬天吃。"我从小不爱吃鱼，但听妈妈说起这些的时候，还是忍不住吞口水。我的手都痒痒，也想去抓鱼，顺便也抓上一把柳树爷爷的大胡子。

妈妈的成长年代是靠野菜添补生活的，野菜对于他们真的是至关重要。我现在也经常挖野菜，当然，我们这一代人挖野菜和上辈人只能靠野菜充饥是不能相提并论的。我们挖野菜更多的是出于对自然的尊重和对孩提生活的怀念。

一晃三十多年过去了，野菜基本淡出了人们的生活，现在的孩子根本不认识野菜了。现在很多高级饭店也都打出"野菜包子""野菜饺子"的招牌，但多半是幌子，吃上一口，没有田野的鲜香，而是各种调料的味道，再也找不到童年的味道了。

我觉得挖野菜、吃野菜是感受大地和四季，感念父辈生活，怀念儿时的童真最直接、最朴素的方式。野菜自然纯净、顺天应时的品质也是我们重新发现食物真谛的最好方式。

参加演讲比赛

学生时代第一次演讲是在小学一年级。至今记得演讲的篇目是雷锋的一篇日记——《甘愿做这样的傻子》。老师选我演讲，估计不是看出我有演讲的天赋，主要是因为我嗓门儿大，课间的时候就数我能闹腾。

一年级的"小不点儿"刚学了几个"上下左右""大小多少""山木水火土"之类的简单的字，整篇的文章想读下来，要借助于汉语拼音。刚拿到老师给的文章时，字几乎全不认识，我拿到家一个字一个字地问姐姐，然后认真地把每个字都标上拼音。

这篇雷锋日记，写于 1960 年 8 月 20 日，雷锋这样写道："有些人说我是'傻子'，是不对的。我要做一个有利于人民、有利于国家的人。如果说这是'傻子'，那我是甘心愿意做这样的'傻子'的。革命需要这样的'傻子'，建设也需要这样的'傻子'。"简单的几句话，我背了足足半个小时。

演讲比赛定于这个学期最后一个星期，那是星期二的下午。可真正到了比赛时，却没让我们一年级的参加。可能学校领导觉得我们太小了，取消了我们的参赛资格，让我们坐在下面当观众。又过了两个学年，已经三年级了，学校又组织演讲比赛。同学们都积极做准备，包括穿什么服装。我上小学三年级时是 1980 年，那时候，过"六一"儿童节这类重要的节日时，我们都会穿最"高端、大气、上档次"的衣服，那就是白衬衣、蓝裤子和白球鞋。白球鞋每次刷完，没干时要刷上鞋粉，这样干了的时候才格外地白，如果被哪个同学不小心踩脏了，也会用鞋粉再刷上一遍，要始终保持一尘不染才最漂亮。衣服准备妥了，我让爸爸帮我选文章，爸爸觉得小孩子要选有教育意义的，于是给我挑了一篇文章——《她做得对》。

故事的内容大致是这样的：一个星期天的早晨，我和妈妈到市场买菜，有一车绿油油的小青菜吸引了妈妈的目光，我们来到车前，妈妈弯腰买菜，我在旁边等她。忽然，我发现妈妈身旁的一个阿姨在付钱时一不小心掉了十元钱，她一点也没感觉到。这时一位中年妇女发现了。她走过来，用脚踩住钱，蹲下来，假装在系鞋带，刚把钱拾起来时，就听见一个小女孩大声说："阿姨，你的钱掉了。"丢钱的阿姨正寻找时，小姑娘指着中年妇女说："阿姨，你的钱掉了，是这位阿姨帮你捡起来的。"中年妇女的脸通红通红的，只见她把拾到手里的钱递给丢钱的阿姨，甩头走开了。这短短的一幕让我意识到：这小小的十元钱，在一个大人和一个孩子心中的位置是多么不同啊。小女孩一定知道，那些不属于自己的东西是绝对不可以拿的。

这个很有教育意义的演讲受到了评委老师的青睐，当时的小观众都听得非常认真，纷纷表示要做一个正直善良的人。那次初登演讲台我竟然得了个二等奖。

五年级时，当时不知哪个村子，好像是三合村，有个男学生捡到一只天鹅，全家人没有任何迟疑，就交给了水上公园。水上公园是我们这座城市最好的公园，公园里的动物也非常多。这个学生当时还受到了区里的表彰，我们学校的音乐老师根据这个故事排了一个舞蹈《小天鹅》，这个舞蹈分为四幕。第一幕表现的是四只小天鹅在一起快乐玩耍的情景。我虽然不是这个舞蹈的主角，但我扮演的是第三只。演主角的是我的同学，她的名字叫郭始美，不仅学习好，长得也特别漂亮。我虽然不是主角，但是第一幕和第四幕中都有我，当然第四幕表现的是天鹅历经磨难，受到人类救助后回到群体后的欢乐场面。为什么要提这个舞蹈呢？因为，我们学校举办的庆"六一"联欢会在双港大礼堂举行，表演完这个勇救天鹅的舞蹈节目，就是我的演讲——董存瑞舍身炸碉堡。

"董存瑞挟起炸药包，弯着腰冲了出去。他一会儿匍匐前进，一会儿又借着同伴扔出的手榴弹的烟雾，站起来一阵猛跑。桥型暗堡里，敌人的机枪越打越紧，子弹带着尖利的呼啸声，从他的耳边掠过。董存瑞冲进了开阔地，敌人的机枪更疯狂地朝这边射击，子弹打得他身边的尘土直冒烟。敌人的机枪打紧了，他就伏下不动。敌人的机枪稍一停，他就飞也似的向前跃进几米。突然，董存瑞扑倒了，他的腿受了伤，鲜血直流。

"突然，身后响起了嘹亮的冲锋号声，总攻的时间到了。惊天动地的喊杀声由远而近，威震敌胆。大批的后续部队像潮水般地涌了上来。董存瑞不动了，他抬头看了看桥顶，又扭头向后望了一眼，略略愣了一下，突然身子向左一靠，站在桥中央，左手托起炸药包，紧紧贴住桥型暗堡，右手猛地一拉导火索。导火索'哧哧'地冒着火花和白烟！董存瑞巍然挺立，纹丝不动，像是一尊雕塑。就听董存瑞高声喊道：'为了新中国，冲啊！'突然间，一声巨响，地动山摇，敌人的桥型暗堡被炸得粉碎，董存瑞同志牺牲了。"

演讲到这，我忍不住"哇"地哭出了声。

我偶尔会回忆起小时候的事情。记得诗人汪国真用他最简单、最淳朴的语言，道出了回忆中的心境。是的，逝去的东西往往只是一种美好，但我们总是无比固执地认为那就是我们生命中最美丽、最粲然的时刻。

我的姥姥

每年的三月初三，传说是王母娘娘办蟠桃会的日子。我的姥姥就是出生在农历的三月初三，也是在农历三月初三去世的。

姥姥的名字叫颜世兰，据姥姥说，她父母去世早，她是跟着自己的舅舅长大的。姥姥是一个很坚强也很能干的人。对于我家来说，姥姥是一个居功至伟的人，也可以这么说，没有姥姥，就没有我们家的今天。

姥姥共生了八个孩子，先后夭折了五个，只剩下了我的舅舅、姨和我的妈妈。妈妈是1942年1月1日出生的，姥姥生妈妈那一年已经四十四岁了。孩子夭折了好几个，所以姥姥对这个老闺女格外疼爱。我的奶奶去世早，在我的父亲十三岁的时候，奶奶就去世了。姥姥从我大姐出生，就一直在我家帮妈妈带孩子，给全家做饭。

姥姥特别睿智。在我家这六个孩子当中，姥姥最疼爱的是大姐和哥哥。因为大姐是第一个出生的孩子，受重视，哥哥是个男孩子，所以姥姥也格外疼爱哥哥。记得我四五岁的时候，大姐和哥哥吵架，姥姥谁也舍不得说，劝也劝不住，姥姥就用手拽住我，装作要打我的样子，在我的屁股上拍两下，然后再用扫帚使劲在地上"咣咣"打两下，我吓得放声大哭，大姐和哥哥保护妹妹心切，就顾不上吵架了，马上过来保护我。姥姥用这一招解决了她最疼的外孙女和外孙吵架的问题。

姥姥很要强。她裹着一双小脚，盘着头，总是穿一身青布衫。但做起饭来，收拾屋子却一点儿也不笨拙，还特别利索。记得姥姥七十岁的时候，她老人家左手扶着墙、右手插着腰，站在那儿，让爸爸把五十斤一袋的面放在她肩上。姥姥得意地对爸爸说："你看我都七十岁了，还能扛得动一袋面。"我们都站在那看，妈妈在旁边笑，这个细节，我一直都记得。

每天晚上，妈妈给姥姥烫脚的时候，我总会看到姥姥的大拇指伸在前面，所有的脚趾头全是折的弯在脚掌下面。我问姥姥："您疼不疼？"姥姥说："不疼，已经都习惯了。"姥姥烫完脚，再用一个青色的长布带子，将脚轻轻地裹起来。有时候，我让姥姥给我也裹一下，姥姥拗不过我，把那个布带子给我轻轻地缠上。过一会儿，我觉得有点儿勒得慌，再让姥姥给我拆下去，姥姥就轻轻拆下去。

姥姥在我们家是劳累的，也是幸福的。那个时候，大姐已经在双林农场上班了，每天能给姥姥打来新鲜的牛奶喝。姥姥有哮喘病，爸爸能给姥姥买来紧俏的治疗哮喘的药品，姥姥犯病的时候轻轻喷上，能缓解痛苦，喉咙会舒服一些。

曾经以为姥姥会永远和我们在一起，其实不是。我小学三年级的时候，舅舅有了孙子，也就是说姥姥有了"四辈儿"，姥姥要回去看"四辈儿"。爸爸妈妈也拗不过姥姥想去看重孙子的心情，只能让她回去了。过了几年，姥姥的腿摔折了。现在长大了我才理解，可能姥姥怕自己老死在女儿家吧，人老了还是有一种叶落归根的想法。

由于习惯了家里有姥姥，每天放学回家都会喊一声"姥姥"，姥姥会答应一声，厨房里会飘来饭菜的香味。可是姥姥去了舅舅家以后，我中午回家的时候照例还是喊一声"姥姥"，可是再没有人答应。小小的年纪，就觉得一阵酸楚，胸膛里涨得满满的，心里特别难受。后来，我和妈妈去舅舅家看望姥姥，我们一进舅舅的院子，我大声喊："姥姥——"姥姥笑盈盈望着窗外，等我们走进屋子姥姥就让我们上炕，轻轻地把我揽在怀里。我们从小到大对姥姥的感情非常深，尽管姥姥去世已经三十多年了，可现在想起姥姥来，心里还是很难过。

姥姥属大龙。在姥姥去世的前一天夜里，舅舅梦见他家墙根儿的一口大水缸上盘着一条白龙，白龙在院里绕了一圈飞天而去。转天姥姥早上起来梳头洗脸，说自己要走了，然后躺在床上，永远闭上了眼睛，享年八十四岁，那一年我十四岁。

听老人讲，三月三出生和三月三去世的人都是王母娘娘的座上宾，想必姥姥也在吃着蟠桃，享受着天庭丰盛的筵席吧。

那一天，我们捕到了鱼神

妈妈爱吃鱼。妈妈 1942 年出生在一个叫大苏庄的村子，这个村子两面环水，大苏庄毗邻一洼淡水湖，名叫大港。大港是福地，有水草有虾蟹，大港甘甜的湖水滋润着附近的村庄，大苏庄一带成为远近闻名的鱼米之乡。

大苏庄是富饶的地方，河多，鱼就多。记得妈妈说起过，她小时候，一到冬天快封河的时候，家里人就会到河里捉鱼。那时候，鱼又大又多，通常一次就会捉到几十条。鱼的品种也很多，草鱼和鲤鱼最常见。姥姥把捉来的鱼，用刮子把鳞刮干净，再去内脏，清洗干净，每放一层鱼就码上一层大盐粒子，还有姜、大料等调料，等这一坛码满了，再腌另一坛。听妈妈说起这些，我知道妈妈的童年是多彩而富足的。

妈妈爱吃鱼，所以爸爸爱捕鱼。爸爸是个文化人，喜欢琴棋书画，尤擅诗词歌赋。妈妈爱吃鱼，爸爸当老师挣这点儿工资，哪够天天买鱼吃呢！于是每到休息日或者寒暑假爸爸就去捉鱼，后来我们相继出生了，爸爸有了小帮手，我们家每个孩子都和爸爸去捉过鱼。

爸爸喜欢捉鱼，我们家的孩子也喜欢捉鱼。哥哥通常是摸鱼和淘鱼。哥哥比我大七岁，可他很小就开始捉鱼了，应该是十岁左右吧。我清晰地记得有一次，哥哥和大姐捉来了很多鱼。其中有一条鱼特别大，嘴还一张一合的。哥哥逗我说："你看这条鱼的嘴多大呀，你知道吗，这条鱼的嘴里有咱妈妈的奶。你把你的嘴对准这条鱼的嘴使劲地吸，就会吸到咱妈妈的奶了。"我那个时候也就是四五岁的样子，听哥哥这么一说，我赶紧把嘴对准了那条鱼的嘴，用尽全身力气使劲地吸了一大口，那条鱼被我吸得翻着白眼，身子不停地抽搐，痛苦地来回扑腾，而我什么也没吸出来，沾了一嘴的腥味。这时候，哥哥和大姐都已经笑得坐到了地上，我才知道他们是捉弄我，委屈地哭起来。

捉鱼的时候也总会遇到危险。有一次我和哥哥姐姐一起去捉鱼，我的年纪小，姐姐让我站在岸边看着鱼篓。我听见岸边的草丛里有响动，原来是一条蛇盘在那，我吓得惊慌失措，一边跑一边大声喊着姐姐。姐姐赶紧上岸，问我怎么了，我拖着哭音说看见蛇了。

我家周末和假期的闲暇时光基本都是在摸鱼、钓鱼和淘鱼中度过，既娱乐身心又改善了生活，更主要的是可以享受捉鱼后的快乐。捉到的鱼除了自己吃，余下的还送给邻居。爸爸手特别巧，在院子里用水泥垒了一个小鱼池，从捉到的鱼里挑选游得欢实的养在鱼池里。尤其是夏天的傍晚，全家人坐在院子里吃晚饭，微风拂过，荷叶摇曳，还能享受"鱼戏莲叶间"的乐趣。吃完晚饭，摇着大蒲扇，看着自由自在的鱼儿来回穿梭，心里那叫一个美呢！

后来家里生活条件好了，爸爸花四十块钱买了一副撒网。四十块钱对一个家庭来说，也算是一笔开销，肯定下了很大的决心才舍得买，这副撒网，爸爸特别喜欢。撒网的下面有一圈铅坠子，爸爸把网撒出去，网口向下，利用铅坠子的重量将网体快速地带入水中，并用与网边相连的粗绳，缓缓地收口，这样鱼会进入网兜中再利用粗绳拉出水面。经过几次练习，爸爸撒的网又大又圆，绝对专业。

一天，天气预报有雨，爸爸说在这样的天气里肯定容易捕到鱼。那个时候正好放暑假，我就和爸爸一起去了。走在路上，天越来越阴了，云也压得越来越低了，风也刮得挺大。我们来到河边，那一天路上根本没有人，风越来越大，卷着地上的残叶和碎草斜斜地拍在脸上，脖子不由自主地瑟缩着，眼睛一时也睁不开了。那一天的水特别浑，水面上树叶很多，风大，水也不安分，打着大旋子，一层一层，仿佛要吞噬着什么。我说："有点冷。"爸爸说："既来了，打上一网再走。"一网下去，什么都没有，第二网下去依然是空网，爸爸有点儿不开心。第三网爸爸摆好了架势，把撒网抛了出去，网口向下，特别圆。

河水依旧打着旋儿，北边的天打着闪，黑云好像消散了点儿，没有那么厚了，但依旧打着闷雷。爸爸慢慢收网，特别重，根本拽不动，反复拉了几次，有了松动。快出水面时，我们看到了，这是一条大鱼，足有一米长，而且全身是金红色，拽出水面时，尾巴在网里搅动，嘴张得特别大。再使劲儿向上拉，看得更清楚了，嘴旁边还有两条粗须，和年画上的大鲤鱼简直一模一样。大鱼的嘴一张一合，长须子也左右摆动。

我忽然想起了，小时候哥哥让我吸的鱼，嘴也是这么一张一合，我感觉自己有点儿喘不过气，有点儿要窒息的感觉。我和爸爸都不敢动，也不敢大声说话，都被大鱼的样子惊呆了。我们怕听到大鱼说话，又想听到大鱼说话，我估计自己和爸爸心里想的是一样的：我们捕到了鱼神。因为我读过《渔夫和金鱼的故事》，故事中的老太婆总是不满足，向金鱼提出了一个又一个的要求。老太婆无休止的追求变成了贪婪，从最初的清苦，继而拥有辉煌与繁华，最终又回到从前的贫苦。我胡思乱想，如果此刻网中的大鲤鱼开口说话，让我们提要求，我会提什么呢。当然，鱼没有说话，爸爸说话了："放了吧。"我说："嗯。"

回来的时候，雨下得更大了，大得看不清路。爸爸和我都没有说话。后来，我放学以后偷偷去捕到那条大鱼的地方看过几次，盼望能够再次见到那条大鱼，幻想着能像童话里写的那样，大鱼会说："谢谢你，小姑娘。你需要什么，我都答应你。"当然，大鱼再未出现过，爸爸后来再也没有捕到过那么大的鱼，但每次捕到的鱼不少。

时间好快，一转眼我们都长大了，我们再也不争着和爸爸去捉鱼，爸爸又开始了他"琴棋书画诗酒花"的文人生活。

人生就像是一条流不完的河，更像河里捉不尽的鱼。生活其实也很简单，喜欢的就争取，得到的就珍惜，失去的就忘记。就如同爸爸和我都不吃鱼，一口不吃，却喜欢看水的欢腾，鱼的跳跃。种花的人不一定爱看花开，也许是为了看蝶戏花间的美妙。所有的经历，都是一种收获；所有的过往，都是岁月的一种恩赐。

我的妯娌叫赵亮福

　　我的妯娌名字叫赵亮福，是双港镇李楼村人。刚刚认识她的时候，她二十六岁，用个词形容正是风华正茂。人长得非常漂亮，身材高挑，肤色白皙，无论放在哪个年代都是标准的美人。眼睛像一池秋水，秋波流转，非常动人。不善言谈，不笑不说话，一笑俩酒窝，别人说话她总是安静地听着，没有可回答的就是莞尔一笑。天生一副好脾气，无论别人怎么急，她自己也不发脾气。

　　我和她是有缘分的，因为一起度过这么多的日子。我想大千世界，人海茫茫，能够相识都是缘分，还有那句大家都知道的：前世的五百次回眸才换来今生的擦肩而过，何况我们成为妯娌。估计我和她上辈子啥也没顾上干，只是拼命地回头了，难怪我俩颈椎都不算好，说不定是上辈子扭头的原因。

　　正因为我和她是妯娌，我才有机会了解她的温婉、贤淑。我的孩子已经二十多岁了，也就是说，我跟我的妯娌相处超过了二十年。在这么多年里，每逢过年过节我们都是在一起过的。从来没有哪一个重大的节日，不是在一起。

　　她做饭的手艺非常高超，以至于吸引我的孩子每逢寒暑假都去她家住，从小到大从未改变过。现在那么大了，还是习惯性地去大娘家。我收拾屋子、洗衣服这些家务活儿倒还行，但是做饭，就做不太好，这也缘于我上面有几个特别能干的大姐姐，所以我这方面的技能就进化出来，这也是我非常自卑的地方。有时候孩子吃我做的饭，皱着眉头或者嫌弃地说几句的时候，我的心里都是隐隐作痛的。我也曾查百度，学习过做饭，但是依旧得不到孩子的认可，所以我就鼓励孩子，让其学做饭，自己做一个厨房高手，这样不仅能够喂饱自己，还能够温暖家人。

她在对待老公、孩子方面也有很多值得我学习的地方。她丈夫曾经生过重病，她在身边悉心照料，衣不解带。她丈夫是那种刚硬的汉子，能干、正直，还有点儿大男子主义；她禀性勤劳、朴实、善良、温柔，这一硬一软，真是刚柔相济的完美结合。我们在写年终总结时，总会把任劳任怨、工作认真、团结同事、不忘初心等这些美好的词汇戴在自己头上，其实这些好词儿如果用在我的妯娌身上那是恰如其分，一点儿也不为过。

她丈夫生病期间，她一人挑起家庭重担。为了贴补家用，学会了摊煎饼的手艺。摊煎饼，是个勤快活儿，早上四点多就要起床，剁葱、调小料、磨绿豆面，每天忙到十一点，再回家给家人做饭、收拾家务，下午再去菜市场给别人帮忙，晚上照顾孩子学习。周而复始，一天又一天，这一干就是八年，从没喊过一声苦，叫过一声累，其间的艰辛可想而知。

记得有一次我们坐在桌上吃饭，她丈夫一直喝着小酒。嫂子在旁边，剥皮皮虾，剥一个放在老公碗边，又剥一个放孩子碗里，自己舍不得往嘴里吃一点儿，她把认为好的都让给大人孩子吃。跟她在一起过年已有二十多个年头了，我自己在家里，没准备过什么东西，每次到那儿吃完年夜饭，然后一起包好了饺子，回家的时候，总是大包小包地给我捎回来各种炖肉、丸子。这么多年来一直是这样的，有时候我就想：这不只是妯娌，更是一个亲人，人的感情都是在多年的相处中逐渐加深的，我和她也是这样。

人的感情是相通的，她心疼我，我也惦记她。我们每次去，她心里记得我们爱吃的东西，记得我们各自的喜好，总是像变魔术一样变出一大桌味道鲜美的饭菜。她在厨房忙着，我有时站在她身边和她聊着家长里短，偶尔想帮忙干点儿活，她会说："你快歇会儿吧，你干不好呀，我做好了，你别嫌不好吃就行。"我也惦着她，我有什么新鲜的东西，也会给她送去。即便她自己舍不得吃，留给别人吃，总归也是我的心意，多年的妯娌似姐妹。

进入二十一世纪，老百姓的生活越来越好了，自古以来婆媳、妯娌、兄弟间常常有点小摩擦，在物质至上的时代，亲人的矛盾影响着人与人之间的感情。但我们之间不但从未拌过嘴、红过脸，好都好不够。在我的眼里，她没有缺点，是个完美女人，我们之间永远没有机关算计，更别说上演纵横捭阖的三国大戏了。

别人总会说我命好，在娘家父母宠爱，有好几个能干的大姐姐，什么也不用我干。到了婆家吧，婆婆虽然去世早，我无缘体会婆婆的疼爱，但是，我有一个好嫂子，这个嫂子，不是婆婆胜似婆婆，甚至很多地方比婆婆做得还要好。

说来也怪，我在哪家待着，都觉得不是特别自在，因为毕竟不是自己的家，行动坐卧都要加点小心，只有在妯娌家，我的心情永远是放松的。而且，无论吃什么，喝什么，还是做什么，都非常踏实，觉得心里头没有什么负担。如今我的妯娌，已经当婆婆了，大孙子已经快上小学了。一家人非常和美幸福。尤其是那个小孙子非常可爱、聪明，是我们全家的开心果。

所谓多年的媳妇熬成婆，多年的劳累，没有改变她的性情，而让她更加温婉了。照顾儿子、儿媳、大孙子成了她的主旋律。她没有什么烦心事，生活不再只是眼前的苟且，诗和远方在她的身边围绕着。她现在参加了社区的模特队，吃完晚饭的时候，在社区里走走模特步，有时跳跳大秧歌，生活得非常惬意，儿子儿媳也非常孝顺。

我觉得现在的她是非常幸福的，希望我的妯娌，像她的名字"赵亮福"一样永远这么亮亮堂堂，永远幸福下去。

上交老鼠尾巴

　　我在北马集上小学一年级是 1979 年，当时小学上五年，初中上三年。等我上三年级时，就改成了六年制。也就是说，以前小学上五年就毕业了，现在要上六年。学校有规定，学习优秀的可以直接跳级。于是我从三年级直接跳到了五年级。这样一来，我的同学都比我大一到两岁，跳级的直接后果就是数学题不会做了。现在如果有人问我人生第一件后悔的事是什么，我肯定会说"跳级"。

　　五年级的时候我转学到了郭黄庄小学，当时的班主任是赵树桢老师。跳级后，面对陌生的老师和同学，一时很难适应，学习也慢慢地不如以前那么好了，我学起来有点儿吃力。此时，郭黄庄村开展起轰轰烈烈的灭鼠活动。老鼠是公认的有害动物，不仅到处打洞，而且还传播病毒，繁殖能力极强。如果发现家里有一只老鼠那就说明家里至少有一窝老鼠。一句古话叫"老鼠过街，人人喊打"，就是说如果发现老鼠就要打死。

　　学校当时规定，学生每周要上交一根老鼠尾巴，同时还可以领一毛钱。这个活动好呀，同学们特别兴奋，感觉自己马上可以挣大钱了。一毛钱是什么概念呢，就当时的购买力来说，可以买两到三根冰棍儿，当时的冰棍儿，不像现在那么多花样，就两种，水果味的和奶油味的，水果味的三分一根，奶油味的五分一根。一毛钱还可以买到一个面包或是一包花生仁，可能大人也没觉得怎样，可这一毛钱对我们来说非常有吸引力，而且不用找家长要，是自己挣来的，花起来多硬气。同学们放学写完作业，就聚在一起去抓老鼠。我们女生胆子小，一定要喊上几个男生一起组成一个小组。班里男生基本上都比我大两三岁，个子也高，他们抓老鼠时会像个小大人一样带上铁锹和草帽。

星期天，我们小组写完作业，决定集体去抓老鼠。抓老鼠要到村子边上的田里去抓。我们到田间仔细搜寻，很快发现一个老鼠洞，我们先灌水，如果半天没有动静，说明这个老鼠洞已经被其他人灌过水了，接着再去搜寻下一个鼠洞。灌完水如果有老鼠跑出来，趁老鼠四散逃命时，赶紧用铁锹使劲拍。拍死的老鼠我们女生用小刀把尾巴割下来，用旧报纸裹好。

我们五年一班当时有个叫张金和的男生，他的胆子特别大，他经常给我们讲他家杀鼠的经历。他听他爷爷讲过，杀鼠最高水平是用一颗干黄豆塞进老鼠的屁股，然后用针线缝合，一是黄豆遇水会膨胀变大，二是老鼠要吃喝，拉不出难受，就到处乱窜撕咬，别的老鼠吓得逃之夭夭。这些事我们听起来既好奇又害怕。张金和捕鼠特勇敢，他有时顾不上拍老鼠，就直接用铁锹朝老鼠尾巴直接切去。估计那个时期，肯定有不少老鼠侥幸逃脱，保全了性命，但失去了尾巴，变成了无尾鼠，我想它们肯定也会"身残志坚""笑对鼠生"。

最开始捕鼠我们组的战功卓著。每周我们小组都会领几角钱，放学时，我们会商量怎么花，有时是几个本子，有时是几袋瓜子或几粒糖，无论买什么，我们都特别开心。我甚至在心里还偷偷想过，不如养点老鼠得了，这样一来，就有花不完的零用钱了。但我懂得捕鼠是为了"除四害"，我这个想法只敢在心里想，是不敢说出口的。正因为这轰轰烈烈的捕鼠活动，我的心情不像刚跳级时那么不开心了，慢慢也交到了几个好朋友，也不觉得那么孤单了。到了后来，甚至开始庆幸，因为五年级的男生个子高，力气大，如果不跟他们一个年级，就没有捕鼠活动，如果不和他们一起捕鼠，凭我自己，连一根儿老鼠毛也找不见。

有一次，快走到学校门口时，我发现一张叠成方块形状的报纸，赶紧捡起打开，里面竟然是四根老鼠尾巴。也不知哪个同学掉的，丢老鼠尾巴的同学估计急坏了。我知道捕到四只老鼠，非常辛苦，是几个人，耗费周末一天，甚至两天时间才获得的，而且表明他们非常幸运，因为老鼠非常机灵，在"捕鼠大军"轮番上阵后，老鼠变得越来越警觉，而且老鼠在我们这方土地上快绝迹了，我们小组都已经几周没有捉到老鼠了。我没有半点儿犹豫，三步并作两步，走进办公室，交给了赵老师。老师表扬了我"拾老鼠尾巴不昧"的高尚品质，还在教室后面的板报墙上给我贴了一朵小红花，我心里高兴极了。

在赵树桢老师的帮助下，我的学习也慢慢地赶上来了。赵老师长得文质彬彬，教我们数学和语文。他讲课特别有激情，朗读课文特别有感情，声音清越好听。赵老师治班也特别严谨，是一位非常好的老师，我们全班同学都非常喜欢他。

有一次，赵老师病了，一周没来上课，我们那时几乎没有什么副科课，每个班就是一个老师承包所有课程。这样一来，我们班天天没人上课了。几个班委一商量，带着全班同学去田里捉老鼠。我至今记得当时我们雄赳赳、气昂昂的样子，经过一天的"浴土奋战"，全班斩获十一条鼠尾。那是我第一次觉得那么乐意打老鼠，劳动那么有成就感，也第一次感受到钱可以花得那么有意义。那次我们又自愿每人捐了五毛钱，给赵老师买了几瓶水果罐头和一大袋麦乳精。一晃三十几年过去了，赵老师病没有完全好就来上班时的样子，老师眼睛里打转的泪花，我们一起簇拥着老师非让他吃罐头的情景，至今还历历在目。

那一年，我突然长大了，不再觉得自己是要被别人处处照顾的小女孩儿，而是一个心灵丰润的大姑娘了。

父亲的私塾

中华人民共和国成立以前，我父亲在家乡念了五年私塾。童年时期那种封闭单调的学习方式已成为历史，但那时候艰苦的学习环境和生活仍然让父亲记忆犹新。

父亲是津南郭黄庄人，八岁那年被爷爷奶奶送到本村念私塾。私塾设在村东庙里一个三连间的屋内，用土台子搭上二尺多宽的大船板当课桌，学生们自带凳子分坐在船板两边，父亲是坐在靠墙的里边。几个有钱人家的孩子，从家里搬来八仙桌子，把笔墨纸砚放到桌子上，那就宽敞舒服多了。老师吃住在庙里，靠每个学生一年交三至五斗粮食生活。庙内正殿供奉观音菩萨，西殿供奉柳仙，南殿是土地、判官和龇牙咧嘴的小鬼。有时村上死了人，孝子们身穿白布孝衣，列队到土地庙来"报庙"。只见孝子们跪拜在庙门前，哭哭啼啼烧纸钱，祈求土地爷、判官、小鬼们能善待他们先人的亡灵。在这种阴森森的环境中读书，起初父亲和他的小伙伴们都有点儿害怕，老师就开导他们说："《论语》上讲'子不语怪力乱神'。孔圣人都不信鬼神，庙里的鬼神都是泥塑的，何惧之有！"经老师反复地教导，大家也就安心读书了。

私塾规矩很严，如果学生要去厕所，必须拿着墙上挂着的"出恭牌"，才能出去。这种"出恭牌"宽约一寸半，长足有一尺多，是木头做的，学生拿着去出恭，回来再把牌子挂上，别人才能再接着去。

老师每天给学生规定当天要会念、会背的书，叫"号书"，学生不认识的字可以问老师，也可以问大点的同学。学生每天上午念书，中午回家吃饭，下午回来每人写一篇大仿、三行小楷交给老师，再接着念书。快到放学时，老师下令道："背书！"这时屋内顿时鸦雀无声，学生们紧张地等待老师点名去背书。老师叫到谁，谁就马上将已念过的所有书打开，从《百家姓》开始，一本一本地往上摞，把当天应背的书放到最上面，抱着这一摞书放到老师面前，然后扭过身背对着老师开始背书。背完当天应该背会的书，马上从第一本《百家姓》开始背已念过的书。老师常说，这叫"学而时习之，不亦说乎"。不过，大多数是背完当天念的书后，学生张嘴背《百家姓》时，老师就说："回去吧！"这时学生就算过了这一关。若是老师不说话，学生就还要往下背。有时老师还要抽出其中一本书，提出一句书中的内容，让学生接着往下背。如果背书背不下来，轻者被老师斥责一顿，重则挨藤杆子抽。有的学生背书总挨打，就哭着逃学不念了。

父亲说，他也遇到过一次"险情"。一天，当父亲背完当天应念的书后，老师突然从父亲抱过去的书里抽出一本《大学》。老师提问道："大学之道，在明明德，下面是什么？"父亲幸亏没忘书中的内容，就接着背诵："在亲民，在止于至善。知止而后有定，定而后能静，静而后能安，安而后能虑，虑而后能得。物有本末，事有终始，知所先后，则近道矣。"背到这时，老师满意地说："好，回去吧！"父亲说，他当时很庆幸躲过这一劫，不然要挨板子了。

私塾就是要念四书五经。"四书"是《大学》《中庸》《论语》《孟子》，五经是《诗经》《尚书》《礼记》《周易》《春秋》。父亲的班一共有十七八个学生，有的八九岁，有的十五六了，年龄不同，念的书也不同。每天老师一声令下："念书！"整间屋子就像蛤蟆吵坑一样"哇哇"响成一片。学生们在这种嘈杂的环境中一念就是一上午，也没有课间休息时间。

1949年家乡解放了，私塾也解散了，庙里的泥塑神像拆除了，父亲也从那种死记硬背读"死书""死念书"的私塾沉疴中解脱出来。不久，土地庙改为国办郭黄庄小学，上级教育部门陆续派来几位师范毕业的老师，学校改为全日制小学，学校院内矗立起旗杆，每天早晨老师带领学生列队升国旗、唱国歌，办学走上正轨。上课之余，老师带领学生到村上宣传党的政策、贴标语、发传单。没过多久，父亲考上了天津市十三中学，从此走上德、智、体、美、劳全面发展的求学之路。

第三辑

天热，心静，人清凉

这几天，真的很热。有两点可以证明：一是我一向不喜欢吃冰棍儿，因为胃口怕凉，平时喜欢热汤、热饭、热茶，而今夏一反往常，已经吃了多根冰棍儿和两个大盒七喜草莓冰激凌；二是以前不喜欢吹空调电扇的我，每天醒来第一件事就是打开空调，任凉风习习拂过脸颊。

我其实有个生理特点，就是冬天不怕冷，夏天也不怕热。以前有朋友问我："为什么夏天那么热却不见你出汗呢？"我骄傲地回答："冰肌玉骨，自清凉无汗。"不过，我的确不爱出汗，天气无论多热，一滴汗也不出。今年的我冰棍儿也吃，电扇也吹，空调也开，胃口也不怕凉了。

天气酷热难耐之时，就庆幸自己是个老师，可以幸运地在家躲过最热的两个月。我一向很懒，放假在家，基本是看会儿电视、喝会儿茶、写点小文。如若想旅游，要忖头好多天，做好几天的思想斗争，等自己把自己劝动了，再懒洋洋地出去个两三天，马上就想回我的老窝了。除非是爸爸喊我去陪他打牌，不然，我是不想出屋的。

也有例外。前天，特别热，室外显示三十九度，走在外面，感觉头上冒着一层热气，仿佛腾云驾雾一般，整个人仿佛在蒸笼里。我收拾一新去海河柳杂志社去拿社里为我们作者买的书。那么热的天，当我"火热"无限地来到编辑部，看到我的好朋友时，心情马上好起来，顿觉清凉无限。

这样的天，也有一个好处：就是可以判定友情和爱情。在这样的"烧火"天气里，能够见面的都是生死之交啊！尤其还提着礼物看望朋友的，更进一步证明了彼此之间火热的感情。

在炎热的天气里，喝点儿茶，写点儿小文，都是能给我带来好心情的事，正如：水晶帘动微风起，满架蔷薇一院香。

这个夏天注定热热乎乎的。我家门口不知何时开始，警察叔叔开始给停在这里的汽车贴条了。前两天，陪爸爸玩牌回来，把车停在了路边。停的时候，内心就忐忑不安，生怕停得不规范，可是没有地方了，就小心翼翼地紧贴着路边停好。早上一看，一个违停的罚款条贴在玻璃窗上，心里紧张，后背的汗一下子就出来了。那么谨慎，还是被贴了，可怜了我最初的那份小心，柔软的心一下子就酸楚无限。再看旁边有几辆车横七竖八停的，一点儿也不规矩，竟然"幸免于难"，心里不禁感叹，我这也是"停不逢时"，停个车也看运气啊！

"贴条"事件刚过，一场大雨，给我们带来清凉。可我的心也被浇凉了。昨天早上，我一开车门，车里竟然有水，狐疑间，启动车子，能正常启动。我赶紧给我一个修理厂的朋友打电话，朋友说，是因为车停在路边，雨大水高，再加上路上行驶的车子开过时，水位变高了，就顺着车门涌进了车子。天啊！真是"祸不单行"，刚被贴条，车又进了水。修理厂的朋友赶紧提醒我快去拆卸，不然车就糟了。多亏有个会修车的朋友，不幸中的万幸。

人生，总是有高兴，有不高兴，如同小溪有阻碍，有不平，也会一路唱歌前行。从朋友那拆完车座，心里不那么堵得慌了。多经历事儿，这也是有好处的，"吃一堑，长一智"。本来悠闲的假期，喝着茶，吃着美食的小日子，因为车子被泡而变得仓促而狼狈。

正如看电视剧，剧中情节总是一波未平，一波又起。这句话也在我这里得到印证。想去菜市场给孩子买点皮皮虾，结果袋没系紧，水漏车里了。转天一开车门，啊！如入鲍鱼之肆，一股腥味，扑面而来，臭不可闻。于是大家看到以下场景：四个车门大开，一个中年妇女坐在旁边打一把阳伞晒车，这种情景持续了两天。因为车里有类似臭虾酱的味道，还有几只苍蝇被吸引过来，等车什么时候晒干了，我又可以恢复成悠闲的假期模式了。

一次在散文群里，有一个人说："现在的语文老师也不写作，也不看书，我孩子写作文，我让孩子写完题目空两行再写第一段，这样看起来美观，结果孩子的语文老师说格式不对。"然后发了几篇书上的文章格式（都是题目以下空了好几行）以佐证自己的说法，又大大嘲讽语文老师一番，我看着不解释，也不争辩。

记得有这样一个小故事：甲乙二人同游太行山。甲曰："本'大行'，何得称'太行'？"乙曰："本'太行'，如何称'大行'？"共决于老者。老者可甲而否乙。甲去，乙询云："奈何公亦颠倒若是？"答曰："人有争气者，不可与辩。今其人妄谓己是，不屑证明是非，有争气矣。吾不与辩者，使其终身不知有太行山也。"

小文的意思是甲乙二人同游太行山。甲说："本来是'大行'，怎么能叫'太行'呢？"乙说："本就是'太行'，为什么称'大行'？"双方一起请一位老者来评断。老者说甲对而乙错。甲离开之后，乙问老者说："怎么您也如此颠倒是非？"老者回答说："有人好争口气的，不值得与他分辩。今天这个人狂妄地自以为是，我不屑于向他证明真正的是非，就已经是争了这口气了。我不与他分辩真相，让他终身不知道有太行山。"

不与偏狭者争辩，就是对偏狭者最大的惩罚。

华北名镇咸水沽

咸水沽地处海河下稍，海大道咽喉处。河道纵横，遍地稻田，古来就有鱼米之乡、"小江南"之美誉。在津南三大名镇中，咸水沽虽然没有葛沽的历史文化悠久，也没有小站镇的近代军事名声显赫，但是作为海运码头，漕运中心的咸水沽还是自有其特点。

咸水沽是旧天津府的八镇之一，是海河下游地区漕运盐运的重要集散地。自明代以来就是河海码头，到晚清、民国时期更是如此。中华人民共和国成立以前的咸水沽水道纵横，河面更为宽阔，用唐代大诗人王湾的名诗《次北固山下》中的诗句"潮平两岸阔，风正一帆悬"来描绘那时的咸水沽，是再恰当不过了。

咸水沽是旧天津地区著名的水旱码头和贸易中心。夏秋之季，福建、江浙南来的粮船，营口、丹东北回的木材船，都在这里集散。咸水沽当时渔业、盐业十分兴旺，水陆两运特别发达。来往的商人在粮船上常常兼带各种土产商货，如木材、布料、纸张、油蜡及各种生活用品等。漕船在返回时，也捎带一些北方的物资和土特产，但多以食盐为主。这样咸水沽就成了南北货物的集散地，一时，商贾云集，热闹非凡。到了冬天，咸水沽又是修造海船之所，船坞平台鳞次栉比，生意兴隆。

咸水沽地区河道纵横，自明代以来，咸水沽就是河海码头，水路四通八达，近通小站、八里台，远到万家码头、静海，直抵胜芳、白洋淀。咸水沽是天津七十二沽之一。古语的沽字，是这样解释的，"沽：小水入海之名"。古来天津地区就有九河下梢天津卫之称，顾名思义，天津水多河多洼地多，因此形成的水沽也多。

咸水沽得名，众说纷纭。不了解的人会望文生义，认为咸水沽是因为水咸才叫的这个名字。其实是因为随着潮汐涨落，海水倒灌，咸水逆流而上到达这个地方才取这个名字；加之旧时当地居民曾以海水煮盐为生，因而名咸水沽。其实这里水质虽然称不上清冽甘甜，但也不是咸的，千百年来，这里的沽水滋润着这方稻乡的千亩沃土。

回顾咸水沽地区的经济文化发展，在历史上有四次重要的机遇，分别在北宋、南宋、明代和清代。咸水沽的开发始于北宋初期，虽没有大面积开垦，但也为后来的发展奠定了很好的基础。

南宋咸淳年间，因南粮北调的需要，朝廷决定开辟海运。南方的运粮船沿海路入渤海湾，驶进海河，溯流而上，直至三岔口。而地处海河尾闾要冲位置的咸水沽，就成为海漕运输线上船队进入海河后的第一家繁华村镇。

明代万历二年，汪应蛟奉调到天津沿海地区屯田、种植水稻。他调用海防官兵万人，共开辟了十个"围"，均在今津南辖区内。其中就有"咸水沽围"。这次大规模的垦田开发，为咸水沽成为鱼米之乡奠定了基础。清代咸丰九年开始，钦差大臣僧格林沁督兵于滨海地区，垦殖稻田，在咸水沽开垦稻田三千五百四十亩，使盐碱之地成为沃壤良田。

《津门诗钞》录有清人孟淦七绝《咸水沽闻蝉》云："浅深沽上雨初收，特向津门放小舟。借得半帆风正好，绿荫深处一声秋。"诗的内容反映了旧时咸水沽是沟通津沽的水路要道，并描画出雨后的津沽大地水光潋滟、水面阔达、植被丰厚、翠树蝉鸣的优美风光。

千年古镇寄深情

古镇葛沽的厚重历史始于明代。葛沽是天津地区著名的水旱码头和贸易中心。葛沽最早开通漕运是在元代中统二年（1261年），那时葛沽以北地区驻扎军队，也就是海防军，漕粮离船入仓后，由地方驻军统管。当地的民粮，也归属当地驻军管理，漕运粮成为驻军和百姓混用的口粮。在粮船上常常兼带各种土产商货，如木材、布料、纸张、油蜡等。漕船在返回时，也捎带一些北方的物资和土特产，但多以食盐为主。这样葛沽就成为南北货物的集散地，商贾云集，非常热闹。

葛沽的居民靠山吃山，靠水吃水，镇上的大多百姓家里养着渔船，渔船多，码头自然多；河多，桥就自然多。百姓出海打渔向上天祈求平安，建了很多寺庙。这些众多的庙宇是百姓的信仰所在。出海前，要沐浴更衣、焚香叩拜诸位上仙女神，祷佑行船平安，人员康泰。养船人的家里也有很多讲究，做饭用的锅碗瓢勺不能扣着放在那，烙饼翻个不能说翻个，叫"划樯"或"划一樯"。目的，就是讨个好彩头，图个吉利。每年入冬，冰封了河，海船停止运输，等到来年二月十九日出海。启航时要敬告天地，张灯结彩，燃放鞭炮，敲锣打鼓，焚香敬拜海神娘娘和白衣大士。出海平安归来，仍叩拜海神娘娘和白衣大士，置办供品，谢上仙女神的庇护。拜完以后，在船上打锚校舵，喊号子。

天津葛沽宝辇花会以"八辇二亭"为中心，每座宝辇里都端坐着一位娘娘，有海神娘娘、痘疹娘娘、子孙娘娘等，形成了葛沽地区独有的酬天喜民、祷天奉神的信仰文化。

从千年厚重的贝壳堤，到屹立不倒的娘娘宫，从祭祀女神的老非遗宝辇高跷，到新非遗泥塑、刺绣、剪纸等，可以说新旧葛沽跨越千年，说不尽道不完的还有葛沽独特的饮食文化，也可以小书几笔。

具有千年历史的葛沽瑰宝很多。贝壳堤上的贝壳诉说着中国自有庙宇以来，独一无二的鱼骨庙。这座庙宇的神奇之处在于它是用巨大的鲸鱼骨为层脊，整根鱼骨为海神塑像底座。鱼骨庙旁有一眼泉水像鸟翼一样拱出于贝壳堤。据当地百姓口口相传，这就是通海的海眼，人如果趴在泉眼上，可以听到涛声拍岸，震耳欲聋，此起彼伏。而且这座神庙的泉眼，赶上旧时葛沽大旱三年而不枯竭，如果是发大水，泉眼也不往外溢水，就算灌入泥沙也常年清澈。

在葛沽的庙宇中，马神庙也非常著名，不同凡响。康熙皇帝当年多次巡幸重镇葛沽，曾信步游览马神庙，听百姓讲述马神庙的传奇故事，龙颜大悦，兴致勃勃亲自御书庙联，从此马神庙陡然而贵，名声大振。

"九桥十八庙"，是对葛沽众多桥庙的一个笼统的称呼。葛沽的名胜古迹众多，但九桥十八庙是众多古迹中最为著名的，是整个葛沽人文景观和自然景观的代表，更为了突出葛沽古老的文化底蕴、厚重的历史意义和重大的文化内涵以及丰富的艺术氛围。

葛沽的景致很多，在诸多景观中更有著名的"葛沽八景"。这八景分别是：蛤岸遗迹、慈阁朝辉、行宫禾黍、柳影九桥、海艘帆篷、渔盐旧迹、水流三带、平潮晚渡。这八景就是现代人赋予葛沽的色彩，也代表新旧葛沽跨越千年的时光连接。历史上许多名人雅士，迁客骚人，多会于此，有着共同的偏好，那就是葛沽之游，尤其自康、雍、乾三大帝数次巡幸葛沽后的二百年间，更是达到一个前所未有的状态。不仅确定了葛沽的军事地位，而且也使葛沽的经济和文化达到空前繁荣和昌盛。

行走山水间

　　走在山水间，我有一个瑰丽的梦，幻想自己是一只洁白的大鸟，翱翔在天地之间，自由徜徉。灵魂游走于天地间，阅读风风雨雨的脚步尘痕。

　　行走在盛唐山水间，一路风尘便来到了辋川。这里一千多年前，曾经住着一位山西的大诗人，名字叫王维。这位隐居在此的大诗人，把自然万物，天地之美，敏锐地藏于一双多情的眸中，用精心细腻的笔去描摹，用意境清新的诗去抒发。大笔如椽，潇洒明快，形成了"诗中有画，画中有诗"的独到艺术特色，成为中国古典文学中一朵奇葩。

　　飞鸿踏雪的前生，春梦无痕的来世，彰显着百转柔肠间的春花秋月。揣着匠心独运的《辋川集》，我也用一双画家的眼睛在山水间逡巡，让清新自然的风景，涤荡我纷乱的尘心。在辋川四季里，随意地翻阅这部诗情画意的集子，拎出一首便是清风明月的悠然和惬意。于是，我偶然翻到了这一页《山居秋暝》：

　　　　空山新雨后，天气晚来秋。
　　　　明月松间照，清泉石上流。
　　　　竹喧归浣女，莲动下渔舟。
　　　　随意春芳歇，王孙自可留。

　　这是我认为意境最为幽美空灵，而又生动有趣的荡涤凡尘的名作。

融诗情、画意、乐理、禅趣于一体的优秀山水诗，仿佛一帧帧跃然跳动的画面，动静结合之间，抑扬转合之中，意犹未尽，情愫飞扬，创造了一个神奇而迷人的境域。

王维在山水的世界里，自我修炼，去凡成佛。大隐于朝，能够融儒、道、佛于一体；小隐于野，可以汇山、水、人于自然。这就是我心中的完美境界，闲适生活里看山水风光，自我修养中品人间烟火。一路上羁旅的明月天涯，江海余生间的烟雨迷蒙，点燃自己虔诚的信念，让其在壮美奇秀的千山万水和紫雾晨曦里熠熠生辉。

他行走在北宋的山水里，一路风餐露宿，终到了儋州的热带风情中。"九死南荒吾不恨，兹游奇绝冠平生"。豪放诗情里，豁然看到了一位身材高大、气宇轩昂的老人，戴一顶歪斜的斗笠。他是千古文人第一，中国文学艺术史上独一无二的全才。他不仅在诗词歌赋、琴棋书画方面造诣深厚，更具备了传统中国文人的优秀品质，到达道德文章冠天下，儒道佛俗皆畅达的境界。甚至在美食、养生、科学、品鉴等领域，也同样登峰造极，举世无双。

每一个拥有有趣灵魂的人心中，都有一个妙趣横生的苏子瞻。每一个沉浸在中国传统文化中的士子，也都会敬佩无与伦比的苏东坡。而每一个读万卷书，行万里路，知行合一的志者，更会追寻着苏轼的烟霞步履，把大江南北走遍。穿行在海南岛氤氲暑气里，行走在桃榔树下的旖旎风光间，不经意地便会想起这样豪放清雄的诗作：

九疑联绵属衡湘，苍梧独在天一方。
孤城吹角烟树里，落月未落江苍茫。
幽人拊枕坐叹息，我行忽至舜所藏。
江边父老能说子，白须红颊如君长。

莫嫌琼雷隔云海，圣恩尚许遥相望。

平生学道真实意，岂与穷达俱存亡。

天其以我为箕子，要使此意留要荒。

他年谁作舆地志，海南万里真吾乡。

海南岛三年贫困却又快乐的时光里，东坡先生浩然正气，通透豁达，超然地把儋州作为第二故乡，甚至准备在这里安度晚年。尽管吃着野菜芋头，却还要把飞禽奇兽安置在绝佳奇妙的苍莽山水画图里，享受自然之大美。就像抚摸着汗浸的家书，感叹道："日啖薯芋，而华堂玉食之念不存于胸中。"又读着兄长的诗，击掌大笑，精深华妙，不见老人衰疲之气。

东坡先生的山水世界里，除了奇绝与超然，便是游于物之外则无往而不乐，听其所为而莫与之争，豁达与乐观，潇洒和率性，超过了前辈的杨炎、李德裕和宰相寇准。悠然事外，超然物外，与天地共生共荣，把儒释道和谐统一，任意挥洒。

我的眼前浮现出东坡先生的形象，风骨气质，目光炯然，大唱着"大江东去浪淘尽，千古风流人物"的豪迈与激情。于是，在反复吟咏东坡先生的壮丽诗篇中，我走进了东坡书院。在这座树木葱茏，鸟语啁啾的黎族特色的建筑里，老先生"讲学明道，教化日兴，琼州人文之盛，实自公启之"。在椰风飘香、月影婆娑的花团锦簇里，载酒问字，讲学授业，东坡先生为荒蛮闭塞的海南岛培养出了第一位举人，可谓开天辟地。

"行到水穷处，坐看云起时"是王维的禅韵，也是东坡先生的境界，更是我努力追求的境界。我从山水间走来，带着一身的烟波云霞风采，我向山水中走去，洋溢万般诗情画意。我和山水融为一体，我便是山水中一粒尘埃。我在大自然里生长，我便是山水里那朵最美、最动人的花。

心海那片未落的兰花

生命的漫漫长路，仿佛只是在一瞬间，已然走过了多个驿站，日子一页一页地撕去，散乱地布满房间，像秋天里的落叶一般。时间似水，一个年份已然装订成册，归于昨日的夕烟暮雨。

今晚的月色很美，我伏在窗前，看着月亮，月亮也看着我。万籁俱寂的夜晚，整座城市也慢慢安静下来，"噗"的一声，听到了兰花飘落的声音，此刻我分明听到一声叹息，只是分不清这声叹息是来自我，还是窗外。

世界上有千种拥有，但有一种拥有最珍贵，你也许一点儿也觉察不到，但随着悠悠岁月的流逝，无数个春夏秋冬的更迭，变成回忆和遥想。在你生命的某一天，当你蓦然回首，发现在封底最显眼的空白处写满了对亲人的思念。

妈妈家和我家挨得很近，隔着一条很宽的大马路，妈妈住五楼，我家住八楼。每天快到下班的时候，妈妈就会探着头伏在五楼的阳台上，透过五楼的窗户望着我家，灯亮了，就知道我回来了，就放心了。如果天晚了，灯还不亮，就让爸爸打电话询问："娟子，下班了吧，怎么家里的灯还没开呢？噢！回来了，回来了，灯亮了。"为此，我没少和妈妈抱怨："为了您，我到家第一件事就是开大灯，开个瓦数小的灯，又不明显，想省点电都不行啊！"

生命中有许多片段，就如兰花飘落的模糊花影，在人生渐渐逝去的时光里，氤氲成一幅朦胧的画，像是定格的老照片，在记忆深处散发着幽幽兰香，这些带着气息的回忆丝丝缕缕有时绾成一个结，有时织成一张网。

妈妈去世已经六年了，每天下班，我还是会第一时间打开家里最亮的那盏灯，仿佛妈妈在对面等着看一样，所有回忆又像浪潮般拍打心海，生命是多么无常，现在多想让您能再望望女儿家的窗户啊！女儿不会再嫌烦了，多想再听听您的唠叨啊！

妈妈出生在抗日战争时期天津市大港区（现滨海新区）的一个普通农家。姥姥先生育了七个孩子，夭折了五个，就剩下两个孩子，就是我舅和我姨。到了姥姥四十四岁那年，妈妈出生了，这个小女儿的出生，带给姥爷姥姥无限希望和快乐。舅和姨分别比妈妈大十三岁和十一岁，可能是老来得女，妈妈自小特别受姥爷和姥姥的疼爱。听姥姥提过，为让自己的老闺女能像兰草那样健康、平安就起名叫昌兰，寓意是要让母亲像兰草那样扎住根，经风雨，坚强自立，同时"兰"又是"拦"的谐音，意思是把这个老闺女"拦住了"。果然没让姥姥失望，妈妈在旧社会挣扎着活下来，又在祖辈勤劳朴实的优良品德熏陶下长大，创家立业。

妈妈是在1958年结婚的，那个年代吃不饱、穿不暖，又正赶上天灾人祸造成的全民吃"低指标"。当教师的父亲工资低，粮食定量少，生活困难，妈妈为让父亲吃得饱些，用一斤玉米面换三斤麸子，把仅有的一点儿精米白面留给父亲和我们，自己吃糠菜饽饽。妈妈就在那一年，营养不良，瘦弱的身体没有了奶水，大姐嗷嗷待哺，又没有钱买奶粉，妈妈用白面熬成粥勉强喂活了大姐。为了挣点儿工分补贴家用，妈妈去生产队参加劳动，有时，赶上天不好，把大姐锁在家里，干会儿活就往家里跑一趟看孩子，结果得了肺心病，经多方求医诊治才控制住病情。病情稍有好转，妈妈为维持生活，把孩子送到村托儿所，又悄悄到生产队挣工分去了。妈妈像个铁人，不知疲倦地在生产队辛勤劳动十二年，在这期间陆续生下了哥哥姐姐和我总共六个孩子，妈妈不仅保住八口之家的温饱，还盖起三间土坯房。为此，乡亲们常夸奖妈妈能吃苦，能攒下钱，会过日子，是有过家之道的能干媳妇儿。

1976年的5月，是妈妈人生的转折点，这一年借"农转工"的机会，妈妈去了天津毛毯厂当了工人。那一年，妈妈三十六岁，我四岁。生性好强的妈妈对没有接触过的工作一点儿也不怵。开始对选毛工种技术不懂，就虚心向老师傅求教。初学时，对羊毛的分类和等级不太了解，手头儿慢，妈妈就每天早去晚归加班练。功夫不负有心人，经过了两个多月的勤学苦练，妈妈成为一名技术熟练的选毛工人。妈妈从不请假歇班，什么脏活累活都抢着干。手指头磨肿了，手指骨节增生，痛时手指上缠上止痛贴，咬着牙坚持着。妈妈月月超额完成生产任务，年年被评为先进生产者，妈妈爱厂如家、勤劳务实的品德，赢得了职工和领导的赞誉。

妈妈能干，又肯吃苦，有过去在生产队干农活儿的底子——不怕脏、不怕累。1982年夏天，她光荣地加入了中国共产党，同一年，妈妈又被选任车间工段长。那时，一个工段有二百多人呢，不少职工亲昵地称赞妈妈："刘姐，人勤快、能干，实在是让人佩服。"现在我们姐妹几个，都挺能干的，尤其大姐和玲姐那个利索劲儿挺像妈妈，每当我夸大姐和玲姐能干时，她俩都会接上一句："和咱妈比起来可差没边儿了。"那时候，妈妈年年被评为先进工作者，每当妈妈把荣获的奖状和奖品拿回家时，我和姐姐、哥哥都高兴地围着母亲问长问短。

记得有一个奖品是个淡紫色的兰花盆景。高高的褐色的杆儿，墨绿的叶，小小的花蕾两两相对，呈"十"字形，排布得非常自然。也有开得大的喇叭状的花，中间镶嵌着六根戴着鹅黄帽子的花丝和一根顶着白色头巾的花柱，使花蕊显得千娇百媚。兰花一对对的，一直垂到桌子上，从未见过这么好看的兰花盆景，我们都被它吸引住了，淡紫色的瓷盆呈方形，格外雅致。我们都特别喜欢这个奖品，把它放在电视旁边的高桌上，电视上播放着好看的节目，兰花仿佛也在欢笑。

妈妈最爱说的一句话："人活着要有志气，要勤劳本分，只要肯吃苦，就没有干不成的事。"我小时候，每次听妈妈说话，都感觉有一股劲儿，胸膛涨得满满的，长大以后，我才懂得这就是感动，是母女间的心灵感应。想想，也真是有趣，妈妈仅有小学文化，又是一个"半路出家"的工人，在本职工作中却干得如此出色，得到这么多的掌声和荣誉，我知道妈妈是怎么做到的，这是妈妈付出成倍的血汗所换来的呀！妈妈常说的话，我都记下了："多苦多累多难，不与外人说，牙掉了，咽到肚子里；胳膊折了，缩到袖子里，越是艰难越向前站，咬紧牙关接着干！"妈妈呀，我真为您自豪！

妈妈心地善良，古道热肠，待人爽快，谁家生活有难处，只要妈妈有能力办到的，她都有求必应，尽力而为。

记得一个星期天，天上飘着鹅毛大雪，这种天气，任何人都想围着炉子取暖，可妈妈却推着自行车又要出门，我拽着车子央求不让她走。妈妈告诉我说："单位的李姨摔腿了，婆母半身不遂，一家老小没人照顾，说好今天帮她家做棉被。人家有困难不去帮一把，我这心里就跟堵个大疙瘩似的，你让我在家待着，我心里也憋得难受。"我了解妈妈的脾气，只得让她去了，下午的时候，我和姐姐偷偷去路口等妈妈好几次，怕雪天路滑。那天，妈妈回来时，天都黑了，饭菜反复热了好几遍，妈妈吃的时候，笑着说："这饭菜好啊，不用嚼，真软乎，太省力了，哈哈……"我们也都笑着。

妈妈五十岁光荣退休了，我们对妈妈千叮咛万嘱咐，累了一辈子了，一定好好歇着。其实，我们已经猜到了，妈妈肯定闲不住。农忙时不是帮这家摘毛豆，就是帮那家掰玉米，比上班时起得还早。

有一段时间，妈妈竟然迷上了捡煤核儿，这可把我气着了。不管天多热也要拿着簸箕捡煤核儿，爸爸风趣地说妈妈是"热得站不住脚"，我可没好话，我说妈妈是"有病，忘了吃药了"，邻居张婶见了讥讽妈妈是"财迷转向，有福不会享"。的确，我也觉得妈妈还真是有福不会享，六个孩子，都长大成人，我是妈妈的老闺女，都已经工作了。

妈妈性格开朗，天生乐天派，更是个热心肠。后来知道了妈妈天天捡煤核儿的原因后，我真的不知说什么好。我们一个胡同的邻居，有个叫四姑的，心灵手巧，朴实勤快。四姑有摊煎饼的手艺，这是天津人最喜欢吃的早点之一，她每天一大早就生好炉火到街上出摊儿，大约十点钟就收摊儿了，四姑把三轮车放在胡同里利用炉膛余火做饭、做开水。同一个胡同的邻居们因为天气热，都不乐意点炉子，巴不得用四姑家的炉子做上一两壶开水，可四姑收摊后炉火已不旺了，妈妈每天早晨用捡来的煤核儿续上大炉子。嘿！煤核引余火别提多旺了！这下，"义务供水站"开张了，胡同一时热闹起来，等着做水的铁壶排成一溜儿，这家做开，那家做。水开时谁看见就招呼一声："李奶奶，水开了！""噢，知道了！""大姑，快去提水！""听见了！"这时，看着妈妈脸上绽开的笑容，我真的读懂了她。

妈妈的退休生活在说说笑笑中一天一天幸福地过着，就这么一直过下去，该有多好啊！

2013 年 7 月 25 日那天，妈妈生病了，一直头晕，昏昏沉沉的，血压也控制不住，手臂一侧有血压，一侧没有血压，走路的时候，脚也使不上劲儿，我们赶紧把妈妈带到医院看病。经过医生的诊断，妈妈大面积脑梗，外加血管狭窄。接着，马不停蹄在武警医院给妈妈做了血管造影，心脏支架。然后又接着治疗脑梗，前前后后一个多月。看着妈妈被病魔肆虐折磨的样子，我像一只热锅上的蚂蚁，痛苦地煎熬着，可又能有什么办法呢！

还好经过医生的及时治疗和全家人的精心护理，妈妈很快就出院了。经过这次病，妈妈说话变得慢了，走路也慢了，反应也变慢了，本已七十一岁了，加上年轻时受的苦累遭的罪，忽然间，那个结实、麻利的妈妈，变得虚弱不堪了。

妈妈，您知道吗？那次陪您遛弯，您在前面慢慢走，我在后面慢慢跟着，您走得那么慢，那么慢。我心里揪得特别难受，望着您瘦削的背影，眼泪还是忍不住流下来，妈妈，老了。我总以为您和爸爸永远都不会老，没有想到，现在的您，真的老了。妈妈这次生病，我一直很害怕，总想妈妈如果真的走了，我该怎么办，我就是没有妈妈的孩子了。

2016年，从开春开始，妈妈就说后背疼，我们以为她的心脏又出了问题，经过很长一段时间的诊治，也不见好。在又一次的大检查中，噩耗传来，妈妈得了肺癌，并且已经转移。经过一个疗程的化疗后，妈妈本就很虚弱的身体已经下不了地了。妈妈清楚自己的病，经常拉着我们的手说，"我知道我的病治不好了，你们不用太难受，每个人最后都是要死的，生老病死，老天早已注定，你们保重好身体。"我们强忍心里的难受，笑着告诉妈妈："放心吧，冬天过去，病就好了。"妈妈尽管知道我们是在骗她，可她依然笑着点头。

天津的冬天，经常雾气昭昭，有时候连续几天都不放晴。妈妈望着雾蒙蒙的窗外说："这天儿，太不招人待见了，我先不走，等雾霾过去再走，省得你们看不见道儿，车也开不起来啊。等到开春不冷了再走，省得你们和亲戚们冷。"听到这些，我们当儿女的心都碎了，哽咽得说不出话来。妈妈临走时，拉着爸爸的手，惦记着没结婚的孙子和外孙子，嘱咐爸爸："还有三个孙辈，没成家啊，你多照顾孩子们，等孩子们结婚的时候，多给点儿钱，给双份，把我的也给上。"

最后的离别时刻还是来了，妈妈感觉自己不行了，让我们给穿衣服，嘱咐我们千万别哭。我给拿过来妈妈生前自己挑选的寿衣，大姐为妈妈仔仔细细地用温水擦干净身体，擦上好闻的润肤霜，为妈妈穿得舒舒服服。二姐和梅姐给妈妈各穿一只鞋，鞋是紫色的，和她年轻时得的那个奖品兰花盆景一样的淡紫色，鞋面上绣着好看的兰花。

　　妈妈走了，我们的心也空了，时常望着兰花想起妈妈。我家姐妹几个都喜欢兰花，它没有牡丹那雍容华贵，却平添了一丝高贵；没有荷花纯净摇曳，却留一丝余香让你慢慢品味。此刻，天际一轮明月高挂，北风呼啸的月明之夜，哪里来的兰花静静飘落呢。

学唱京剧

最近喜欢听京剧，究其原因是我听了二姐唱京剧。

我家五个女儿，名副其实的"五朵金花"。二姐在我家属于"家之娇女"，因为她个子高、长得俊、聪明，用现在的流行词夸她：这个人最大的缺点，就是没有缺点。

俗话说："金无足赤，人无完人。"可二姐在我们全家人的心目中就是完美的人。从小到大，只要有二姐的地方，耳边总是响起这样或那样的赞叹声："啧啧，怎么长的，小姑娘咋这么漂亮呢！""瞧瞧人家这孩子，横看竖看都挑不出一丁点儿不好看的地儿呢！"

长大后才知道，诗经上是这么形容美人的："手如柔荑、肤如凝脂，领如蝤蛴，齿如瓠犀，螓首蛾眉。"美人笑起来是"巧笑倩兮，美目盼兮"的，是"明眸皓齿、笑靥如花"的，用这些好词再比照二姐，才知道什么叫恰如其分。

有一次，我们坐在一起聊天，二姐说最近在学京剧，我就让二姐给我们唱一段。二姐想必是胸有成竹，也没怎么推辞，就坐在椅子上唱起来，"海岛冰轮初转腾，见玉兔，玉兔又早东升。那冰轮离海岛，乾坤分外明，皓月当空，恰便似嫦娥离月宫，奴似嫦娥离月宫。"

我一时听得听入了神，半天都动不了地儿。真的太好听了！听着悦耳动听，清丽舒畅的"咿咿呀呀"，眼前真的出现一幅画面：天上有一轮圆月，洒下万丈清辉，月下一个美丽的女子，拿着扇子，低眉抬腕，轻舒云手，玉袖生风，似彩凤飞舞，典雅高贵。

我半天缓不过来神，唱戏怎么可以唱得那么好听呢，看着姐姐稳稳当当地坐在椅子上唱着《贵妃醉酒》的时候，我觉得世界上最美妙的天籁之音也不过如此。那个时候由于不懂戏词，不知道姐姐具体唱的是什么，只觉得"咿咿呀呀"真是好听。

　　我从小也算是看过几出戏的。那时，我也就八九岁的样子，电视里放《锁麟囊》《七品芝麻官》《白蛇传》《陈三两爬堂》《卷席筒》等等，我都陪妈妈看过。二姐京剧唱得这么好，应该也是顺从了妈妈的爱好。我那时不懂什么是唱戏，看妈妈喜欢听，我也像个小大人一样坐在那看。有时妈妈会随着剧中人物的情绪掉眼泪，只要看到妈妈掉眼泪，我也跟着哭。

　　我问妈妈为什么喜欢听戏，妈妈告诉我，听戏不仅能欣赏到美，还可以学习到许多传统文化知识，学习如何做人。光从京剧脸谱上来说，黑代表正直，黑脸的包公，而白脸代表奸诈，蓝脸代表勇猛、桀骜不驯，都各有各的来历。而服饰的类型、颜色等也各有讲究。当时，我虽然听不太懂，但我认为，妈妈喜欢的东西，肯定也值得我喜欢。这次听二姐唱戏，勾起了我儿时回忆。我也要学一段京剧，先从哪段学起呢？我先从老生学习吧，因为我觉得自己声音条件不好，从小声音就沙哑，不那么洪亮，我这种嗓子常被别人戏称作"公鸭嗓"。我自认为比较适合唱老生，于是我就从《三家店》学起。学之前，特地查了百度，了解一下《三家店》的故事。

　　隋末，靠山王杨林因程咬金等人瓦岗聚义，命差官罗周将秦琼提至登州问罪。押解途中，夜宿于三家店。罗周是罗成之父的养子，闻听秦琼嗟叹中道出罗成姓名，罗周始知与秦琼为姑表亲。此时瓦岗寨的史大奈奉命来探，店中遇秦、罗，共同定计，由秦琼修书，史带回音信，约期攻打登州。学京剧的选段，要知道这个选段是出自哪里的，这样又了解了关于这个京剧选段的故事。

我每天上班的时候，打开网易云音乐单曲循环模式，由于我的家离单位很近，开车就七八分钟的路程，所以只听两遍就到单位了，中午休息的时候，插上耳机，点上循环模式，再听两遍。下班回家的路上再听上几遍，这样经过一周的时间，基本上就听会了。

我在 K 歌软件上打算录制一下，在网易云音乐里听的是于魁智版的，而 K 歌里的是耿其昌版的，于魁智版的比耿其昌版的要高亢洪亮，所以我唱起来觉得还挺费劲的，录好一听，觉得乏力气短很明显。我把这个唱段发在了朋友圈上，别人听了之后觉得我唱的还可以，嗓音条件比较适合唱老生。

朋友里有懂京剧的，给我指出来，京剧里的门道太多了，说我唱得离真正京剧差得太远。京剧用简单的八个字就可以概括：念要像唱、唱要像念。京剧念白不像演唱有着丰富的旋律，演员在舞台上的念白要念出它的韵味。我最想学的是《贵妃醉酒》，是我第一次听姐姐唱完之后就特别喜欢的，这也是梅派代表曲目。坚持听了很多遍，我终于会唱了，高兴地差点儿跳起来，迫不及待地录了一段，赶紧发在朋友圈。

大姐听了之后说："听了你唱这段曲目之后，我一宿都没睡觉，耳边一直回响着这段唱腔。我就想，这是我老妹的声音吗，平时说话这么粗门大嗓的人，突然间变得这么细腻，还挺好听的。"我心里又激动又高兴，感觉特别神奇，也觉得不可思议。

后来有懂京剧的朋友告诉我学唱要注意的几点问题：要能唱出京剧的味儿来，一定要学会"湖广音，中州韵"。首先要用"湖广音，中州韵"把唱词念下来，念准确了再学唱。学"湖广音，中州韵"起码要注意先找出唱词中的"上口字"，再找出其中的"尖团字"，根据情感的表达对节奏快慢进行调整等。

京剧的学问太大了，一挥手满园春色，一转身长歌当哭。水袖如纵横之笔，舞出水墨丹青。舞台简约空灵，无花木却见春色，无画处皆成妙境。无波涛可观江河，无高山可赞巍峨。唱念坐打中体现出"千古忠孝节义，喜怒离合悲欢"，处处表现着京剧自身诗一样的艺术张力和无尽的抒情魅力。

　　我现在没事的时候，就听听京剧。我学唱京剧之后，我们家也掀起了学京剧、唱京剧的浪潮，这是我没有想到的。"凡音之起，由人心生也，人心之动，物使之然也，感于物而动，故形于声。"这几句话用作我学京剧的感悟也很恰当，我就是听了姐姐唱《贵妃醉酒》，被她优美的唱腔旋律感染，然后决定学唱，在声音上体现出来了。现在我们全家又开始学《定军山》，我正在听着《空城计》，我们对京剧越来越有兴趣，慢慢地也越来越会唱了。

哑嗓子的尴尬

从我记事起，我的嗓子就是哑的。我也好奇问过妈妈："为什么姐姐们说话的声音都燕语莺声，婉转动人，而我却是低沉沙哑呢？"妈妈的说法是，我小时候特别爱哭，而且哭起来嗓门特别大，把嗓子哭哑了。听到这个答案我吓一跳，到底什么原因让我把嗓子哭成这样呢。

嗓音不动听，自然唱歌也不好听。20 世纪 80 年代，还没有多少通俗歌曲，民族风最流行。我们小学上音乐课，那时流行尖细嗓音，我班有个叫张小芹的女生，嗓音比我还粗哑。记得每次唱到高潮部分，她都快把眼翻出眼眶外了，然后突然发出一个尖细的声音，她为了证明自己声音很细，快豁出命了。这下把音乐老师都哄骗了，以为她嗓子好，到期末考试独唱时才露了馅儿。

我嗓音不好听，可我一直是文艺骨干，从小到大，朗诵、唱歌的活动都没少参与。上中学时，我们学校是个规模不大，班容量也不大的学校。一个年级只有四个班，全学校加起来学生只有四百多。别看学校小，那时候我们活动特别丰富，经常举办"诗歌朗诵会"或是"智力大赛"等活动。在一次朗诵会上我朗诵了《周总理，你在哪里》，自认为朗诵得声情并茂、感人肺腑，没想到才得个二等奖。当时我们校长姓韩，他以前是教数学的，挺严肃的一个人。朗诵会后，他对我说："小娟，别人的嗓子是胡萝卜就酒，嘎嘣脆啊，你的嗓子是糠胡萝卜就烧酒，闷闷的。"这是我十几岁的生涯中第一次受到这么大的打击。我从小到大听的都是赞誉之词，突然有个人，还是校长对我的嗓音进行这么低的评价，我忽然不自信起来。好几次，特意问同学，"你们听我说话别扭吗？"如果是回答"不别扭呀，挺好的"，我就开心；如果是回答"有点儿哑"，更有甚者，还会说"是呢，挺哑的，都想替你咳嗽几声"，那完了，我的小心脏呀，会"突突"好几下，马上变得不自信了。

于是，我对这个韩校长"怀恨在心"。有一次，他给我们开会说："学生不好好学习的，我就发你们一人一根大棒子打帝国主义去。"这句话挺幽默的，可是我听着极不顺耳，马上给他起了个外号叫"韩大棒子"，以泄心头"糠胡萝卜就烧酒"之恨。

不过长大以后，我的嗓子依旧哑着，不曾有一丝清亮。声音虽哑，可我唱歌的嗓门不低而且调也准。我们姐妹几个从小到大都喜欢唱歌，但数梅姐唱得最好。她最喜欢唱歌了，那时候家里孩子多，没有条件深造，虽然爸爸懂音律，但他一直忙于教学，无暇顾及自己的孩子，所以我们自小到大都处于散养状态。

前几年，梅姐在K歌平台录了一首《甜蜜蜜》，是邓丽君的歌。邓丽君一直是我最喜欢的明星之一，曾经听她的歌着迷，现在人到中年了，依旧喜欢。梅姐唱得特别好听，按捺不住内心的激动，我在K歌上也录了一首《云河》，也是邓丽君的歌，这首歌旋律优美，特别好听。自认为录得挺好，可放给家里人一听，梅姐乐得差点儿从床上掉下来。她说，通过我的声音就知道我肯定憋红了脸，翻着白眼儿，为了唱出这么尖细、柔美的声音，肯定是费了牛劲儿了。看来，我只适合唱"我家住在黄土高坡，大风从坡上刮过，不管是西北风还是东南风，都是我的歌，我的歌"。听完梅姐的评价，我想起我的小学同学张小芹，当时她为了"憋细音"骇人的样子，马上让别人唱歌的兴致全无。说来也怪，亲姐妹五个，就我声音是哑的，我对我妈关于我嗓子"是哭哑的"这一说法表示怀疑，因为据姐姐们描述，我小时候特别受宠，怎么可能天天哭呢！

"屋漏偏逢连夜雨，黄鼠狼专咬病鸭子"，什么地方最弱就最容易受到攻击。只要上火，第一个症状就是嗓子哑。或者有个感冒咳嗽，首当其冲的又是嗓子。我本人活泼开朗，爱说爱笑，声音清亮时，显得聪明可爱；嗓子一哑，人显得傻，因为别人高谈阔论，我发不出一点儿声，同事朋友哈哈大笑，我也只能跟着咧咧嘴，仿佛患上了老年痴呆症，只会点点头，表示我听明白了，不出一点儿声音，显得特别诡异。

有一次，嗓子一点儿声音都发不出，去药店买药，卖药的阿姨说我是肾受风导致的。我一听吓坏了，肾还能受风？本以为心、肝、脾、胃、肾这些零件藏在肚子里很安全，万没想到，藏得这么严实，居然也受风了。但由于说不了话，也只能频频点头，表示信服，头点得如同鸡啄米一般。

嗓子发不出声，也不是全无益处。一次，嗓子宣布"罢工"又发不出声，我开车送孩子上学，顺便上班。一不小心，蹭上一辆自行车，骑自行车的男子从自行车上蹿下来，认为找到了碰瓷儿的好机会。当他和我理论时，发现我发不出声音，孩子马上从后座下车，大声告诉对方，"我妈妈说不了话，有什么事，和我说。"孩子那时也就十多岁，我心里一阵发热，感慨孩子长大了，眼泪在眼眶打转，那个男子一看，以为我是个哑巴，不忍心欺负哑女幼子，发了善心挥挥手让我走了。真是不幸中的万幸，不然不知要怎样才能抽身。

我的职业是老师，又是教语文的，课多，平时讲课费嗓子，所以，我现在都成惊弓之鸟了。有点儿小病，就担心嗓子哑，越怕什么越来什么，嗓子仿佛知道了我的软肋，时不时地哑几天威胁一下。我也只能顺从地不出声音，以示尊重。

这几天嗓子又出不来音了，已经折腾一周了，依旧没有恢复正常。周三，有四节课。天气忽冷忽热，不知道是热的还是冻的，总之，嗓子在周三的晚上出不来声了。周四就开始放清明节的假了，嗓子却在此刻罢工，太不给力了。爸爸戏言："这几天的天像小孩子的脸，没正文啊！"所以，我的嗓子也是一会儿好，一会儿坏；清朗一阵儿，哑一阵儿的。

自从妈妈去世，我们周末都去爸爸那打会儿小牌，为的是陪爸爸解闷儿。于是我就向"总部"汇报嗓子哑了，请求在家休养一天，不去打牌了，因为打牌要出声音呀，不利于嗓子的康复，但是请假没有获得批准。

最终，在各种"诱惑"下，还是义无反顾地去打牌了。到老爹那，这个姐姐给切水果让我败火，那个姐姐给沏菊花茶，说是菊花最润喉，爸爸拍着我的手背说："你不用说话，我们看见你就行了。"梅姐那时候总逗趣："老爹，咱这牌局，档次不低啊，俩作家陪您打牌啊！光打牌，都没时间写东西了。"爸爸也会逗趣说："时间就像海绵里的水，挤挤总还是有的。"

日子被亲情拉扯得绵绵长长，捂得又暖，浸得又润。自从妈妈去世后，我们这几个孩子时时围绕在爸爸身边，哥哥更是寸步不离，日夜陪伴。

孔子云："父母在，不远游。"我想说，父母在，不言老。人生如画，那亲情就是花草树木。在平凡的日子里我们细细体会着父亲在身边的每一天。

那一刻，父亲泪流满面

父亲是步入耄耋之年的平凡老人，可是父亲的入党历程却不平凡。

父亲生长在农村，出身于中下农家庭。小时候念过五年私塾，中华人民共和国成立后，父亲有幸考上天津市第十三中学，初中毕业后，父亲因为毕业成绩优秀被天津市教育局破格分配到小学担任教师。

父亲是在读中学时加入中国共青团的，并向组织递交了入党申请书，从那时起立志向革命先烈学习，树立了为共产主义事业奋斗终生的信念。工作中，父亲用努力工作践行自己的革命誓言，先后担任班主任、大队辅导员、团支部书记和分校主任。后来在改变乱班和"开门办教育"的两项改革中成绩突出，参加了天津市群英大会，获得了"天津市劳动模范"的称号。在同年的"七一"前夕，父亲庄重地向党组织递交了入党申请书，可是当时学校没有党支部，校领导对父亲的入党申请无能为力。因此，父亲的入党夙愿只能暂时被搁置起来。

斗转星移、日月如梭，一晃十几年过去了。1968年父亲被调到双港乡，后改为镇的文教组工作。两年后，父亲再次向镇党委提交入党申请书，这次真不错，组织上派人为父亲进行政审外调。万万没想到，父亲的政审出了问题，据传，父亲已病故的岳父有历史问题。听到这个结果，父亲如五雷轰顶，仿佛头上挨了一闷棍，一下子就把父亲打懵了。自古道："男儿有泪不轻弹，只是未到伤心处。"父亲凭空遭受如此沉重的政治打击怎么能不伤心落泪呢。

1971年7月，镇党委让父亲到津南区五七干校学习，三个月专题学习毛主席的《矛盾论》《实践论》，父亲感到这是一次集中学习毛主席著作的好机会。父亲学习钻研，理论联系实际加深认识，并对入党问题始终得不到解决所产生的严重自卑感有了正确的认识。通过学习，父亲知道，内因是变化的根据，外因是变化的条件，外因通过内因而起作用。经过学习，父亲不再怨天尤人，也不自怜自艾，更加坚定了热爱党、相信党的信念，树立了做一名真正的共产主义战士的自强内因。由于学习认真，干校领导让父亲总结学习心得并在干校大会上发言介绍学习体会。

1981年双港镇文教组撤销，父亲被调到马集联校担任校长。古语"天道酬勤""功夫不负有心人"，父亲在学校工作勤勤恳恳，团结广大师生，积极提高教育教学质量。他多次深入学区内七个自然村和村领导探讨学校工作，征求办学意见，取得各村对改善办学条件的大力支持。经过几年努力，父亲主持的学校工作有了很大的起色，多次受到上级领导的好评，父亲也连续多年受到天津市教育局的各种嘉奖。届时，我母亲在单位的进步表现，让父亲的入党问题有了新的转机。

我的母亲在天津市毛毯厂工作，由于母亲月月超额完成生产任务，被评为纺织系统先进生产者，并于1983年提升为工段长，1984年光荣地加入了中国共产党。得知母亲入党的好消息，父亲激动得热泪盈眶，压在父亲心头多年的大石头终于可以卸下来了！至此方知，组织上为父亲政审时，我姥爷的家乡正是动乱时期，工作没有人主持，才造成当年的政审错误。

1987年3月，父亲如愿以偿地光荣加入了中国共产党。父亲的激动心情用话语是难以诠释的，他感受到作为一名党员是多么的光荣和自豪！

面对鲜红的党旗，父亲郑重地举起右手庄严宣誓："我志愿加入中国共产党，拥护党的纲领，遵守党的章程，履行党员义务，执行党的决定，严守党的纪律，保守党的秘密——"父亲的声音哽咽了，泪水一下子模糊了双眼，父亲顾不上擦去越涌越多的泪水，用坚定的声音把此刻想对党说出的话讲完："对党忠诚，积极工作，为共产主义事业奋斗终身，随时准备为党和人民牺牲一切，永不叛党。"宣誓的这一刻，父亲觉得全身的热血都在沸腾着，整个胸膛涨得满满的，每个毛孔都张开着。每个细胞都跳跃着，仿佛在帮父亲诉说着多年来对党的热诚和对党的忠诚。相信每一名共产党员，都会铭记那一刻，铭记那一刻的光荣、自豪，也永远记住了今后自己身上的责任。回望父亲的入党之路，坎坷而又漫长，但加入中国共产党是父亲的毕生追求。

那一刻，父亲泪流满面！

评上了"捕蝇小能手"

一年级的快乐时光转瞬即逝。夏天到了，我们马上就要上二年级了。老师在暑假布置了很多作业，其中一项作业是学生每天要向小组长交十只死苍蝇。那个年代卫生条件不好，夏天时苍蝇蚊虫多，所以学校会组织学生去挖蛹，蛹是苍蝇的幼虫。那时候，周二下午没课，我们会去树下挖蛹，挖一下午也挖不了几个。放假了，消灭苍蝇的活动不能停，每个学生都要打苍蝇。每个班级会分很多小组，不仅有学习小组，还有学雷锋小组、卫生小组。当然，所有的小组我都是组长，因为我是班干部。

每天下午，我的组员会陆续来到我家上交死苍蝇。他们会用火柴盒装上苍蝇的尸体，因为死苍蝇是要上交的，所以打苍蝇便成了技术活儿。太使劲儿了，苍蝇打碎了，收不进火柴盒；不使劲儿，苍蝇死不了，还要再拍打一次。那时苍蝇也变得特别聪明，专门落在窗户边或是墙角，不好下拍的地方。

我这个组长是很认真的，每次都打开火柴盒，用火柴棍儿扒拉着数。如果遇到身首分离的苍蝇，基本不算数，然后认真地在本上记上某人九只还是十只。写作业、消灭苍蝇，成了每天必做的事情。日子一天天过去了，转眼开学了。学校根据我们上交的苍蝇数要评选出捕蝇小能手。可是我们上交的数目基本一样，因为同学们都很认真，假如今天交的是九只，那么明天就交十一只，所以平均起来，每个同学打苍蝇的数儿是一样的。老师一看，评不出来，就让我们回家抓紧打，给三天的时间，做最后的评选。

夏天，家家院子里几乎都有专门捕杀苍蝇的工具。当然，家长设置这个工具是为了干净，但我们不同，看到捉住的苍蝇特别高兴，赶紧打死，装好。放学后，每个同学都打苍蝇，然后小心翼翼地装在火柴盒里保存好，准备三天后上交。我也不例外，每天放学后，放下书包马上打苍蝇，天天打。苍蝇也很聪明，看见戴着红领巾小学生模样的举着个塑料拍，就会一直飞，根本不敢落下来。我自己在暑假还反复练习过，把报纸卷成筒状，蹲在地上打一颗花生，以此训练自己的臂力。训练过也不行啊，打着打着，就累了，看着火柴盒里为数不多的苍蝇，心里很是着急。

我上一年级时是1979年，那时，家里是没有厕所的，想去方便时要去村里的公厕。村里的厕所都是旱厕，很脏，苍蝇特别多。村里派人每天打扫，还会撒上农药"六六粉"。六六粉是一种剧毒物质，进入人体后轻则危害健康，重则致人死亡，专门用来杀虫，所以厕所里死苍蝇特多。我去厕所方便时一看，那么多死苍蝇，还打什么呀，兴奋得顾不上拉屎，赶紧回家找了个旧茶缸子用小木棍扒拉着收了满满的一茶缸。

第二天一早，背好书包，端着满满一茶缸死苍蝇一路小跑直奔学校。老师看见我端着这么多苍蝇特别惊讶，连忙问我从哪打了那么多苍蝇，我高兴地说："在厕所，厕所里还有很多呢！"老师又问："你弄的时候是活的还是死的呀？"我大声回答："死的呀，不然，哪会有那么多。"那时的我，不懂得应该说活的才能表明是自己打死的。

后来，我的头不舒服了好几天。我现在明白了，肯定是"六六粉"中毒了。现在国家早已明令禁止生产、销售和使用农药"六六粉"了。"六六粉"慢性中毒表现为头晕、头痛、头重，食欲不振，皮肤接触还会出现疼痛等等，回忆一下，那时这些状况都有，估计是有一点儿轻度中毒。现在想想，我们这些积极的小孩儿能活到现在，都是命大的啊！

当然，我也被评为校级"捕蝇小能手"，当时校级的评了十人，还有两个男生是区级的"捕蝇小能手"，也不知他俩交了多少死苍蝇才获此殊荣。我们校级的奖品是一个小白瓷茶缸，区级的比我们多一条小毛巾，白瓷茶缸也比我们校级的大一号，无论是校级还是区级的白瓷茶缸都统一印着五个红字"捕蝇小能手"。

我知道，当年评上"捕蝇小能手"的同学，肯定都不完全是自己打死的苍蝇，因为哪有那么多的苍蝇等着我们打啊！我代表获奖的学生发言，开头两句是："鲤鱼能跃龙门，是因为它不甘后于他人；蝉能长鸣，是因为它不愿被黑暗埋没；笨鸟能先飞，是因为它害怕掉队……"这个稿是我照着墙上的标语写的，稿子上还写了什么话，早已忘得一干二净。但是可以肯定一点，我们这些"捕蝇小能手"当年都是积极向上、勇于争先的。

时隔多年，我把童年的事情写出来，我的同学夸赞我脑子好，说他们自己一件事也想不起来。还有的记住了一点儿片段，询问我能够清晰回忆起来的秘诀，我也不知道为什么那些过往能够像胶片一样印在脑海。

其实，自以为刻骨铭心的回忆，别人早已忘记，我们永远触摸不到自己神秘的内心，那个地方，虽然没有句点，也终究无法继续探寻。

梅姐

生活有时候像小孩子的脸，说变就变。看似晴空万里、天高云淡，一会儿可能就阴雨密布甚至狂风暴雨。

2021年5月15日，我和梅姐接到宁新路老师的邀约，到天津图书大厦参加他的新书分享会。我们和宁老师约定的时间是下午两点，我和梅姐上午就来到了图书大厦，为的是在那看看书。我和梅姐一起买了两本书，然后唱歌录抖音、拍照，又跑到录音棚戴上耳机录制故事，玩得不亦乐乎。下午的两个小时新书分享会很成功，很多朋友从外地赶过来，梅姐和我作为宁老师的特约嘉宾分别谈了读这本书的体会和感悟。

当天吃过晚饭后我和梅姐聊天。我问她："累不累？"她说："的确感觉有点儿累，胃不太舒服。"我之所以这么问她，就是因为我们中午一起吃饭时，姐姐什么都没吃，只喝了几口水。我告诉她："抽时间去做个胃镜，没什么事的话，再用中药调调。"胃口疼又不是什么大病，我们谁都没放在心上。又过了几天，我给梅姐打电话，梅姐告诉我，这几天有点儿吃不下东西。我很着急，告诉姐姐快去检查，梅姐说："等尚尚结完婚就去检查。"

尚尚是我的侄子，我家五个女儿就一个儿子，所以尚尚很受全家人的重视。2021年6月6日，我的侄子大婚，是在水上公园举办的露天婚礼。我们几个姐妹都激动得一夜未睡，结婚当天，我们姐几个在一起又是说又是笑，一起照相，一起敬酒，梅姐丝毫看不出一点儿有病的样子。

6月7日，也就是婚礼的第二天，梅姐来到南开附属医院做胃部加强 CT，当时消化科的主任就把姐夫留下来了，确诊是晚期胃癌。我们得知这个消息，根本就不相信，因为姐姐看着太健康了，脸色红润，满脸放光，也没见消瘦，怎么可能得了这么大的病呢！6月8日，姐夫带着梅姐来到天津肿瘤医院，做了各项检查，经过大夫确诊，梅姐的确得了恶性肿瘤，而且是晚期。

当我得知这个消息，感到眼前一阵发黑，天旋地转，眼泪不由自主地流了下来，坐在办公室的椅子上，感觉肩膀压得慌，仿佛肩上顶的不是脑袋，而是一个大铁球，半天缓不过神，心里反复念叨着：这怎么可能呢？怎么可能呢？这么年轻，这绝对不可能。终于熬到下班了，我不知道怎么把车开到小区的，车刚停下，我忍不住趴在方向盘上号啕大哭。哭了一会儿，感觉压力还是很大，我赶紧拨通了大姐的电话，因为家里人也都在等消息，我刚喊了一句："喂，大姐，梅姐得的是……"大姐听出了我的声音带着哭腔，就猜出来梅姐病得很严重，"哇"的一声也就哭出来了，我也抱着电话和大姐一起哭。等我们冷静下来，我们决定先不告诉爸爸这个消息，要装得和往常一样。

6月11日下午1点，梅姐的胃全切除手术在肿瘤医院进行。手术前，大夫告诉我们，梅姐的情况很严重，已经到了胃癌的第四期，手术可做可不做，就算做完手术，癌细胞也很容易转移。可是作为家里人谁愿意放弃呢，姐夫明确地告诉大夫，"哪怕就是有一线希望，我们也不放弃。"当时也是疫情期间，医院根本就不让家属陪伴。我和姐夫、我的外甥女萌萌，还有姐夫的外甥女一共四个人，坐在医院的走廊里焦急地等待着，一直到傍晚6点，姐姐推出了手术室。

做完手术后，肿瘤医院的大夫带着病历和我们家属说："这个病人这么厉害的病情，难道她不疼吗？胃里满满的都是没有消化的宿食。"我们的确没有听梅姐提起过她哪里不舒服，或许姐姐一点儿也没感觉到哪里不舒服；或许是梅姐感觉不舒服，也没有往坏处想，以至于耽搁了。大夫说："胃病，如果发现得早，一点儿事都没有，切下去病体，病人可以存活很多年的。像病人这么严重，至少已经拖了两年了。"我们听完以后更加难受、懊悔，又抱在一起哭了很久。我们家的姐妹在各方面都特别随妈妈，都是那种特别能干，特别利索的人。妈妈以前总爱和我们说一句话："人活着就要有志气，冻死迎风站，饿死鼓肚皮。"从小我们接受的都是这种教育，所以我们姐妹几个都是特别坚强、有忍耐力的那种人。

手术很成功，做的是全切，食物靠十二指肠消化，下一步就是慢慢调养。住院期间，赶上疫情，医院不让随便进出，都是姐夫一个人在医院伺候。等姐姐出院后，姐夫也瘦了一大圈，我看着梅姐精神头还可以，气色还是那么好看，还是那么光彩照人，我们都暗自祈祷，盼望奇迹出现。我和梅姐一起聊天，她告诉我，做完手术后，是有意识的，知道自己被推进了重症监护室。躺在监护室的床上，感觉全身火烧火燎的，嗓子也特别疼，于是就小声告诉护士想喝水，护士就用棉签蘸了一点水抹在她的嘴唇上。她心里明白，刚做完大手术肯定是不能喝水的，护士用棉签抹一下嘴唇，心里就好像得到安慰。

大姐得知梅姐得病之后，梦见家里有好几件颜色一样的防寒服。妈妈就说拿走一件，大姐说："别拿走，颜色一样也可以倒着穿，再说也不贵，五十五元买的。"大姐后来和我们说起这个梦，和我念叨："都把闺女比喻成妈妈的小棉袄，颜色一样，就代表咱家闺女多呗。五十五块钱，是不是代表万梅五十五岁有灾呀。"我也琢磨不透，和大姐说："咱妈妈去世六年，也许太寂寞了，咱给妈妈上坟时，好好和妈妈说说话吧。"

梅姐自从做完这个大手术，我们都瞒着她，告诉她只是得了严重的胃溃疡，胃切下去一点儿，梅姐相信了。我们在一起还和以前一样，说说笑笑的，感觉梅姐的病彻底痊愈了。其实我知道梅姐的病有多严重，因为做手术那天，我一直在，大夫说的话，我一直记得。我们只是不愿意想这些事情，自欺欺人罢了。大夫当时明确地说："病人如果不做手术，只能活几个月的时间。如果做手术，也不可能有奇迹发生，只是能多延长几个月的时间。"梅姐是 2022 年 3 月 19 日去世的，距离做手术九个多月。

梅姐是 1968 年 1 月出生的，她出生的时候正好是农历腊月。爸爸说，这个时候正好是万朵梅花开，就叫郭万梅吧。我家一共六个孩子，梅姐排第四。她的上面有两个姐姐一个哥哥，下面有两个妹妹。可能是因为家里孩子多，"大姐""二姐"我喊得挺顺口，等到四姐、五姐我可能就记不住了，所以我从小就截取她们名字的最后一个字，四姐喊梅姐，五姐喊玲姐。其实父亲给姐姐起名叫"梅"，这里面还有一个故事。

我父亲的三哥，也就是我的三伯结婚很多年没有孩子，三伯就想着从我家过继一个。父亲和三伯从小兄弟情深，天天看着三哥三嫂唉声叹气的心里也不是滋味。心里想着也不是过继给别人，也就答应了。我的二姐叫郭万云，当时正好两岁，就把二姐过继给我三伯了。自从二姐送走之后，妈妈天天以泪洗面，天天想孩子想得睡不着觉。一天夜里，妈妈梦见一个白胡子老爷爷，这个老爷爷说："你别天天哭了，给你拿走朵云，我还给你一朵花。"妈妈听到这从梦中一下子惊醒了。过了不久妈妈怀孕了，果真生下个漂亮、白净的小姑娘，妈妈说："真没想到，梦竟是真的啊。"所以姐姐名字叫"梅"就是应了梦境中的花瑞。

人们常说好人有好报，我觉得这个话还真不一定。

梅姐从小就是一个脾气温婉、温柔善良的人。她从小特别爱干净，记得妈妈和我们说过，有一年过春节的时候，妈妈新买了一块花布给梅姐做了一件特别好看的新衣服。梅姐也就刚刚三四岁，小小年纪穿上新衣服，就站在那不坐炕上了，而且一动不动，谁拉都不动地方，说是怕弄脏了新衣服。梅姐唱歌特别好听，好听到可以和歌唱家媲美，尤其是唱民歌。有一次，邻居家不知因为什么吵起来了，妈妈带着梅姐去给邻居劝架，邻居一看梅姐来了，就让梅姐给唱歌，梅姐奶声奶气地唱起来，悦耳动听的声音把所有的烦恼都带走了。邻居一家都高兴地鼓起掌来，忘记吵架的事情了。

梅姐比我大五岁。我生下来的时候特胖，足足有九斤重，头发长得可以扎小辫。听大姐说，我出生没多久，大姐就用红头绳给我扎了满脑袋的小辫。梅姐也和我说过，她那时候和大姐在西屋睡。一天早上，听见有小孩儿的哭声，赶忙爬起来摇摇晃晃来到东屋，看见妈妈怀里抱个小孩儿。梅姐就问妈妈："妈妈什么时候生个小妹妹啊？"妈妈告诉她："刚生出来的。"梅姐又问："妈妈我想抱抱妹妹，行吗？"妈妈说："上炕来，抱妹妹。"梅姐抱着我，根本抱不动，因为我太重了。妈妈说："你太小抱不动，等你长大了再抱妹妹吧。"梅姐说："行，我长大了背着妹妹玩儿。"

小时候，梅姐天天背着我过一座小木桥去爷爷家玩儿，我果真是在梅姐的背上长大的。我小时候特别淘气，总是打姐姐，比我只大几岁的姐姐从来不还手。长大后，梅姐照镜子时，还总说："老妹妹，你看我脸上的小坑儿，都是你小时候挠的，不然都可以当电影演员了。"我说："怎么可能呢，我挠你，你怎么不打我啊？"梅姐说："我舍不得打你，而且怕你哭，你一哭，咱妈妈就说我。"梅姐从小学习就好，四年级时还当上了大队委，就是我们小时候常说的"三道杠"，我只当过"二道杠"，所以当我得知梅姐当过"三道杠"，很是羡慕。

梅姐的一生也顺利，也坎坷。

从顺利方面来说，从小长相漂亮，学习好，爱干净，唱歌好，在家里也比较受宠。说到受宠，我家有个"奇怪"的地方，别看我家的孩子多，可是我的父母非常疼爱孩子。每个孩子在家里都是很受宠爱的。从坎坷方面来说，就是做过好几次大手术。梅姐从小并不是体弱多病，她身体一直很好。姐姐的病是自从结婚生了孩子以后才开始的。后来妈妈看她总是生病，就给她算命。算命的说，梅姐是观音菩萨身边捧花的侍女，由于打碎了花瓶，被罚到了人间，是"花姐"转世，所以不适合结婚，一结婚就总生病。妈妈爱女心切，也顾不上算命的说的是不是真的，就和爸爸来到"娘娘宫"给梅姐"换替身"。没过多久，梅姐的身体的确好多了。

梅姐和我的关系最好。平时总在一起聊天，说心里话，原因是我和姐姐都喜欢文学，总在一起参加活动。说来也怪，小时候，梅姐天天背着我，姐姐的后背就是我的"专用座椅"。长大后，我学会开车，我成了梅姐的"专职司机"，拉着梅姐这去那去。梅姐总和我说："咱俩的缘分大啊，你看别家的姐妹也许一个月见一次，咱俩一周见好几次。"姐姐单纯、善良、好脾气；我直爽、率真、为人仗义，我俩成了最佳搭档。

我们家有个特点，就是做梦都特别准。我说这个，还真不是宣传封建迷信，是因为我们家无论发生什么事情，都会有人做梦。所以，我们都形成习惯，有什么事情悬而未决，或者是想提前预知什么消息，彼此都会询问最近做什么梦了。所有的梦境，最后都和真实的差不多。

在梅姐去世的前一周，我做了一个梦。梦见自己站在我家的楼下，我右手领着一个特别俊朗的小男孩，这个小男孩梳着和杨柳青年画里一样的桃子型的头发。我正走着，准备去 5 号楼拿西瓜，从远处看见大姐、二姐、梅姐和玲姐她们四个人兴高采烈、神采飞扬地朝我走来。我惊奇地问："梅姐，你的病好了吗？"她们同时回答："好啦，好啦！"我睁大眼睛，不敢相信地又接着问："太神奇了，这么快病就好了，这难道不是做梦吗？"姐姐们都说："好了好了，不是做梦，病是真的好了。"听她们这么一说，我高兴得又蹦又跳。然后我们姐五个就坐在一起吃饭，特别高兴，有说有笑的。吃着吃着，我抬起头来，一看表，哎呀，我 5 点 10 分有晚自习，现在已经是 5 点 5 分了，"来不及了，来不及了。"我嘴里大声说着"来不及了"，同时站起身来，赶忙穿衣服，心里特别着急，衣服都快穿不上了。这时候，梦就醒了。

醒了之后，我心里一阵发慌，心里琢磨着是什么来不及了呢？我赶快给大姐、二姐和玲姐打电话，分别和她们说我做的这个梦。还是大姐有经验，大姐说："咱赶快去，肯定是病情严重了。"等我们赶过去发现，梅姐果然更瘦了，什么东西都吃不下了。大姐、玲姐和我都住在了梅姐家。梅姐已经站不起来，只能用靠背倚着坐在床上。我们问她哪里不舒服，梅姐说，感觉喘不上来气。她还说："可能我这五脏六腑功能都不行了，感觉都不起作用了。"我都故作轻松地说："别瞎说，都好着呢。"大姐晚上守着梅姐睡，睡觉的时候大姐用手摸着梅姐的脚，怕梅姐不好受的时候她不知道。梅姐每天只是喝水，一丁点儿汤汁也喝不下去了。大姐和玲姐给梅姐洗澡、洗头发，动作很轻，怕弄疼了她，洗完给梅姐擦上好闻的乳液。

我们姐妹几个，都围在梅姐身边，有的给梅姐按摩手，有的给按摩脚。玲姐给梅姐剪指甲时，梅姐还说："我可不敢让老娟子给我剪指甲，她给我剪，准得给我剪破了。"我们都笑起来，那一刻，我们忘记了所有的烦恼和病痛，仿佛像回到了小时候一样。我们帮她收拾衣服，梅姐看着一件件的衣服，告诉我们这件留着，那件穿着不太合适，可以送人。梅姐看着自己的书架说："回头你们拿走几本书吧。"我说："等你病好了，自己慢慢读。"

传说农历的二月十九是观音菩萨的生日，梅姐是农历二月十七下午5点5分去世的。梅姐越来越虚弱，已经骨瘦如柴了，但看起来还是那么漂亮。梅姐去世前，嘴里一直念叨："我要走了，我要赶着去给观音菩萨过生日，不然来不及了。"梅姐去世的转天，玲姐梦见梅姐穿着古代的那种长裙，衣袂飘飘，特别漂亮，梳着齐刘海，盘着发髻，在云池中跳舞。看来梅姐的确去给菩萨过生日去了。梅姐前世是菩萨的捧花侍女，如今又回到了菩萨的身边。

梅姐和数字5有缘。她住5号楼，55岁离世。大姐做梦花了55元钱买的防寒服，妈妈想拿走。梅姐自己做梦给咖喱大佛磕头，给大佛55

元钱。我做的梦，去 5 号楼拿西瓜，抬眼看表已经下午 5 点 5 分，感觉一切都来不及了，梅姐恰恰是下午 5 点 5 分永远闭上了眼睛。这一切都是那么不可思议，却又神奇地巧合。我们地球在宇宙空间中只是小小的一部分，看来梦是真实的，但是不存于在我们的现实宇宙，只是在另一个平行宇宙之中。这样一来，我们就可以说通很多梦的现象了。或许宇宙本来也不是单纯的一个，而是一群。梦境中的世界或许就是平行宇宙，我们在梦境中所经历的一切有可能并非幻想，而是真实存在。

梅姐在世的最后几天，我小声地问梅姐："姐姐，你有什么遗憾吗？"梅姐说："就是后悔没出书。"我家的姐妹几个受父亲熏陶，自小都喜爱文学。多年来，手持书卷沉醉其中，在内心深处，文字就像一个个欢蹦乱跳的小精灵，在我们的眼前玩耍嬉戏，我们都有一个文学梦，平时写的稿子也慢慢积累起来。关于出书的事，梅姐以前没少和我商量，总是嘱咐我，平时一定整理好自己的作品。我们都觉得会有很多的时间供我们挥霍，来日方长。于是出书的事情就这么无限期地拖着。可是我们忘了，忘了时间的残酷，忘了人生的短暂，忘了世上有始料不及和措手不及，忘了生命本身不堪一击的脆弱。梅姐竟然得了不治之症，这就是所谓的世事无常吧。

人生有很多偶然。

如果按照正常的命运走向，梅姐应该是一位小学老师。梅姐初中毕业是 1982 年，她以优良的成绩考上了中等师范学校。但是领取录取通知书的时候，爸爸去晚了。等爸爸带姐姐报到的时候，人家已经都录取完了。于是，姐姐只能选择上高中。姐姐理科不太好，上到高一下学期的时候，姐姐就有点儿怵头，恰好天津市板纸厂招工，姐姐就报名当了工人。是金子总会闪光的，梅姐虽然是一名工人，但她是单位的文艺骨干，她在单位里排练小品，参加各种文艺汇演。过了几年，梅姐凭借自己的文学底子，考上了葛沽镇合同制的文化职员，在葛沽镇文化站上班儿，一干就是十几年。

人生有很多的必然。

梅姐病的时候，我把姐姐的生辰八字拿给一位懂易经的老先生看。这位老先生非常有学问，星相历法、天文地理、八门九星、阴阳五行、三奇六仪等一切皆通。老先生批道："令姊好运都在三十岁以前。三十到五十岁辛苦劳累，其间三十五到四十岁，抱病，五十岁以后，渐染疾患，其后难有转机，若能熬到六十岁后，坏运来冲，往好处想，也过不去六十五岁。"我看到批文，愈加感到神奇。后来姐姐病重去世。先生发来批文："惊悉令姐仙逝，极为惋叹。命中注定她五十岁已走忌神运，到五十五岁，没有了生机。即使闯过，也过不了六十五岁。命理如此，请你和家人节哀顺变吧！"有人说，一切都是命中注定，一切都是在劫难逃，一切都是机缘巧合，一切都是因缘际会。

从梅姐手术到去世经历了九个多月的时间，对于梅姐的离开我们是有思想准备的，因为梅姐这次得的是不治之症。梅姐每天吃饭只能吃一点流食，就算病情不复发，时间长了，身体照样是顶不住的。梅姐才五十五岁，年纪不算大，正是年富力强的时候，而且那么漂亮，那么有才华，却疾病缠身。看来"天妒英才""天妒红颜"这两个词是真的。幻想归幻想，理智下来，我知道在这个世界上根本没有奇迹，姐姐的病是不会好起来的。世界上最难割舍的情感之一就是手足情，我们是一奶同胞，从小一起长大，一起分享小秘密，经历了太多的事情。从梅姐的身上我突然感觉到我们也都老了，老到开始要直面死亡了。

最后那几天，梅姐和我说："我感觉我快撑不住了，可是我没活够，我还想再活十年，如果让我再活十年多好啊。"她让姐夫去求菩萨，姐夫和他的大姐去娘娘庙拜菩萨了，一共烧了一百多股香，而且发下誓言：如果再给梅姐十年的寿命，他会给菩萨重修庙宇，重塑金身。姐夫和他的大姐从庙里回来的时候，我们都问求得怎么样。姐夫支支吾吾地不说，后来才知道详细情况。说来奇怪，姐夫和他的大姐去求菩萨，给哪个菩萨烧香，香火烧得都挺旺，就是给药师佛烧香的时候，怎么也点不着，而且还把姐夫大姐的手烧了个燎泡。我们听完，互相看着，都不作声，感觉冥冥之中一切都是注定的。

梅姐临走的时候，告诉她女儿，自己要走了，不要难过。梅姐的衣服都是她女儿和她的嫂子这些天找高级裁缝定制的，采用的香云纱面料。梅姐穿好衣服，化了精致的妆容，漂亮极了。她静静地躺在那里，嘴角带着笑意，就和睡着了一样。我们都不敢大声哭，怕一哭，把梅姐吵醒了，感觉她会扭过身，娇嗔地说上一句："你们还让不让人睡了？"

关于疾病、死亡以及死亡之后的种种禁忌，民间有许多说道。给逝者穿衣服的时候，亲人不许哭，眼泪不能落在逝者身上。不让亲姐妹在身边，说是如果看见自己的姐妹在旁边，她就舍不得走。我心里想，舍不得，就别走了啊，正好可以永远在一起。

离死亡很远的时候，大家都不会顾及什么，当真的面对死亡的时候，就会感觉以前老人们说的话，都是真的。我的妈妈是六年前去世的，我已经经历过一次亲人离去，所以，当我面对梅姐的离去时，我会反复确认是不是和妈妈当年一样。记得妈妈去世的前几天，天天想吃冰，就是"烧膛"了，尤其晚期肿瘤患者，出现胸腹部发热和火烧的情况说明病情比较危险了。梅姐最后几天也出现了喝凉水的情况。还有一个现象，就是临走的最后几天，妈妈和梅姐都是躺着的时候，手搭在额头上，大姐说那是"望路"呢，就是望自己要去"那边"的路。

梅姐真的走了，我一直不愿意相信，也不愿意提及。仿佛不说、不想、不去触碰，这一切就不是真的。我甚至在这段时间里不想看见我的姐夫和我的外甥女，仿佛不看见他们，我就可以忘记梅姐的离去，就仿佛一切都不曾发生。

记得我妈妈刚去世时，连着好几天，我都做梦，总是大喊着："这病可以治啊！快，快治病啊！"要不就是不分场合地喊："妈妈——""妈妈——"很大声的那种，总是恍恍惚惚感觉是一场梦。等清醒过来，我就想，这如果真的是一场梦该多好啊！妈妈去世以后，我去体检，大夫告诉我，心脏左下壁大面积缺血，而且心律不齐，原来伤心真的会让人心碎。这次梅姐生病，我时常嘱咐自己，我有那么多的亲人，慢慢地他们和她们都会生老病死，都会离去，要学会勇敢面对，坚强一些，千万不能倒下去。

梅姐刚去世时，我时常翻看我俩的照片，因为我和梅姐有着太多的回忆。晚上时常会梦见她，她总是冲着我笑，喊她也不答应。我问她干什么去了，为什么还不回来，她也不说话。后来，我为了重新振作起来，把相册里所有她的照片，制作成一本电子相册，起名叫永远的回忆，然后放在 U 盘了。梅姐冬天出生，春天去世。腊月是一年中最寒冷的季节，春天又是万物生发的时节。所谓春为岁首，梅占花魁。

梅姐走后，我做主请我和梅姐共同的朋友狄青老师为她写序。狄青老师没有推脱，为她的作品集写了精彩的序言。她的女儿为她完成遗愿，把这部作品集《呵手拭梅妆》制作成纪念册，分发亲朋好友保存。《呵手拭梅妆》既是梅姐一生创作的总结，也凝聚了她身边挚爱亲朋对她的无限深情与真挚怀念。

梅姐生在梅花绽放的时节，愿她的世界永远有她热爱的文字，更永远有梅花绽放。

第四辑

小木偶

搦耳山山势陡峭，巨石嶙峋，谷壑纵横，古木参天。在她的脚下，生长着一片茂密的大森林。这是一片从来没有人走过的处女地，由于还没有开发，森林的原始风貌保持得很好。春夏秋冬，周而复始，森林里，不知积了多少的枯枝落叶，像铺了一层厚厚的纯毛地毯，踩上去的感觉绵软且有弹性。太阳出来的时候，整个森林像是披上一大块绚丽的格布，叶子稀疏的地方，阳光能透下来一点儿，枝叶稠密的地方，光线一点儿也透不过来，整个林子显得既神秘又光怪陆离。

一年又一年过去了，有的树生出来，有的树枯死了，枯死的树枝随着细雨坠落到地上，不发出一点儿声响，过不了多久，就会同落叶一同腐烂。

一天，一棵巨大的红杉树愉快地唱着歌，一阵狂风刮了过来，红杉树不停地摇晃着身体，闪电在头顶划过，轰隆隆雷声炸响，她像被施了魔法一样，再也不能动了。过了许多天，枯干的手臂从她身上纷纷剥落，只剩下焦黑的躯干。有一段小树干，拥有漂亮的身躯，肌肤上没有一点儿虫眼和裂纹，她是幸运儿，雷击没有对她的身体造成一点儿伤害。这段漂亮的小树干，从落下大树的那一刻起，她恐惧极了，虽然落到枯叶上一点儿都不疼，而且挺舒服的，可是腐烂的气味令她窒息，她多盼望有人将她捡起，带出森林，带出大山啊！

不知过了多久，一支探险队来到了搦耳山。小树干听着"嚓嚓"的脚步声，心激动得要从嗓子眼里跳出来。一个年轻的小伙子，刚好从她身边走过，小树干机灵地转动身子，差点儿把小伙子绊倒。小伙子捡起小树干，仔细端详着，心想：好漂亮的小树干，兴许有点用，就把她扔进了背包。小伙子把小树干送给了一位老爷爷，老爷爷为她雕出了活灵活现的眼睛，还有两只耳朵，一个鼻子以及小巧玲珑的嘴巴，人们夸奖老爷爷手巧之余，不禁赞叹小木偶漂亮。

"好漂亮的小木偶呀！"一个扎着蝴蝶结、穿着红裙子的小姑娘，看着小木偶忍不住欢呼起来。小姑娘恳求老爷爷把小木偶送给她，老爷爷答应了，小姑娘高兴极了。小姑娘给小木偶扎上和她一样的蝴蝶结，穿上和她一样的红裙子，并把小木偶放在床头前的小书桌上，橘红色的灯光照亮了整个房间，小木偶的脸上闪着天使般动人的光芒，显得更加漂亮了。

小木偶看到了做梦也梦不到的世界：鳞次栉比的高楼，鱼贯而出的汽车，铺着柏油的宽阔马路……看着五彩的霓虹，望着都市的繁华，她高兴得差点儿忘记自己是一只小木偶。小姑娘只要是在家里，就把小木偶抱在怀里，和她一起游戏，小木偶高兴极了。暑假到了，小姑娘准备随爸爸到林场去，小木偶不想到林场去，出发的时候，小木偶机灵地从小姑娘的背包里跳出来，藏到角落里。

天渐渐黑了，四周安静极了，安静的小木偶能听到自己的呼吸声。夜半时分，窗外淅淅沥沥飘着细雨，小木偶听着雨声，忽然想到细雨洒在树叶上的"沙沙"声，她再也睡不着觉了。她开始怀念一望无际的大山，葱郁茂密的大森林，厚厚的黄叶地毯以及那棵焦黑了的母亲树。

尴尬的本命年

2020 年是我的本命年。我家有五个人属鼠，爸爸、大姐、我、大姐的孩子和我的孩子。儿子出生在 1996 年的春天，大姐夫说，这孩子小名应该叫"五鼠"，意思是我家已经有五个属鼠的了。当然名字还是不敢乱叫的，据大姐说，以前有户人家，姓刘，四代单传，给孩子起个名字叫"刘一支"，大概是一脉单传，总是留有一支的意思。说来也是倒霉，孩子十来岁的时候，不小心触了电，四肢截下三肢，就还剩一肢，成了名副其实的"留一肢"。

"本命年犯太岁，太岁当头坐，无喜必有祸"的民谣是关于本命年不甚吉利的普遍说法。我们老百姓通常把"本命年"也叫作"槛儿年"，过本命年如同迈道槛儿一样的意思。我们当地的风俗是本命年穿红色衣裤，估计在各地也很普遍。

腊月二十六的时候，我特意开车去佛罗伦萨小镇为了我的本命年买了两套大红的衣服。腊月二十八的时候，还想去大悦城买其他过年的用品，结果微信上关于新型冠状病毒的各种小道消息就挤进来了。不到一天的工夫，消息已经很密集了，有点儿风声鹤唳、草木皆兵了，吓得我就没敢去，现在想想胆小如鼠也是有好处的。这是我这么多年来，头一次没有买全过年用的东西。过新年，把东西买全是我的习惯。

腊月二十九，我们照例去妯娌家吃饭，在去之前我去了一趟双港卫生院。大门口，已经有护士用体温枪给测量体温。每个人都很配合，护士让露出脖子，人们拽开围巾的同时，嘴里都会小声嘟囔一句："肯定不烧。"我观察了好几个人，说的都是这句话，说不好是安慰自己还是说给测体温的护士听。给我开药的那个大夫戴了两层口罩，还有护目镜之类的，还戴了医用手套。我开了两盒蒲地蓝消炎口服液和两盒银翘感冒片，还想买点板蓝根，大夫说没有。拿完了药，心里就安定了一些。侄儿和侄媳妇都还上着班，他们带回的消息更加令人震撼：武汉封城了。妯娌说了一句："我怎么感觉浑身发冷呢？"我赶忙下楼给她买了一盒广谱杀菌的消炎药，给她吃下，妯娌说感觉好了些，我也吃了一粒，也感觉好了些。

大年三十儿，我一大早就到了妯娌家。窗外很静，听不见一点儿炮声，去年还能听见零星的鞭炮声，今年一声都听不到了。我和妯娌在家蒸肉包子，我说："还真没有人放鞭炮，好静啊！"妯娌说："这样好，省得心慌。"我心里想：国家也是三令五申不让杀害野生动物，怎么还有人偷着买，偷着吃呢，怎么就不能像放鞭炮这个事一样那么听话呢。

吃完年夜饭，我和妯娌一边看着电视一边包饺子。电视里几个著名主持人正在读一首诗，题目叫《众志成城，抗击肺炎》，其中有两个主持人我认识，是中央电视台播新闻联播的康辉和贺红梅。我们很紧张，感觉这个病毒肯定很凶猛，因为在这个举国欢庆的日子里，居然朗读了这样的诗歌。包完饺子，我赶忙回家，街上只有很少的几辆车，每辆车都慌慌张张，开车的人口罩眼罩齐全。我有一种被追杀的感觉，心里慌慌的，想赶快逃，又不知逃到哪里去，也想不明白为何要逃。

大年初二回娘家

　　大年初二是约定俗成回娘家的日子，我们天津把初二这天叫姑爷节。大年初二这天，出嫁的女儿们要带着丈夫、孩子回娘家，提着大包小包去拜见自己父母。

　　1990年，我十八岁。那年初二的雪下得好大啊，足足有半尺厚，天地间像挂着一床白色的大幔帐，白茫茫的一片。公交车可以开，可公交站到我家还有五公里左右。从早上起来，妈妈就不高兴，嘴里嘟嘟囔囔地骂着雪，因为雪太大了，我明白妈妈为啥不高兴，因为怕姐姐们回不了娘家。雪还纷纷扬扬地下着，落在对面的房顶，盖得严严实实，就像罩上了一床白色的棉被。树木全穿上了白衣，地面铺上了白色毛毯。如果是往年的大年初二，姐姐们九点左右就都来齐了，大家说说笑笑很是热闹。我和爸爸妈妈都以为姐姐们来不了了，因为雪实在是太厚了。爸妈和我就都蔫头蔫脑的，提不起精神。

　　大约十点半，就听大门一响，梅姐一家来了，外甥女在姐姐的怀里冻得"哇哇"哭，估计是太累了，姐姐眼里也含着泪。四姐夫拿着好多东西，还有孩子的换洗衣服，这么冷的天他们却满头大汗，很是狼狈。我们都迎上去，妈妈接过孩子问："怎么来的？"梅姐说："在双港车站下了车，然后抱着孩子走着来的。""也就是回娘家啊，不然，这么大的雪谁还出来啊！"一会儿，大姐、大姐夫也到了，我们围上去，大姐夫说："今天的雪真大啊，路上骑不了自行车，全都推着走，自行车上驮着一箱饮料、两盒点心，车前面挂着一大袋子好吃的，一不小心，就一个

110

跟头接着一个跟头地摔，我是翻着跟头来的。不知是谁还在红旗路与鞍山西道路口堆了一个雪人，上面写着：'傻姑爷们，辛苦了！'看见的人全都笑。"大姐夫说的这个事把我们逗得哈哈大笑，在笑声中，树木轻轻地摇晃着，将那美丽的银条儿和雪球儿都抖落下来了。

2020年的初二，距离1990年的初二，整整三十年了。感觉遇上了"盗贼"，三十年的时光一转眼就被偷走了。我回娘家没化妆，也没穿新衣服，脸上还扣了大口罩，和往年"珠玉叮当""光彩照人"形成了鲜明对比。以至于我的外甥女在我推开门的时候，都没认出我来。外甥女笑着说："老姨，本来我没觉得新冠可怕，可我一看您这样，我就知道这病毒太可怕了！"逗得爸爸一口茶水全喷出来。

三十年前大雪，没有阻挡住梅姐一家，但是今年，梅姐没来，因为她临时有任务。接到上级指示，一切饭店、歌厅、网吧等公共场所，一律停业，防止新型冠状病毒的进一步传播，因为已经发现很多起聚集性传播的案例了。梅姐是文化站的工作人员，大年初二就上班了，去街上巡查了。本来爸爸初二预订了饭店，也都退掉了。我们在互相叮嘱中，匆匆吃了饭就都回家了。路上没有一点儿过年的欢愉气氛，树上的鸟都不知藏到哪里去了，路上也没有什么人，都戴着白口罩，看不清是男是女，看不清表情。小区的保安拉着红绳，拿着记录本，虎视眈眈地望着路人，给人增加了几分安全感。不敢看手机，全都是各种小道消息，有的是真的，有的是假的。回到家里，关紧门窗，感觉如果关得慢，就会有什么不好的东西跟进来似的，疫情来势汹汹，我们不知如何阻挡。

窗外，不知谁在放着歌曲："草原最美的花，火红的萨日朗，一梦到天涯遍地是花香。流浪的人儿啊，心上有了她，千里万里也会回头望。"

学习是件幸福事

学习是件幸福事，我一直这样觉得。让自己进步，今天的自己比昨天的好一点，更是一件快乐的事情。静静地，行走在时光的深处，倾听行走在时光深处的足音，回望自己的脚印，看看是否坚实。

我认为没有前进动力的人生是乏味的，而人向前迈步的动力，不依托于学习，又依托什么而实现呢？我个人以为，人除了睡眠、发呆、无意义的空想外，没有一个时刻不是在学习。如斯循环往复，积累量变，直至探索出一条适于自己的新路，我想这也就是人发展升华的过程。

在这个过程里，学习就是一件幸福事。因为在这个过程中，人在实现自己的个人价值，在马斯洛的心理金字塔中，去攀登"自我实现"的最高点，怎能不幸福？在这个过程里，享受鸟语花香，享受汗水付出后的硕果累累，幸福的目标带来的是追求过程的无限喜悦和激情迸射。

我有一个朋友，他家书房的墙壁四周满满的全是书，估计有上万册。古今中外、名著通俗，应有尽有。这个朋友非常有学问，博学厚才，是书让他拥有睿智的头脑和厚重的才华。这个世界没有生而知之的人，只有学而知之的人，所以，学习是件幸福事。

歌者学习，用以突破声域之界限；武者学习，用以突破人体之极限；文者学习，用以冲破思维之藩篱。我们扪心自问，是否真正做到了每天读书，无论我们是否徜徉在学习的幸福感中，学习都是我们的必需。我们离自己的目标还很远，所以，生命不息，学习不止。

但在现实中，做到认真学习，其实很不容易。精彩纷呈的世界，不停地转移我们的注意力，各种外界干扰，往往不能使我们静下心来做事情。不如意的事情常常影响我们的心绪，各种诱惑也不时向我们招手。所以，心常常定不下来，不能专注地学习下去，情绪起伏，甚至可能陷入浮躁，难以左右自己。

岁月无情的时候，学习思索人生得失，会慢慢懂得如何面对。当生活不公的时候，学习微笑面对，用肩托起一方天地。阳光总在风雨之后，无论顺境还是逆境，凝视周围，拷问心灵，问问自己的初心是什么，自己的使命是什么，然后用心感受真情、温暖、责任，你会发现：路的旁边还是路，天外的天更蔚蓝。

听雨

　　暑假歇班，正逢"立秋"节气，天阴得很，马上就要下雨。我站在窗前，等着看雨。临窗观雨，觉得"落花人独立，微雨燕双飞"真是一种享受。我非常喜欢看雨，但我更喜欢听雨。

　　不管是深情含蓄，还是细腻温婉，只要是耳边响起淅淅沥沥的雨声，那么你的故事便会蒙上一层楚楚动人的清婉和幽深；如果再伴上几声丝竹，那情趣则远远胜过"明月松间照，清泉石上流""红树醉秋色，碧溪弹夜弦"的意境。听雨，如能赶上石破天惊的暴雨，将使你心潮澎湃，激情满怀。躺在床上，听着自天而降的"千军万马"涤荡着窗外的世界，心灵上便产生彻头彻尾的痛快。

　　耳边响起雨声，我想到了蒋捷的《虞美人》"少年听雨歌楼上……"蒋捷听雨时总结了自己的一生，从少年、壮年一直到老年，达到了听雨的最高境界。现代文学家季羡林与蒋捷两人听雨时的年龄不同，听雨的心境也就不同。蒋捷是中年听雨就谈"悲欢离合总无情"，季老已到望九之年，听雨却"兴高采烈"。

　　季羡林老先生听雨时想到了朋友的诗句，感慨一番，才说出自己欣然听雨的原因，十年九旱的北方春季太需要雨了。这一年春，天旱得邪行，季羡林天天看天气预报，时时观察天上的云，连做梦看到的都是细雨蒙蒙。现在雨下了，他如何能不高兴呢。季老听雨并不是像古代文人那样追求雅致，而是为麦田久旱后喜逢甘霖感到高兴，听雨之所以喜悦，是因为他心系农民、渴望百姓大丰收，他想到的是"俗事"。

想不起来，曾几何时喜欢听雨。大概是因为，长大以后我读了许多书，才喜欢上看雨、听雨。听到那"嗒嗒"的雨声，仿佛是在欣赏大自然的赞美诗。

　　雨，成就人生的诗意，就像雨巷中举伞独行的紫衣少女，又像枯燥的暗夜忽然想起的管弦幽咽。我的心仿佛距离天际又近了一些，起身、披衣，走到阳台上，拉开玻璃窗，雨像个好久没抱的孩子，一下子亲热地吻到脸上、扑到怀里，眼睛一下子湿润了。雨是有温度的，我的心里也如同有一把琴把五味杂陈尽情弹奏。

　　我想，即使岁月把日子砍伐成一株轰然倒地的大树，也会有甘甜的雨水把泥土下斩不断、挖不绝的根系滋润，并重新繁殖出新苗来；即使你已青春不在，只要你保留着听雨这份情致，那么你的心定会以独特的方式走遍世界，去繁衍成理想的部落——美好的风景。

唱给母亲的歌

听妈妈说，我生下来的时候八斤多，胖胖的。头发长得可以扎小辫，壮壮的，很可爱。我是老闺女，全家都很疼我，在妈妈的臂弯里，我被搂得很紧，我颤动的心融化在母爱里，就这样几十年过去了。

母亲是月亮。在生活的道路上，难免遇到坎坷、挫折，当我在它面前叹息、摇头，想绕道而去的时候，妈妈就会帮助我克服困难，指引并且照亮我前进的路。

母亲是剪刀。妈妈生了我们姐妹几个，我们就像一棵棵小树，从发芽到成长，妈妈都细心呵护，及时修剪整齐，保证每一棵小树都茁壮成长。

母亲是港湾。我们就像一只只小船，船走累了，风浪来了，港湾便会伸出宽阔的臂膀紧紧将小船拥抱。

母亲常对我说："人生路上，父母能陪你们走一段，但不能陪你们走至终点，所有的路，要靠你们自己走下去。所以，一定要爱惜自己，千万不能放纵自己。"

母亲是个普通人，她不会说什么豪言壮语、箴言警句，可她老人家每一句话都掷地有声，"既然投生在世上做人，要站起来是世界上最高的山，躺下去是世界上最宽的路。"

妈妈，我来到这个世界上，赠给您的第一件礼物是从心底迸发的啼哭，您却露出欣慰的微笑。当岁月的潮水，洗尽您脸上的红晕，皱纹也布满了您那白皙的面容，我扑闪双翅，从您的手掌上起飞，您像潮水般坦然。从此，您像一株深秋的大树，张着伸向苍穹的手臂，翘盼候鸟归来。

时光流水过滤了尘埃杂质，让我在母爱里品读快乐。温柔的风掳去了惆怅，让我在亲情里得到了慰藉。人到中年，也许不是人生的春天，仔细品悟：智者不惑，仁者不忧，勇者不惧。孔子斯言，诚也。人生的长河里，我顿悟，将用尽一生的温柔，开成窗前粉色的海棠，去经历静中得味，稳处安身。心灵的家园除去了丛生杂草，才能品出人生的滋味，品出生命的境界。体验生活的过程，让我在岁月里珍视母亲给予的厚爱。

就这样，我们一路歌声，一路笑声，满是疲惫，满是希望，扑向您，我的母亲。

春天的心情

一个春意绵绵润雨纷飞的下午，牛毛细雨如万缕丝帛，洒在我的脸上，冰凉冰凉的，带给我久违的清新、浪漫之感。

刚下过雨，空气略显潮湿，每一朵花蕾上都滚动着露珠，晶亮透明，嫩绿的枝头上飘着诱人的馨香。抬头望去，窗外的海棠树安静地沐浴在潮湿的空气里，经历冬天洗礼，枝上干枯的果实坚强地随风摆动。

我常常望着它，因为它就在办公室窗外，海棠树陪伴我度过灰色的冬天。此刻，柔暖的风吹拂着脸庞，思绪也如春风一样，催开尘封的心灵，露出天真的笑脸。张开嘴巴，做一次深呼吸，清香沁入心底，再次享有春的温存，这是大自然给我们的深情回赠。

望着窗外的海棠，我的心底荡起那么几句："燕子从南方飞来，桃花在枝头盛开，我看见大家一脸的微笑，春光在我的心里无比精彩。"

单位在城郊，路旁的柳树早就返青了，蚂蚁和飞虫这些卑微的生命都和春天一起活了过来，我仿佛听到蚯蚓爬动的声音、用柔软的头颅撞开泥土的声音。我看见两只燕子相依相伴地飞着，欢呼、跳跃，它们让我萌发一种亲近它们的欲望。它们在寻找不知名的虫子，向同伴发出亲和的声音，在鸟的争鸣中我推开了春的大门。

我的青春和灵魂在鸟鸣中同样苏醒过来，看着它们轻捷的身影，心底荡起暖暖的幸福。课间的时候，在校园的小路徜徉，嗅着那扑鼻的花香，把一颗被世俗捆缚的心放归自然，收获那不受约束的本真。

天空很蓝，好像刚刚被粉刷过一样，白云好像棉花糖。吸一口气，似乎能够感受到甜甜的味道，拂面的微风吹过，发丝被轻轻带动。微微仰头，抬起一只手，透过我的指缝看到丝丝阳光朝我照射而来，春天的诗已被写满，我再次感受到青春的气息，感受到，整个世界都是我的。

不知不觉走到教学楼前了，一抬头，发现原来没有丝毫生机的"死树"，现在在我面前绿叶交错，充满了新生的力量，久别的绿意终于又回到它身上了。

我痴痴地站在树下，似乎被这棵树顽强的生命力折服了。虽然它是一棵普通的树，但它令我感受到生命的伟大。我想大地万物亦如此吧，它们都会珍惜春天带给它们的萌发生命的机会，春天，是大地万物生命的摇篮。

人生长路千转百回，人生四季缤纷芳菲，演绎旷世的静悟，做一个生活的智者。

过自己的日子

今天的风真的很大，大到走在路上根本停不下脚步，只能踉踉跄跄和干树枝、废纸一起裹挟着小跑，仿佛身后有一双无形的大手推着我走。

开车的时候，一片枯黄干硬的叶子打在车窗上，竟然发出"咣当"一声，心里一惊。很喜欢冬天，喜欢它那种氛围，带给人以无尽的遐思。冬天是一个让人怀念和期待的季节，在冬天漫步，穿过田野，跨过结冰的小溪，猎猎的北风吹乱美丽的黑发，任思绪在寂寞的风里飞舞。

夜里做了一个梦，梦见了去世的妈妈。清晨醒来，高兴不起来，开着车，看着路边光秃秃的枝干和飘飘的落叶忽然释然了。胸怀是高山，它能容得下岩石，沟壑不弃微尘，积小垒成高大。胸怀是一种真诚的奉献，一种无私的给予，一种殷切的爱心。没有冬天的萧瑟就没有春天的美丽，在繁忙的工作中，获得是一种满足，给予也是一种快乐。

在寒风中学会宽容，在凛冽中学会坦荡。在疏朗的季节里，清高和骨气"倏"地扑入胸怀，把骨节拍得"铮铮"响，摊开心事中那些坦荡与龌龊任肃穆的季节分拣是非，任狂风瑟瑟，落叶纷飞。有时想，中年女人就像是秋天吧，有点谦虚，有点满足，有点惆怅，有点释怀。

在一片萧瑟中，通过飞舞的落叶告诉自己，过好自己的日子，就是善待自己。唤醒我们心灵深处最柔弱的部分，我们虽不能挽住季节的轮回，但能在诗一般的日子里珍惜属于自己的时光。

端午节遐思

昨天下了一夜的雨，早上起来的时候依旧细雨蒙蒙，向远处望去，高一些的楼层都看不清，仿佛蒸腾在雾气中。各个河道的水位都涨了一尺左右，仿佛是给端午节这天举办的天津首届社区运动会暨第八届市民运动会龙舟比赛造势。

赛龙舟是端午节最重要的节日民俗活动之一，在中国南方地区普遍存在，在北方靠近河湖的城市也有赛龙舟习俗。关于赛龙舟的起源，有祭曹娥，祭屈原，祭水神、龙神等多种说法。

海河是天津的母亲河，是天津城市的象征和历史的见证。历史上称天津为"九河下梢"即众河交汇的意思。海河，全长七十二公里，水深八米多，特别适合赛龙舟。

赛龙舟活动属于全民运动。这次参赛的队伍有三十四支，来自各行各业，多国多族，其中本市大学生队十九支，社会团体三支，驻津外企队十二支，共计四百五十名选手。深受瞩目的参赛外企多是科技制造、物流建筑、医疗教育等行业的世界品牌翘楚，其选手来自德国、法国、西班牙、英国、意大利、美国、巴西、墨西哥等国家，其中不乏老板、CEO、企业高管及业务骨干，国籍遍及全球二十三个国家。比赛的过程中，还有各个电视台进行录像。值得一提的是，天津的市民，大家观看龙舟比赛的热情特别高。不仅两岸站满了人，连光明桥上也全是人。大家为每一支龙舟队大声喊着"加油，加油"，声音响遏行云。

小时候过端午节，妈妈都让我们倒坐在门槛上吃粽子和煮鸡蛋。关于为什么要倒坐着吃，我没问过，因为我知道这里面最重要的一条就是关爱。现在天津人过端午的习俗，还要加上观看赛龙舟，心里感觉和以前不一样了，特别温暖和幸福。

坐在海河边，面对波光潋滟的海河水，看着百舸争流，听着两岸观众如潮水般的掌声和欢呼声，我双手合十，虔诚地默念："祝福我的祖国瘟疫不再回头，我的家人永远健康平安。"

海河惊魂

父亲是郭黄庄人，郭黄庄村依偎在赤龙河畔，甘甜的海河水直通赤龙河，一天两次潮汐浇灌着两岸的田园，也滋润着家乡的父老乡亲的心田。

村头有座木桥，横跨在赤龙河上，是附近村民通往市区的必经之路。木桥下面的水面宽阔，深浅适宜，是童年时期戏水游玩的好去处。每到夏季天热，孩子们光着屁股从桥上跳入清澈的水里，欢快地学着各种姿势游泳，玩得不亦乐乎。

父亲是喝着海河水长大的，可是亲临海河还是参加工作以后的事。1963 年的暑假，父亲在马集小学宋庄子分校举办的教师培训班里学习。培训结束时，学校留下几位年轻的男同志打扫卫生，大扫除后父亲和几个年纪相仿的青年教师相约去海河游泳。宋庄子分校毗邻海河，到海河游泳很是方便。当时去海河游泳的有冯域周（已故）、汤国兴、朱汉池、王吉珉和父亲共五人。这几个年轻的老师都是农村长大的孩子，游泳是小时候就学会的本领，狗刨、仰泳、潜泳、踩水各种姿势都会，他们这些"土式"游法虽然登不上大雅之堂，但是戏水打闹、水中求生还是大有用处的。

海河，源头活水、碧波荡漾，令人心旷神怡。父亲和同伴们一个猛子扎进海河，游得那叫一个畅快！父亲在海河游泳如鱼得水，兴致勃勃地游了几圈，尽情地享受在海河中游泳的幸福。一时，毛主席畅游长江的诗句涌上父亲的心头："万里长江横渡，极目楚天舒。不管风吹雨打，胜似闲庭信步，今日得宽馀……"意境美好而深邃的诗句，让父亲陶醉其中。当父亲和同伴们尽情游泳时，只见生长在市区的王吉珉站在水不过膝的河边站着。他说："我不会游泳，我怕水！"王吉珉，家在市区，中师毕业，德才兼备，体格挺壮实的，在学校里主抓教学，还是大队辅导员。他在父亲眼里是无所不能的，要不是来海河游泳，还真不知道他还是个"旱鸭子"。

正在说话间，只听他"哎呀"一声，脚下一滑，跌入水中。父亲当时离他大约有三米远，来不及多想，立即挺身一跃潜入水中去救他。万没想到，父亲的手刚触碰到他，他一把抓住父亲的胳膊，把父亲按到河底，父亲被呛了一口水，眼前发黑，意识也不是很清楚了。这时，父亲感觉到脚底踩到了河底的泥沙，泥沙很硬实，父亲本能地两脚使劲一蹬河底，甩开他的胳膊，钻出水面。父亲赶忙换了一口气，急忙高喊："快！快来救人啊"！当时朱汉池老师离这较近，父亲和朱汉池老师两人马上扎入水中，合力将王吉珉搭救上岸。

刚一上岸，父亲就瘫坐在河边，一句话也说不出来。大家急忙扶着王吉珉让他趴在岸边，拍打他的后背，让他吐了几口水，王吉珉才慢慢缓过来，说些感谢大家搭救他的话。大家见他意识恢复，都松了一口气。

俗话说，"祸兮福所倚"，坏事总能变成好事。父亲和同事们经历了这次死里逃生，得到了深刻的教训。同时也认识到，人离不开水，人们不仅要学会爱护水、利用水，更要学会驾驭水的本领，而且人人都要有防洪排涝、抗洪抢险的技能。父亲说，这次海河惊魂事件后，王吉珉老师利用业余时间到游泳池苦练游泳技能，不到一年工夫就学会了游泳。

父亲告诉我，那次可是把他吓坏了，一想起来，就坐卧不宁，多次从梦中惊醒。那次救人也提醒大家，搭救落水者，决不能被落水者拽住，否则后果不堪设想。但愿人人学会游泳，不会再有溺水者。

第五辑

那夜·那意·那人

初识《青玉案·元夕》是我十四岁的时候，那年我上初中二年级。看着这几个字，感受到时光的久远，再看内文："东风夜放花千树。更吹落、星如雨。宝马雕车香满路。凤箫声动，玉壶光转，一夜鱼龙舞。蛾儿雪柳黄金缕。笑语盈盈暗香去。众里寻他千百度。蓦然回首，那人却在，灯火阑珊处。"忽然，有一种似曾相识的感觉，如同林黛玉初进贾府见到贾宝玉，忽然就怔住了，《红楼梦》里说，贾宝玉前世是神瑛侍者，林黛玉前世是绛珠仙草，宝玉前世喂养了黛玉，当宝玉来到人间时，黛玉也追随到了人间还泪水以报喂养之恩，所以他们初识有似曾相识的感觉，很好理解。那我和这阕词又有怎样的关系呢？

十四岁，正值飞扬的青春，是不可复制的年华。那个时候的我们只对琼瑶、席慕蓉感兴趣。日记本的扉页上我用钢笔写着："遂翻开那发黄的扉页，命运将它装订得极为拙劣。含着泪，我一读再读，却不得不承认，青春是一本太仓促的书。"那时候，我还没有笔名，正好想给自己起一个，看着"笑语盈盈暗香去"这句，甚是喜欢，于是在我日记本的封面上郑重地写上"笑语盈盈"。

淳熙十四年（1187年）的辛弃疾正闲居带湖，那一年的元宵佳节，甚是热闹。到了晚上，到处张灯结彩，一派欣欣然的景象。眼前繁花似锦，就如同东风吹散千树繁花一样，又好似把烟花也吹落得零落如雨。豪华的马车上载满了看灯的富人，一时间连道路都盈满芳香。耳边传来悠扬悦耳的凤箫声，明亮的玉壶般的圆月渐渐西斜，月色阑珊，一夜鱼龙灯旋转飞舞，笑语喧哗，一团喜庆。满城的灯火，像一阵春风把千树万树的花儿吹开了一样；又好像是春风吹落了满天的星子。那官宦贵族乘坐的马车豪华漂亮，这些马车不仅饰有金边和花纹，而且车上的女人美丽、华贵。仰头望月，月色皎洁、圆润，眼前忽然呈现焰火如花树、如星雨的奇妙画面。

词人必是孤独的。此时的他看着热闹的场面，美人头上都戴着亮丽的饰物，笑语盈盈地随人群走过，身上香气飘洒飞扬，再看着自己孑然一身，如果辛弃疾写到这就停笔，后人对这首词的评价无外乎是：这是一首文笔不俗的写元宵节的佳词。可是辛弃疾绝不是此等俗辈。此时的辛弃疾刚从北方投奔到南宋，在南宋的都城临安落脚，当时南宋的半壁江山都在金国铁蹄的蹂躏之下，当时的统治者过着"直把杭州作汴州"的生活，那么词人在做什么，有没有和权贵们沉浸在这一片欢腾热闹的氛围之中呢？

元宵观灯的习俗始于汉朝，隋唐时发展成为盛大的灯市。到宋元时期，京都灯市常常绵延数十里。

据史料记载：一年元宵佳节，有位女子游历皇城后，已是深夜时分，见端门摆着"金瓯酒"，也饮了一杯。饮酒后，又顺手牵羊将金酒杯塞进了怀里。谁知被皇室卫士发现，一把抓住，问她为什么偷东西。女子说："妾身的夫君平日管得严，我今天喝了酒，回家后夫君会不高兴的。我将金杯带回去，做个证物，说是皇帝御赐的酒，夫君就不敢有意见了。"只听隔帘有人笑道："将金杯送给她。"帘后那个说将金杯送给女子的人，便是当时的皇帝宋徽宗。

元宵节是宋朝女人夜游的狂欢节，华灯初上，宋朝女子都要打扮得漂漂亮亮，出门赏花灯，尽兴游赏，甚至彻夜不归。

那灯、那月、那烟火交织成元夕夜的欢腾，那惹人眼花缭乱的丽人群中一定有词人心仪的那一个。原来一切的感叹、默契都只是为了"伊人"而设，为了一个意中人而设，倘若无此人，那一切又有什么意趣与韵味呢！

丁香雨

　　我与丁香花结缘是在广州，那时还是二十岁的文青，一头飘逸长发，自我感觉良好。记得是 7 月的一个傍晚，热得睡不着觉，便寻着夜色在珠江边游走。

　　隐隐的有一股淡香在鼻尖萦绕，放眼望去，一树皎洁的花海，树冠上好像长满了白色的眼睛。忽然一阵风吹来，花香袭人，一树的花像雨一样扑簌簌洒落在我的脸上、身上。虽然第一次看见这样清婉秀丽的小花，凭着感觉，便断定这是丁香花，此刻的我正沐浴着一场丁香雨。我小心地把散落在头上、身上的丁香花拿起来，捧在手心，生怕碰落一片花瓣，扬起脸，把含着花香的水滴吸进嘴里。我舍不得拿下鼻尖上顶着的那枚晶莹剔透的丁香花，呼吸之间，把幽香永远记在脑海里。

　　在江南看丁香花，特别适合想一些伤感的故事。我当时比较年轻，也就是三十岁左右，几乎没有什么心事，但在这样的雨雾烟气里，还是要好好地配合一下，不然都对不起这似梦境般的美景。在不多的往事里，尽可能地都回忆一遍，然后强锁眉头，仿佛是那个按着胸口皱着眉头的东施。

　　浙东小城诸暨，西施的故里。三月时节，和朋友一起相约游玩。满城烟雨，一河清波萦绕着湿漉漉的旗幌。我看见一个和自己年纪差不多大的女子撑着油纸伞从桥上走过，一个人穿着绣花的衣裳，脚上着一双绣着丁香花的鞋，我一下子想到了诗意中远远走去的结着丁香心愿的女子。一时间有些恍惚，我伫立在一棵丁香树下，淡淡的清香，蒙蒙的迷雾，浅浅的街景，还有一个痴痴的我。

一场经久不停的小雨，湿了行人的脚步，柔软了每一颗游子的心，也打湿了每一个人的梦境。我从滴水的雨巷走过，聆听丁香花的私语。此时的我，虽然已是人到中年，心态已经日渐平和，但我的心正穿过雨雾，从小城飞越而去，用一壶热茶温暖胸膛，慰藉旅途乡愁。

于我来说，邂逅丁香花是最浪漫的一场约会。当我看见钻石般剔透的丁香花蕾从睡梦中睁开惺忪的眼睛，俏皮地站立在舒展的新绿叶隙间，我的心便会被触动。深深吸一口气，顺便把满天的斜风细雨和如梦如幻的街景也一同装进胸膛。星星般的花苞挤在一起，一团团一簇簇，它们拥抱在一起，竞相开放。花气亦远亦近，淡雅中也蕴含着浓烈，仿佛想把满世界都染香。大街上都是沁人心脾的芬芳，把行人迷惑得如痴如醉，脚步越走越慢，情意徜徉。

广西防城港中心市区的仙人山上有一棵蓊郁的丁香树，第一朵星星般妩媚的丁香花，绽放在冬日温暖的烟雨里。一个月夜，不经意间抬头仰望，竟然绽满了一树闪烁迷离的花眸，这原本静谧的清香，也使得夜色变得浓郁，整座山也变得生机盎然。

南海之滨的丁香雨，没有婉约和惆怅，更多的是奔放和活泼。因为不等花雨湿润游人心情，游人便会被火辣辣的太阳晒得躲到树下。雨是热的，花香也是温的，心情自然更会是火辣的。闪着光亮的丁香花，在姹紫嫣红的花海里别样温婉。就连画眉鸟都喜欢钻在丁香花间，相约一场生儿育女的爱情故事。

春风依旧，花雨依然，雨巷还和以前那样的深沉悠远。一路走来，人和事都渐行渐远，心情也都湮没在脚步里。那些徜徉雾霭尽头的身影，还有隐藏在花海深处的诗情碎影，都一起斑驳在江南的旧时光里。

如今，走在路上的心依旧年轻，可我的脚步和身影却越发沉重。有着风一样的心情，但不再有风一般的自由。俊俏的脸日渐沧桑，鬓角也染上了一些岁月的痕迹。曾经深邃、明亮的眼睛，现在看手机的时候也需要戴上一副花镜。但我还是喜欢行走在丁香雨中，遍寻丁香的每一个心结。

春在老百姓的心坎里

按照中国农历，一年的最后一天叫作"除夕"。晋代周处在《风土记》中就有这样的记载："除夕，达旦不眠，谓之'守岁'。"

除夕守岁，是我国的传统习俗。吃年夜饭，喝酒庆祝新的一年到来，预祝有一个美好的未来。贴春联，表达自己美好的心愿，预示新起点的开始，每到春节我们总会感受到这样的民俗传承以及阖家团圆的欢乐气氛。

古往今来，文人墨客每到此时，总是诗兴大发，赋诗言志，抒发情怀，为我们留下了许多脍炙人口的名篇。王安石的诗"学杜得其瘦硬"，风格刚劲有力，也有雅致。他曾经写过一首描写春节的诗《元日》，《元日》中到底描绘了什么样的除夕情景呢？

王安石挑选元日这个节日来写，就已经表明了自己的志向。元者，始也。元日是一年的开始。俗话说："一元复始，万象更新。"一片爆竹声送走了旧的一年，饮着元日醇美的屠苏酒，感受到了春天的气息。初升的太阳照耀着千家万户，家家门上的桃符都换成了新的。在王安石心中，又有什么愿望呢？一心想推行新政的王安石，看着温暖的、光亮的旭日，心里默默地祈愿：推行新法之后，千家万户都过上好日子，他们的心里温暖的，他们的生活是充满了光明、希望的，就像这冉冉上升的太阳。

在古代习俗中，元日全家饮屠苏酒，以祛不正之气。制作屠苏酒的方法是：用大黄一钱，桔梗、川椒各一钱五分，桂心一钱八分，茱萸一钱二分，防风一两，以绛囊盛之悬于井中，至元日寅时取起，以酒煎四五沸。平时宴饮，总是从年长者饮起，但是喝屠苏酒却正好相反，是从最年少的饮起。

再看看清朝诗人叶燮的《迎春》吧。"律转鸿钧佳气同，肩摩毂击乐融融"。春节期间，处处鞭炮轰鸣，百姓同声共颂欣欣向荣，行人摩肩接踵，路上车水马龙。"不须迎向东郊去，春在千门万户中。"其实，春神就在千家万户中，大家不必去郊外迎春神。

古人都愿意歌咏节日。据史料记载：唐玄宗时，一位叫史青的大臣向皇帝自荐称："古人子建七步成诗，臣可五步成诗，皇上可任点题目。"唐玄宗以除夕为题，令其五步成诗。史青果然在五步之内作诗一首："今岁今宵尽，明年明月催。寒随一夜去，春逐五更来。气色空中改，容颜暗里回。风光人不觉，已著后园梅。"寥寥数句，形象生动地表述了寒尽春回、辞旧迎新的情景。

春天来了，如何知晓？且看郊外花红柳绿，水碧山青，芳草刚刚初发，这些都是春天的足迹。其实，春天没有必要费心去寻找，也没有必要舍近求远，春天是一种心境，它在节日的欢庆中，在人们喜悦的脸上，在百姓欢愉的心里。

当代歌咏春节诗歌也有很多，意象大多情调高昂，气势磅礴，胸襟宏大。《春节看花市》写道："通宵灯火人如织，一派歌声喜欲狂。正是今年风景美，千红万紫报春光"。诗歌以昂扬的斗志，写出了老一辈无产阶级革命家对远大理想不懈追求，对新中国的巨变满怀喜悦，对祖国的未来充满美好的憧憬。

放眼望去，除夕夜晚天空格外绚丽，色彩缤纷的烟花在天空中闪耀，倾泻而下，好像在下一场美丽的流星雨。新的一年又开始了，新起点、新征程、新旅途将在这一刻拉开序幕。

仿写的高境界

　　小时候，哥哥姐姐们只要一写作文，便要找《人民日报》。我不理解，哥哥姐姐很坦然地告诉我："写议论文，一定要跟上形势，一份《人民日报》在手，才能很好地把握当下的时政要闻。"于是我从小知道，原来写文章必须要有一份《人民日报》。后来，稍微大一点儿，我也上学了，便知道了这么一句俗语：照猫画虎，依葫芦画瓢。

　　北宋初年，有个翰林学士叫陶谷，在宋太祖赵匡胤身边担任起草各种文告的工作，时间一长，他自以为有功，便向宋太祖讨个高官做。谁知宋太祖却说，翰林学士起草文告，无非是参照前人的旧本，其间不过换几个字句，充其量不过照猫画虎、照葫芦画瓢而已，谈不上有什么贡献。陶谷深感失望，一气之下就作诗自嘲，其中有这样两句："堪笑翰林陶学士，年年依样画葫芦。"

　　古人好仿，有了好的诗词歌赋，马上便会蜂拥而出一大批，虽然大多是狗尾续貂，但时常也有精彩的文章出现。就像是隋唐时代那么多写蝉的，只有一个虞世南的"垂緌饮清露，流响出疏桐。居高声自远，非是藉秋风"最为后人称颂。正如沈德潜说："咏蝉者每咏其声，此独尊其品格。"写黄鹤楼的，崔颢之前有很多，但是唐诗里人们熟悉的也只有"昔人已乘黄鹤去，此地空余黄鹤楼。黄鹤一去不复返，白云千载空悠悠。晴川历历汉阳树，芳草萋萋鹦鹉洲。日暮乡关何处是？烟波江上使人愁。"连李白这样的大诗人都为之敛手，连说"眼前有景道不得，崔颢题诗在上头"。

为什么后人怎么依样仿写都超不过崔颢，只因这首诗艺术上出神入化，崔颢是依据诗以立意为要和"不以词害意"的原则去进行实践的，所以才写出这样七律中罕见的高亢入云的诗句。沈德潜评此诗："意得象先，神行语外，纵笔写去，遂擅千古之奇。"

元明清科举考试，举子们打小抄的时候，怀里藏着的都是苏东坡和钱惟演的文章，可是几百年来一个可以让人们记住的名字都没有，别说像《刑赏忠厚之至论》一样名传千古的文章。

仿写，其中最有代表的便是检讨书，学生时代只要是写过的，大家都心领神会。最可爱的要算小学生的作文《一件小事》，反正我们小时候基本上都是写拾金不昧和扶老奶奶过马路。还要缀上一句："不用谢，向雷锋叔叔学习，是我们每一个少先队员应该做的。"

仿而不识，仿半天，只是照本宣科，仿不出新意来，为仿中最低的档次。仿而实习之，仿出了新意，有所心得，算是中等良才的首选。仿而过之，那自然是高境界。明白人一眼瞧出来你的出处，却又找不出仿的痕迹，而且无论是内容还是新意，都有过之而无不及。这种仿，古人中还是极为称赞的，誉为古为今用，活学活用。

仿的过程，其实是一种学习，也是一种练习基础。就像小时候上书法课的描红，古人学习书法讲究的字帖，都是在仿前人的精华。所以说，善仿者有所成，生搬硬套必不成。

丢花事件

　　右岸花园是一个美丽的新建小区，以幽静的环境、昂贵的楼价著称，在我们这个小镇，被人们称作"豪宅"。就是这样比小镇其他楼盘贵了将近一倍的价格，还是像早市里减价大甩卖的拉秧的茄子、黄瓜一样，被人们一窝蜂地抢个精光。房子被哄抢以后，就是热火朝天地几乎失去理智的装修，然后业主们满怀幸福地搬进了新家。

　　那些享受着孩子们的孝敬，住进"豪宅"的老爷子老奶奶们，更是把原来绿草成茵的花园，打扮得花枝招展。你家一盆奇花，我家一盆异草的都摆出屋子来。树枝上也是你一个鸟笼的百灵，我一个鸟笼的八哥，成天里鸟语花香的，美其名曰：百花百鸟博览会。小区倒是成了展览会，连别的小区业主们都有事没事地参观学习。

　　住在一楼的程大爷，早晨起来遛早的时候，发现摆放在厨房露台外的一盆枝叶繁茂的昙花，竟然就像得了面部麻痹症的美女一样，瘪了半边脸，怎么看怎么别扭，程老爷子围着花盆转悠了半天，才发现原来一共在花盆里种了四棵昙花，现在少了一半。这盆昙花虽然不是名贵品种，却是老爷子从一个手指大的小叶，花了三年的时间，精心培育起来的，听专家说这些日子，就要昙花一现了。小区的人们都憋足了劲，等着看景儿呢。

　　程老爷子气得不知怎么好，背着手又是摇头又是叹气。这时候跟老爷子一起晨练的老爷子老奶奶们，也都过来看程老爷子转悠什么。得知丢花的事，这一群老爷子老奶奶们，一下子就炸了锅，比六月荷塘里的青蛙叫还乱。义愤填膺地你一言，摇头叹气地我一语："喜欢花的人，怎么能偷花，不像话。""多少年都不见这样的人了，怎么现在……"

结果老爷子和老奶奶们生气了，这晨练也不练了。不知道谁起的头，把自家的花搬回了屋子里，自家的鸟挪进了阳台。接着就是你来我往的，一上午的时间，原本花团锦簇，喜气洋洋的小区，成了荒芜落败的拆迁工地一般。不单是花没了，鸟没了，小区的生气好像一下子也没了。本来天天欢天笑语地晨练，好像也变得死气沉沉了。每天坐在树下聊天下棋的少了，来参观学习的也没有了。

就在人们已经淡忘了这件事的时候，丢失的两棵昙花出现在程老爷子的家门口，而且还有一封恳切的道歉信。这件事不出一个傍晚就传遍了整个小区，尤其是老爷子老奶奶们就像看西洋景一样，争先恐后地来。就在人们议论纷纷的时候，两支昙花竟然神奇地开放了。几朵雪白娇艳的花朵，在人们的欢声笑语间，美丽动人。

小区又恢复了鸟语花香，听说现在区里正在评比模范小区，老爷子和老奶奶们的热情更高了。

你是人间的四月天

　　和暖的春风在如洗的眸子里飞舞，淡淡的云烟在黄昏弥漫消散，蒙蒙细雨洒落窗前。百花鲜妍，光泽闪亮鲜艳、婀娜娉婷，温馨柔媚的繁花一树树绽放，梁间燕子婉转、呢喃，好一派春色花海！

　　很多青年男女对于林徽因和徐志摩的爱情故事都津津乐道，对金岳霖给予林徽因的爱恋也是艳羡不已。志摩曾云："我将于茫茫人海中访我唯一灵魂之伴侣，得之，我幸，不得，我命，如此而已。"金岳霖也曾题对联"梁上君子，林下美人"，赠予梁思成、林徽因夫妇。

　　人总是这样，得不到的才最美，自会在心里有着永恒的思念和爱恋。拥有了红玫瑰，红玫瑰就会变成蚊子血；娶了白玫瑰，白玫瑰就会变成饭渣子，"你问我爱你值不值得，其实你应该知道，爱就是不问值得不值得"。所以，得不到的是最好的，做人就做朱砂痣，做人就做明月光，有时，遗憾也是一种美。

　　提到 1924 年的春天，就觉得美得炫目。那一年，印度国宝级大诗人泰戈尔访问我国，徐志摩和林徽因是接待嘉宾，想想那个画面：才女貌美如花，才子风度翩翩，长者长袍飘飘，此三者行在北京的街道上，如诗如画，真是引人无限遐思。

　　都知道林美人是大才女，对于她的作品，大家最熟悉的可能就是这首《你是人间的四月天》了。我第一次读这首诗歌的时候，最好奇的是诗中的"你"指谁呢？为什么敢这么大胆地写出来？有什么目的和作用呢？带着这个想法我仔细阅读。

林徽因是至情至性之人，感情纯、用情真。这样的四月，该如苏东坡笔下的江南春景，明净、澄澈。林徽因和白莲一样，纯洁而又温和、带着爱的光辉。一幅清新明丽、温润丰美的人间四月天图景。

　　四月是春季的盛季：百花盛开、鸟雀齐鸣、春色如海，此时本已超乎季节之外，"你"是一树一树的花开，是呢喃的燕子，带着温暖、希望和活力。

　　这样一种美丽跨越漫长的时空，定格在回眸的瞬间。

　　她走过北平的街道，穿过康桥的绿波，遥望四月的远方。她一件素衣，伏在书桌，低眉沉吟，遥望康桥。绘图纸、吟诗篇，很多人认识她，是因为思成、志摩、岳霖这些自带光芒的名字，却不了解她作为一位母亲的轻柔、纯美、真挚。

　　缘于林徽因《你是人间的四月天》美丽诗章，许多人爱上了生机勃勃的四季，爱上了鸟语花香的人间，无论岁月如何更迭，她的母性永远定格在盛春四月。不论因何而写，这都是一首"爱"的赞歌。春暖花开的时节，就会有去看花海的冲动，望着挂满枝头的益然生机，便会有一句"你是那一树一树的花开，你是人间四月天"的美丽诗句萦绕在脑海中。

　　星子灿烂的夜晚，内心满是温暖和感动。站在落地窗前，任微风吹乱额前的发丝，此时仿佛看到一位清丽秀美的女子，戴着花冠，头上是一轮圆月，微笑着站在窗前，我的耳边又响起了那句诗："你是爱，是暖，是希望，你是人间的四月天。"

问路

　　人的一生中，都会有问路的经历。在自己熟悉的地方，也被别人问过路。一个很简单的问路过程，便会折射出世态的炎凉，人情的冷暖。

　　走在异域他乡的城市，问路是很平常的一件事。但是，不是每个被你问到的人，都会给你一个满意的回答，有的甚至给你一个白眼或者连理也不理。对于我来说，买瓶饮料，问路于店家，是经常选择的一种方式。

　　朋友告诉过我，他最有趣的一次问路是在济南。20世纪80年代的时候，他向一位济南城的老大爷打听去大明湖的路，老大爷操着一口浓郁风味的山东话爽快地回答："闻见这臭味了吗？顺着这股子味就能找到大明湖。"果然顺着臭味一路找来，便走到了大明湖的牌坊下。那时候大明湖水臭荷花死，丝毫没有刘鹗《老残游记》里面大明湖的神采。老大爷一句极具趣味的回答，不仅是无奈，也是自嘲。

　　我最开心的一次问路是在上海的朱家角，看着一位和蔼可亲的大姐，我便去问到周庄的路。她匆匆地回答了我一句："不要动，等我两分钟。"于是就消失在人群中。我一时不明就里愣在那里，不知该走，还是不要动。

　　两分钟的时间很快过去了，就在我转身要走的时候，那位大姐风风火火地赶回来，嘴里说："对不起，让你久等了。"她左手拎着日晒酱油，右手提着成串的阿婆大粽子。大姐把手里的东西放到后备厢的时候，我看了一眼，里面都是各式各样的朱家角的特产。大姐把两个粽子塞在我的手里，让我尝尝。她哪里知道，朱家角的粽子我已经吃了一天了，当时的我闻见粽子味都晕乎乎的。

大姐招呼我上车，一路把我送到了周庄。其实大姐是要回杭州的，本来可以不走这条路，是特意送我的。原因就是她开车多走几里地的路，我就省下许多的麻烦。因为说话做事投缘，便成了好朋友。走的时候，大姐的朋友还用船顺路把我送到三十里外的江南古镇同里。到现在，杭州的大姐早已成了我的好朋友，她的家也成了我去江南的大本营。说来源于一次问路，都是因为那颗古道热肠的心。

我喜欢被问路，走在我生活居住的这个城市，身边来来往往的经常有外地人，于是很想有机会展示一下我的热忱和亲切。可能是我的模样天生就具有亲和力，要不就是心灵美的挂相，所以经常被人问路。给问路者解答的时候，从来不会敷衍了事，我会细致耐心让人家明白了才算完毕。对于一些年纪大，或者很少出门的老人妇女，生怕自己说得不明白，就有了我送人到家的"壮举"。

这种彻头彻尾的为人民服务，没有任何企图和目的，每次听到"谢谢"的时候，我都会觉得自己很耀眼，这种光亮从海河边一直蔓延到津沽大地，一天的心情都会愉悦。

郦道元眼中的三峡

曾经有外国朋友问一位当代著名学者，中国最值得去的地方是哪里，这位学者未加思索，脱口而出："三峡。"

三峡自古就有"山水画廊"之称。长江，是我国第一大河，全长六千三百多公里，它流经四川盆地东缘时冲开崇山峻岭，形成了壮丽雄奇、举世无双的大峡谷——长江三峡。三峡全长一百九十二公里，指的是瞿塘峡、巫峡、西陵峡，变幻的四季带给三峡的绮丽壮景，涌动的江河，奔驰的溪流，给古今诗人的笔注入无尽灵感。

"夏水襄陵，沿溯阻绝。或王命急宣，有时朝发白帝，暮到江陵，其间千二百里，虽乘奔御风，不以疾也。"欣赏这些文字，就如同品咂长江三峡的美景，有一种将激流一饮而尽的豪情。对于李白的《早发白帝城》我们再熟悉不过了，清晨从高入云霄的白帝城出发，千里之遥的江陵，乘着轻舟一天就可以到达。两岸猿声，还在耳边不停地啼叫，不知不觉中却已穿过"略无阙处"的青山。白帝城位于瞿塘峡口的长江北岸，奉节东白帝山上，是三峡的著名游览胜地。我们伟大的祖国山河壮美，江山壮丽多姿，无数名山大川像熠熠生辉的瑰宝，闪耀在中华大地上。

"智者乐水，仁者乐山"，郦道元有如摄影家般对美的敏锐性和洞察力，他及时用笔记录了气势恢宏、一泻千里的三峡山水。读郦道元写的《三峡》，往往会有疑问，作者写四时风光为什么从"山"写起？为什么不按春夏秋冬的顺序来写呢？带着这个疑问，我们可以先从三峡的"峡"字说起。"峡"的意思是两山夹水的地方，有山才有水，所以从山写起。

三峡的水又是最有特色的，所以接着写水。写水，不是先写春天的水，而是先写夏天，因为夏天江水暴涨，水势丰盛，再写春冬之水，后写秋水。

三峡的秋水是有特点的，不然，久负盛名的李商隐就写不出脍炙人口的抒情名篇《夜雨寄北》了。当时诗人被秋雨阻隔，滞留荆巴一带，妻子寄来书信，询问归期。但秋雨连绵，交通阻断，无法确定回家的日期，只能回答说："未有期。"诗人在绵绵秋雨中盼望能早归故里，与妻子共坐西窗之下，剪去烛花，深夜把酒畅谈。

我认为最有特点的是文章的最后一段："每至清初霜旦，林寒涧肃，常有高猿长啸，属引凄异，空谷传响，哀转久绝。"是说每到初晴的时候或下霜的早晨，树林和山涧显出一片清凉和寂静，充满凄清的气氛。空旷的山谷里，常会听到猿猴拉长声音在叫，声音连续不断，悲哀婉转，很久才消失。

写秋峡不以秋景多着色，而是用典型事物猿声来表现，很有深意。最后以渔者歌曰："巴东三峡巫峡长，猿鸣三声泪沾裳"结尾，显现了郦道元的不俗，能写出这么好的文章可能也是因为作者曾"及余来践跻此境，既至欣然，始信耳闻之不如亲见矣"的原因吧。

过自己的节

外面飘着绵绵细雨，天气湿而阴冷。幸好今天是周六，不用上班，难得自在一天。今天是妇女节，按常理说过节日应该热热闹闹的。约朋友出门旅游，上街购物，或者聚在一起开开心心，让自己在假日里尽情享受愉悦。

说来也是的，平日里忙工作，顾家庭，过得够紧张辛苦的，这样娱乐一下也是一种身心的调节。再说趁着假日购一些生活必需品，也可充实一下家庭生活的资源，以便更好地投入工作。每个人的生活境遇和个性不同，对节日的理解和看法也不会等同。只有选择适合自己的，才是最好的度假方式。

我喜欢静静地过节日，不希望别人打扰，在家里做自己喜欢的事。我觉得对一个上班族来说，平时在单位已经够忙、够累的，节假日就要好好休息。这样生活也许有些单调，缺少色彩，但过得太复杂也并不一定是好事，简单就会轻松，丰富的生活也许烦恼也会相应增多。

节日是美好的，又是平常的。过好平常的日子，就等于是天天过节。在家里搞搞卫生，洗洗衣服，听听音乐，看看书报，既悠闲又舒服。

我喜欢看书，假日的时光里，我大都是把自己投进文字的漫天花雨间，把情感融合在那些动人的故事中，以书为伴，算是我的休闲方式之一。书中自有黄金屋，腹有诗书气自华。看书长知识、增阅历，又能陶冶情操。卸掉工作带来的疲惫，消除生活中的烦恼，放下情感的缠绕，还自己一个清静的空间，暂时离开纷繁复杂，洗刷一下头脑，让自己无拘无束地畅游在书的海洋。

节日里，自由支配时间是一种惬意。打开音箱，播放一段乐曲，时而舒缓，时而激扬，时而低沉，时而奔放。一曲《梁祝》，委婉中告诉你一个凄美缠绵的典故；一首《希望的田野》，又把人带进五谷丰登的喜悦中。优美的笛声中，有小桥流水的潺响，有高山深谷的吼鸣，有蓝天白云的悠然，也有夕阳里的五彩云霞。

节日里，在自由的空间里畅游，那乐趣是无限的。拿起笔来涂鸦一下，成也罢，败也可，无人知晓且作孤芳自赏。听着悠扬的乐曲声，那鸟语花香，流水淙淙，就在笔下生动起来。就连花草间的小昆虫，也似乎变得一个个有了灵性。

随着键盘不时的敲击，大漠雄关，春花秋月，这些情感跑着、跳着融进了字里行间。不知是山水走进了文字，还是文字变成了风景。散文也香，随感也甜，因为都是自己的作品。把情感写进文字里，借和风细雨洒向远方。

镇江小记

镇江对于我来说有着特殊的感情，想起那个遥远的风景如画的江南古城，就会神采飞扬。

我参加工作以后，旅游的第一个地方就是镇江。镇江北固山有着"天下第一江山"之美誉，在北固山北望，是烟波浩渺的长江。北固山上的甘露寺，曾经是刘备招亲，缔结孙刘联盟的古刹。传说《白蛇传》中的金山寺旁，至今保留着"梁红玉擂鼓战金兵"的擂鼓台遗迹。

飞檐斗拱、雕梁画栋的招待所在西津古渡旁，是我们临时居住的地方。这个招待所本身就是文物，是有着二百年历史的古居。窗前不远处，透过白玉兰和桂树的叶隙间，是宛如江南玉女的元代过街石塔，斑驳苔藓彰显着时代的久远。脚下是一条悠远沧桑的青石板路，依稀的车辙印迹，娓娓讲述着唐宋元明清、南来北往人，古往今来的别样故事。

闲来无事的时候，我独自一个人闲庭信步，斜风细雨中拜谒一代名臣宗泽，知道了这位抗金的大元帅还是火腿的发明人。风和日丽的日子里，我走进大科学家沈括的梦溪园，仰视概括沈括一生的长联"沈酣于东海、西湖、南川、北国之游，梦里溪山尤壮丽；括囊乎天象、地质、人文、物理之学，笔端谈论自纵横"。

傍晚，晚霞映天，把无边山色都点染得无比绚丽。拾级而上，参观赛珍珠的故居，探寻这位美籍华人大作家青少年时期的波光碎影。

在镇江的几天中，我游览了镇江有特色的名胜古迹：金山寺、焦山、北固山、中泠泉，品尝了当地特色美食：镇江肴肉、菜肉馄饨、桂花鸭、锅盖面。这些美好感受让我把一个诗情画意的镇江，深深镌刻在了心头。

如今，当我又一次站在镇江街头的时候，我踟蹰了，这是我三十年前见过的那个镇江吗？鳞次栉比的高楼，红绿灯交织，炫彩广告和玻璃幕墙闪得人眼花缭乱。跨越城市的高架桥和快速路上，各式各样的汽车川流不息，越野摩托风驰电掣，喇叭声震耳。新建的街道广场和商业中心，虽然是绿草茵茵，小树亭亭玉立，可是找不着一块遮阴纳凉之处。骄阳似火，行人手中的花伞遮不住炙热的空气，行人的脚步蒸腾在热气中。

我急切地穿梭在大街小巷中，迫不及待地找寻昔日镇江，这个江南古城曾经的优美静谧、雅韵风姿。可是，再也寻不回了，所有的记忆都淹没在五光十色的霓虹闪耀中。

这次在镇江，我忙里偷闲地游览了金山。却意外在募捐墙上看到了我同事的名字，让我惊奇不已。那还是三十年前，我和同事游览金山，正赶上重修江天禅寺（原金山寺），重塑高僧法海像，囊中羞涩的我们，还是捐出了十元钱。同事工工整整地在一个小沙弥递过来的黄纸册上，写下了她的名字，我则忘了写。

那位同事后来随老公一起去了澳大利亚，就再也没有回来。看着墙上同事的名字，我情不自禁地抚摸着，恍惚之间我们和从前一样站在募捐墙的下面。在身影依稀可鉴的石壁间，我又看到青春飞扬的岁月中，意气风发的我们。

第六辑

重逢在耄耋之年

周末是我们几个女儿固定陪伴爸爸的时间。一家人除了亲亲热热说话吃饭，我们还有一项重要的任务，就是陪着爸爸打麻将牌。别看爸爸岁数大，打牌技术水平却不差，号称"常胜将军"。陪着爸爸打牌，既是娱乐，也是保健。一边打牌，一边聊天，能够让老爷子谈笑风生，思维敏捷。因为平日里总是爸爸一个人在家看书写字，难得有人陪他说话。我们怕爸爸孤独，一回家就拉着爸爸说个没完没了，而且还教会了爸爸打牌。

爸爸岁数越来越大，我们归家的次数，也越来越频繁。尤其是六十岁已经退休的大姐，成了爸爸的理发师和厨师。简单又有营养的家常菜，让爸爸总是赞不绝口。

星期六是固定的打牌时间。爸爸因为打错了一张牌，而错失了一条龙的机会，懊悔得直拍大腿，嘴里还嘟囔着，我们都在偷笑。忽然，响起了敲门声。我赶忙打开门，面前是一位贤淑端庄的大姐，我并不认识。

"这是郭始平老师的家吗？"大姐笑眯眯地问。

"是啊！"我赶紧回答。

"爸爸，找到了，就是这里！"大姐欣喜地冲着身后的楼梯口喊着。

"好嘞！"楼底下传来一个老者爽朗的声音。

这位端庄的大姐对着正在起身的爸爸说："郭老师，您坐下等会儿，给您个惊喜。"

听着楼梯上传来的脚步，我的好奇心也越来越重，不知会有什么出人意料的事情发生。脚步声和喘息声越来越近，一位儒雅、有着艺术家气质的老先生，扶着楼梯把手不紧不慢地、缓缓地出现在了我的视线中。

不知什么时候，爸爸已经站在了我的身后。两位老人就这样面对面地站在了一起，"孙相华老师！""郭始平老师！"两位耄耋老人几乎同时喊出了对方的名字。

原来这位老先生，就是爸爸经常提起的孙相华老师，爸爸六十年前的同事。六十年的时间，一个甲子，是那么的漫长。当年风华正茂、志同道合的两位青年教师，都已经八十七岁了，他们的头发早已变成银色，脚步也已迟缓，但神采奕奕、精神矍铄。

爸爸和孙老师曾经都是北马集小学的老师，后来孙老师调到了塘沽卫生局，并在那里安家退休。孙老师平时总是和儿子儿媳念叨着自己的老同事郭老师，说着当年他们简单而快乐的教师岁月。孙老师的儿子儿媳也都是有心人，一直谨记在心。

今天，孙老师的儿子和儿媳开车载着他出门办事，孙老师听说要路过津南区的外环线，便特意嘱咐儿子要找找郭老师。孙老师只知道我的父亲以前是住在郭黄庄，其他的就记不清楚了。于是，儿子和儿媳带着孙老师在郭黄庄的老村落一路打听，才得知父亲二十年前就已经搬迁到环美公寓。又一路找到了环美公寓，两个小时之后，终于找到了这里。

爸爸找出当年两个人的黑白老照片给我们看，照片已经泛黄，但两位青年教师，真是俊朗帅气，英气逼人。现在两位老人都已经八十七岁了，往事的回忆，就从分别六十年的重逢开始。

时光流逝，带走青春，带走风华，带走年轻的容颜和轻快的脚步，但带不走的是浓浓的情意和深厚的回忆。

夏日的西湖

夏日，其实不是西湖的最佳旅游时期。古人语西湖："晴湖不如雨湖，雨湖不如月湖。"因为热辣辣的天气，缺少了些江南特有的那种诗情画意。

七月，我到杭州来看西湖，算得上是踏浪而行，只不过踏的是热浪。我以前来过杭州，但因为时间紧迫，只去了浙大，便匆匆忙忙离开了。

这次来杭州虽然时间也很短促，好在还有一天的时间。我的目标有两个：西湖和南宋御街。既然目标明确，一下高铁，我就直接奔赴断桥。

今天我决定以此为起点，开启西湖之旅。童年的时候，每个孩子心中都有一个美好的断桥。因为这里是白娘子和许仙相会的地方，也是浪漫爱情开始的地方。虽然白娘子只是一个蛇精，但她是美丽、善良、忠贞和勇敢的化身，极富有中国女性的优秀特征。

七月的西湖，荷花开得正盛。波光潋滟、风情无限的西湖让我按捺不住激动的情绪。特别是能够追寻白居易和苏东坡的足迹，吟咏他们曼妙的诗句，有一种和他们邂逅在"接天莲叶无穷碧"意境中的感觉。

游览之前，我还是没有经受住美食的诱惑，先在酒旗风饭店吃了个西湖醋鱼，两个特色小菜。这个饭店的小笼包和汤类做得都好吃，一边惬意地品味，一边隔着玻璃窗欣赏西湖的风光。

窗外的西湖，青翠悠远，美景尽收。心情大悦，饭也多吃了一碗，先为畅游西湖铺垫个前戏。沿着白堤、苏堤，一直走到雷峰塔，我都没觉得累。可能这就是人们常说的，心向往的地方就不觉得辛苦吧。小时候我也是希望雷峰塔倒掉的，因为我心目中美丽善良的白娘子就被镇压在下面。西湖苏堤是自然与人类共同的作品，想着这是我最喜欢的苏大学士修建的，心里更是欢喜，脚步越发轻快。无论春夏秋冬西湖都是人间至景。西湖春来"花满苏堤柳满烟"，夏有"红衣绿扇映清波"，秋是"一色湖光万顷秋"，冬则"白堤一痕青花墨"。

杭州西湖，它不仅是一个自然湖，更是一个人文湖。景色秀丽，风光旖旎之外，更多的是悠久灿烂的人文历史。一个西湖，陶醉了多少文人墨客的家国情怀；一个西湖，编织了多少才子佳人的绮丽幽梦。

小时候家里有本明信片，里面的照片就是西湖十景。西湖十景，景名合一，令人如临其境，如见其形，堪称景点命名的典范。"苏堤春晓""曲院风荷""平湖秋月""断桥残雪"等景名我从小就熟记在心，幻想着长大了一定要去看看。

今天我只是走了环绕西湖的路，我估算最少也要十公里了。我都佩服自己的体力，平时不锻炼，竟然可以走这么远，而且还有停不下来的感觉。

从雷峰塔下来的时候，已经月上柳梢头，吴山的一轮明月，分外皎洁。月色浸润的西湖，更是别有一番风情，多了柔美和恬静，更容易让人浮想联翩。我趁着游兴未歇，直奔南宋御街。

御街，是南宋时期修建的古街，也是都城临安的中轴线，全长约四千米。它是皇帝于"四孟"（孟春、孟夏、孟秋、孟冬）到景灵宫，朝拜祖宗时的专用道路。据《咸淳临安志》等文献记载，铺设南宋御街一共使用了一万多块石板，也足以说明这条街很长。

如今的御街，已经是游西湖之后大快朵颐的美食天堂。古色古香的御街，店铺林立，行人如织。店铺装饰得古色古香，街头廊角繁花似锦，真是不虚此行。离开御街时，已经是晚上十一点了。一天的马不停蹄，我竟不觉累，美景、美食，让我流连忘返。

东坡肉是西湖最美的味道

今天是江南七日游的最后一天，我今天的目标，就是以西湖为中心，向西湖周边挺进，全方位体悟西湖的魅力。

西湖景区一般指杭州西湖风景名胜区湖滨公园，以及周边方圆一公里的地方。它由六块大小不等的园地连缀而成，园内种植的垂柳、松柏、香樟等乔木，绿树浓荫，早已成了鸟儿们的天堂。精致的花坛配置各式花卉，姹紫嫣红、繁花似锦、香气四溢，恰似一条绚丽多彩的云霞。

湖滨公园中有两棵高大的香樟树，蓊郁茂盛，挺拔得像是守护着花仙的护花使者。"我有痴情望如画，不知已亦画中人。"这句诗是湖滨公园的真实写照。湖滨公园是西湖风景名胜的窗口，如同绿色的长廊，轻轻飘洒在西子湖的东岸。从这里看西湖，湖水盈盈，碧波千顷，别有风姿。

自从有了上海新天地，中国城市里一下子出现了许多天地。西湖天地，是我认为在漫天花雨的天地系列里最好的一个。西湖天地坐落于素有"长堤接清波看水天一色，高楼连闹市绕烟火万家"之称的涌金池畔。设计师巧妙地将现代元素与传统建筑完美结合，既保留了飞檐斗拱、粉墙黛瓦、古色古香的江南建筑风韵，又通过硕大明亮的玻璃门窗来营造一个从自然风景为邻的视角。

我置身在西湖天地的碧色中，满眼舒适的风景，即使在如此酷暑的夏日里，依然感觉那么幽静和清凉，我似乎如同一块通透的翡翠，映射着每一个目光所及之处，幻化了心，柔媚了情。

坐在竹林间的藤椅上，喝一口春日的龙井茶，醇和的豆香，立时萦绕在心，滋润得心腹敞亮。就连站在柳树梢上唱歌的黄莺，都溜到我的眼前，跟我叽叽喳喳地互动起来。这时，爸爸发来微信："我曾在2003年到江南五市旅游，景色秀丽，我曾写诗描绘过江南景色作为纪念：江南金陵帝王州，六朝古都始春秋。气势浑雄中山陵，金粉秦淮湖莫愁。上海世界东方珠，苏杭天堂占鳌头。小桥水街西湖景，无锡太湖天际流。"

我看完，心中慨叹，八十七岁的父亲，脑子真好，那么多年前作的诗，依然记得这么清楚。老爸诗书琴画俱佳，真希望爸爸的才华多遗传我点儿。虽然我文笔粗陋，对于绘画、音乐更是一窍不通。也囫囵吞枣地学过三天两晚上，可是还不如我大姐家五岁的外孙女领悟得快。

游了东坡先生修筑的西湖大堤，吃了东坡先生研制的红烧肉，我想到了一个人，那就是"君之所在即是吾乡"的朝云。杭州西湖是她的故乡，惠州西湖是她的归宿。一生两西湖，此情为东坡。

在苏州，不仅有历史

苏州七里山塘，是我闺蜜小萍赞不绝口的地方。因为在这里她与美食有过一次"艳遇"，那就是生煎包配臭豆腐，现在这种搭配方法，成了网红美食。

虎丘有吴中第一名胜之称，两千五百年的历史，几乎与苏州城同庚。我最崇拜的宋代大词人苏东坡也曾写下"到苏州不游虎丘，乃憾事也"的千古名言。所以来苏州之前，我就想好一定要好好游虎丘山。

今天的苏州晴空万里，尽管打着伞，阳光依旧会把人晒得发晕，一会儿工夫，脸上皮肤就泛红了。这个暑假，几乎没风没雨，每日里太阳公公火辣辣地出来耀武扬威。虎丘山原名海涌山，位于苏州古城西北角。据《史记》记载，吴王阖闾葬于此，传说葬后三日有"白虎蹲其上"，故名虎丘。又一说为"丘如蹲虎"，以形为名。

小时候，虎丘塔是苏州古城的坐标。我印象中，我们家的书桌玻璃板下面一直压着一张虎丘塔的照片。古塔斑驳陆离，在经年风雨中矗立，仿佛一位已经满脸老年斑却腰板依旧挺拔的老人。

虎丘山不高，仅三十多米，而且是一层层台阶，很好走。我穿着高跟鞋，攀登有着"江左丘壑之表"风范的虎丘宝山，也还是能够步步生莲。

不知为什么，一见古塔，我就一下子湿了眼眶。不仅是想到玻璃板下面的那张老照片，还因为我这个人特别喜欢古旧的东西，看到生着苔藓的大树，也会爱惜地抚摸树身，心疼它百年经风雨生长的不容易。想到宝塔千年经霜斗雨，历经劫难，屹立于天地之间，我心中就升腾难以名状的感情，围着宝塔转了三圈，心里默念："我来看您了。"

虎丘山的古树和竹子特别多，穿行其间，外面艳阳高照，树荫下凉风徐徐。虎丘最为著名的是两个景点：一是虎丘塔，另一个就是剑池了。关于剑池名称由来的说法，是我非常喜欢的。当年秦始皇与孙权都曾来这里挖过剑，剑池是由他们所挖而形成的。剑池可以说是虎丘最为神秘的地方，传说吴王阖闾墓的入口也是在这里。

从虎丘出来，为了节省时间，打车直奔苏州第一名街——山塘街。古城苏州是著名的江南水乡，晚唐曾经旅居这里的诗人杜荀鹤有诗云："君到姑苏见，人家尽枕河。古宫闲地少，水巷小桥多。"

山塘街始建于唐代宝历年间，据说它的兴盛，还要归功于白居易。白居易，这个苏东坡都崇拜的大才子，奉命到苏州任刺史。上任不久，便坐了轿子到虎丘去追慕先贤古人。看到附近河道淤塞，水路不通，甚是焦急。他回到府衙，立即找来官吏商量，决定在虎丘山四周开河筑路，并着手开凿一条山塘河。

我站在这条河的石桥上，俯瞰着水面，想着人世繁华沧桑巨变，望着穿梭其间的人们，白墙黛瓦映照在水面上，恍惚间，时光穿越到大唐。山塘街因其独特的地理位置和优越的水陆交通条件，堪称"老苏州的缩影，吴文化的窗口"。苏州的民歌唱道："上有天堂，下有苏杭。杭州有西湖，苏州有山塘。"

外滩看尽

天气真的很热，但外滩上的人真的很多。多到大家好像是排着方队，一个紧跟着一个向前走，如果每个人手里拿着个小红旗，肯定以为是同一个旅游团的。这个场景，让我想起小时候举国欢庆的大游行队伍。虽然我那时候很小，只有五六岁，姐姐抱着我，但我手里的小红旗举得最高，挥舞得最卖力气，嗓子都喊哑了。

外滩周围的每个街道上都是人，人头涌动，煞是壮观，都朝着外滩方向移动。从上往下看，乌泱泱的全是人，每个头上都流着汗，冒着热气。一群人走起路来，头都一窜一窜的，仿佛热锅里的元宵，此起彼落，更增加了热的感觉。看那情形，大多数是来自祖国各地观光客，大约也是趁着暑期的时间，全家老少来个总动员。

外滩观景平台上，我不去看风景，在这里数脑袋瓜子干什么，因为观景台上也都是人，我真是身不由己，被挤到外沿这里来的，既然看不了黄浦江的风景，那就看看中山东一路的人吧。

逶迤而悠长的中山东一路，每个路口都有五六个警察，警力很充足。还有许多协勤。警察和协勤，一起分工协作管理着路口。警察指挥汽车，协勤调动人流，各司其职，配合默契。斑马线上，红灯停、绿灯行。红灯的时候，协勤们手拉着手阻隔在斑马线前，拦住急匆匆脚步的游人；绿灯时候，协勤拉着的手阻拦在斑马线的两端，守护着过路的行人。那种感觉就像是用竹竿，赶着一大群要下江的鸭子，煞是有趣。这种指挥交通的方式可算是独一无二的，非常的安全有效。

好不容易跟着一大帮子身强力壮的外国人，挤到了黄浦江边，也总算是看清楚了对岸陆家嘴金融区著名的"厨房三件套"：开瓶器，上海环球金融中心，楼高四百九十二米；注射器，金茂大厦，楼高四百二十点五米；打蛋器，上海中心大厦，楼高五百八十米。这三座高楼，是上海陆家嘴具有代表性的高新结构建筑，堪称经典之作。

　　黄浦江上的游轮来往穿梭，与外滩对面的陆家嘴金融中心完美融合，一派豪华现代的光景。大家临江远眺，倚着护栏拍照，也不怕把手机掉江里。我挤在江边拍摄的时候，生怕手机掉落到黄浦江里。如果手机没了，翻遍挎包和口袋，身无分文的我，连家都回不去。

　　东方明珠像个超级贵妇，尽显妖娆，尽管对岸金融大楼繁华三千，她独树一帜，来到上海不拍下它的靓影等于白来一趟。我对东方明珠非常喜欢，各种角度照了许多张。

　　外滩的景色真的美极了！很多金发碧眼的外国人，一边忙不迭地拍照，一边嘴里喊着："Nice, nice, The scenery is so beautiful！"听着他们发自内心的赞许，我感到很自豪，心想：真正的美是属于世界的，就让这些外国朋友把中华各地的风采带到世界的每一个角落。

　　在外滩上，又是看人，又是看景，既充实又快乐。看着热气腾腾的人群，我忽然冒出了念头，我要是现在有一大车甜滋滋、凉丝丝的冰棍儿就好了，我肯定不卖十块钱一根儿。放心，我可不趁火打劫，我要白送，为挤在外滩上的所有人带来清凉和甜蜜。

老上海的味道，不仅是美食，还有美景

今天的天气预报说，上海有三十八摄氏度的高温，体感温度更是要到四十摄氏度。为什么大家总是感觉气象预报的温度不那么准确呢？因为一般的气象台都不是在城区里，所以测量的温度会低一些。

今天的太阳格外刺眼，我的大墨镜都挡不住太阳公公火辣辣的光。于是脸上遮了纱巾，变装异国风情，才稍微好一些。以前开会和教访，经常有些机会到各处看看，但来去匆匆，时常与当地的美景和美食失之交臂。这次利用闲暇时间出来游玩，我要少而精地选择两个目的地：城隍庙和旁边的豫园。

城隍庙始建于明代永乐年间，是曾经松江府的著名之地。城隍庙和豫园距离特别近，只有一墙之隔。这两处都算是古建筑，豫园更是江南著名的三大名园之一。城隍庙一大片新修建的中式建筑和咱们天津的鼓楼、古文化街，大同小异。因为更具江南海派的建筑风格，所以是一种别样的华丽。城隍庙并不大，却很典雅，既可以上香祈福，也可以参观游览。

城隍庙之所以出名，不仅有经典的建筑、传统的工艺品，更有荟萃了上海老风味、老味道的特色美食。受了朋友的鼓动，我特意走进了南翔馒头店，吃了著名的蟹黄灌汤包，喝了咸菜汤。虽然觉得不符合我这个北方人的胃口，却也觉得蛮有特色的。尤其是吃灌汤包，一不小心就会烫了嘴，我看到好几个食客都被热乎乎的汁水烫得大惊失色。有了别人的经验，我也就小心翼翼了许多。咸菜汤的味道很北方，咸得我一直咂摸嘴。

从城隍庙出来，接着逛，还是卖吃食的地方人最多。民以食为天，我跟着人群去抢了宁波汤团和酒酿圆子，这两种甜丝丝的美食，让我刚刚被咸菜汤腌渍了许久的心，熨帖了一些。

在城隍庙一带还有来自不同地区的风味。有个卖土耳其加长冰激凌的还挺有意思，一边做冰激凌一边和小朋友们互动，每卖一份都逗得小朋友哈哈大笑。看着他和孩子们开玩笑的样子，路过的人都会忍不住露出笑容。蜿蜒曲折的老街上各式酒楼举目可见，在比肩接踵的人流中到处可见手捧刚出炉的包子、酥饼的游客。这让我想到家人前不久去新加坡旅游时买回的老街咖啡。一个"老"字，一下子让东西有了味道，有了流年。我的老同事在办公室会喊我"老郭"，我是爱听的。老郭走在老街上，一下子就应了景。

移步来到豫园，凉快了很多。白墙、青瓦，古意盎然。正赶上一个西班牙旅游团也到了，一下子园子里游人如织、热闹非凡。园内各角落散落诸多砖雕、石雕、泥塑、木刻，历史悠久，看上去十分精致。

亭台楼阁以及假山、池塘，设计精巧，游人在各处照相，我倚着柱子细瞧：豫园布局细腻，清幽秀丽。想想当初建园子的人，肯定费尽心思，每一处都精雕细琢，可是他自己又能看多少年呢。"可怜世上金和宝，借尔闲看七十年"，人生在世，一切都是借来的，什么都不是自己的。

园子里的石头的确好看，玲珑剔透，体现明代江南园林建筑艺术的风格。如果你是美术生或者想要写生的话，那么这里是绝对值得一来的。从前的人造园子，就喜欢把自然搬入家中，所以一定要有山有水，才够完美。想起一篇文章里的豫园趣话，我也想效仿一番北方娘子初进豫园的故事，把自己投进阴凉里，好好洗一洗。

一方红丝砚

我有一方临朐红丝砚，是我珍爱的物件。我虽不会弄墨，但生来喜欢这些东西。当拥有一个物件，就想方设法去了解，既增加了知识，又增长了见识，一举两得。

我的这方砚台，呈长方形，石中有天然的红黄丝纹，雕刻有花草和山石，与石纹相映生辉。虽不名贵，却随意中可见法度，我见了它，便心生喜欢。

临朐红丝砚又称青州红丝砚，因为古代临朐隶属青州府治。临朐红丝砚是一种地方传统名砚，由红丝石制成。所谓红丝石，便是因黄褐色的石头中有美丽的红丝而得名。这种石头色泽艳丽，石质坚细、软硬适度，容易发墨，自唐代便久负盛名，受到文人墨客们的偏爱，一时贵为诸砚之首。

苏易简在《文房四谱》中云："天下之砚四十余品，以青州红丝石为第一，端州斧柯山石第二，歙州龙尾石第三，余皆在中下。"可见评价之高，如今四大名砚都要望其项背。柳公权、欧阳修、唐彦猷、苏易简等人，都因得到上好的红丝砚喜不自禁。当年苏东坡老先生在密州和登州时，便经常蘸着红丝砚，给朋友们写信。

那年去青州交流，在古街之上有一家临朐红丝砚工作室，看到了红丝砚，一下子魂就被勾走了。虽然我花了不多的银子，买了一块中等的红丝砚，但是我非常喜欢。买回家以后放置在书柜里，闲着的时候就拿出来把玩一番。因为经常抚摸，它呈现出一种玉质的光泽。

爸爸得知我购得一方临朐红丝砚，让我拿来展示一下。我乐呵呵抱着拿给爸爸，爸爸仔细端详着砚台，不住地点头。爸爸有一块徽州松烟墨，平日里练习书法的时候，舍不得拿出来用，多是为朋友写字时，才拿出来磨一点。磨墨也是爸爸亲自而为，因为磨墨也是有技巧的，不仅要轻用力、慢使劲，还要保持墨的平正，要在砚上垂直旋转，不能简单粗暴斜磨直推。磨墨注水，宜少勿多，循序渐进。墨要磨得浓淡适中，写出来的毛笔字才具神采。

　　这是第一次用临朐红丝砚研墨。墨磨好了，爸爸开始拿出细毫的湖笔，铺上宣纸。写什么呢？我屏住呼吸。只见爸爸略微思考了一下，开始用柳体的行书慢慢写下了"万顷烟波鸥境界，九秋风露鹤精神"这一行字。这是爸爸最喜欢写的一副对联，也是他内心世界的独白。

　　我是理解爸爸的，鸥的境界是万顷烟波，鹤的精神在九秋风露，"鸥世界"应是自由的世界，"鹤精神"该是洒脱的精神。红丝砚常在，而爸爸的字难得。因为爸爸说他的字写得不好，不让我们保存。其实我知道爸爸的含义，只是我不想说明。这幅字，在我的请求下爸爸送给了我。

附庸风雅是个好事情

暑期的时候，和我阔别十年之久的好朋友小岳从新加坡过来，点名要参观滨海文化中心里的"书山"。朋友小岳在新加坡的《联合早报》上，看到了对这座建筑的报道。可当朋友说起这个地方时，我还没有去过。于是，陪着小岳省亲的日子里，我总算是去了书山。

滨海图书馆是由荷兰 MVRDV 建筑设计事务所与天津市城市规划设计研究院建筑分院合作设计，总建筑面积三万三千七百平方米。荷兰的建筑，是我慕名已久的。我有个走遍世界的朋友，曾经给我传过来很多荷兰鹿特丹的特色建筑照片，真是让我开了眼界，原来建筑还可以这么活色生香。

滨海图书馆的立意，核心就是"滨海之眼"。这个位于建筑中庭直径为二十一米的球体，凭着想象去看，怎么都像是一只梦幻的有些光怪陆离的大眼睛。进入这个图书馆还要过安检，不允许带水和水果进去。里面的人不算多，进去的人看书的少，多数都在里面照相、参观。

所谓的书山，就是图书馆室内的中庭，打造出了一个"书山"的造型，真假图书，层叠掩映，交相辉映，营造出了"书籍是人类进步阶梯"的深刻内涵。置身其中，确实够炫的，以至于都忘了自己是在图书馆，还以为到了抽象艺术的展厅。

图书馆很大，既时尚又美观。里面还有不少展馆可以参观，这一期的展览的确不错，是天津青年油画家展，还有"泥人张"传人的泥塑展览。泥人张的艺术，属于国家非物质遗产，我小时候就知道许多泥人张的故事，泥人张的泥塑艺术，在古文化街的商店里早就欣赏过。

我有一个朋友，是天津市工艺美术师，还是非遗传人。她不仅人长得秀丽端庄，而且她的泥塑作品，更是生动、逼真。

展览馆的深处，还有一个汉代画像石的展览。画像石，就是汉代地下墓室、墓地祠堂、墓阙和庙阙等建筑上雕刻画像的建筑构石。汉代画像石是我国古代文化艺术遗产中的一种特殊形态，作为特定历史阶段的艺术遗存，具有十分鲜明的时代特征和民族特色，在中国美术史上占有重要地位。

汉代画像石表现的题材内容十分广泛，囊括了汉代人丰富多彩的社会生活、栩栩如生的历史故事和瑰丽神奇的神仙世界，它从不同的角度艺术化地反映了汉代的社会状况、风土民情、典章制度、宗教信仰等。

看完展览，我也不能免俗，一定要在图书馆拍几张照片。当我摆好姿势拍照时，忽然想到，前不久台湾有位著名作家去世了，很多人都发了朋友圈以示纪念。发怀念朋友圈的人，有的是因为曾经与逝者相识；有的是曾经读过他的书，受到他的影响；有些纯粹是出于对写书的人有好感，听说大作家去世就感慨一下，这都很正常。当然，也不排除有人仅仅是为了附庸风雅一下。

附庸风雅真的是好事情，最起码说明风雅当道。如果一个曾经有实质性影响的作家去世了，朋友圈一片死寂，那才是人类真正的悲哀呢。

蜜桃寄深情

早晨接到单位门卫的电话，说是有我两箱东西。我记得好多日子都没有网上购物了，等到门卫把箱子放到我的汽车后备厢里，我都看不出来里面是什么。

第二天我才想起我车后备厢里的东西来，连忙打开箱子，哎呀，竟然是两箱深州大蜜桃！大蜜桃样貌个个周正饱满，芳香扑鼻。不用去看邮件人的名字，我已经知道是谁寄的了。

早些年，我们学校的刘校长，带领我们搞教改，专注"绿色阅读"和"随笔化作文"的专题。我们学校有好多语文老师经常与专家成浩老师一起，到全国各地做交流。十多年前吧，成浩老师带领我一起到河北省深州市于桥中学做交流，在教学过程中，结识了程校长，从此成为朋友。

程校长有长者之风，和蔼可亲，对于教育和教学，痴心一片。他在当地被称为"教改校长"，于桥中学在他的带领下，日新月异，硕果累累。在我这个后辈面前，程校长特别谦虚，时常会为了教学方面的事情和我探讨。程校长的工作作风令我感动不已，也激发了我的教学热情。虽然只有短短几天的接触，却给我留下了深刻的印象。以至于每次想到程校长儒雅谦逊的风采，我都会想到一生做教师的父亲。他们是那么像，对待教育事业是那么如痴如醉，无私奉献、爱岗敬业。

在一次简单的晚饭后，程校长和我聊起深州来，这里经济还比较落后，能拿得出手的农产品，也就是深州大蜜桃。虽然我并没有吃过深州蜜桃，却知道汉高祖刘邦，赐项襄为刘襄，封他为桃侯的典故。也知道西汉末年，天下大乱，雄才大略的刘秀曾经颠沛流离到深州境内，品蜜桃退敌的故事。

说到深州蜜桃的特点来，程校长赞不绝口。他说，深州的桃之所以称之为蜜桃，主要就是汁水甘甜似饴，赛过蜂蜜。我想到了小时候，乡村集市卖桃子的人，经常在卖桃的时候嘴里大喊着："甜掉牙的大蜜桃。"程校长有点惋惜地说："现在是春天，桃子才刚开花。"随即又笑了起来："春天都来了，秋天还会远吗？"

秋天的时候，程校长果然把深州大蜜桃寄到了我的单位里。看到了大蜜桃，我感受到程校长的深情厚谊。俗话说得好，朋友就像高山上的白雪，森林中的松柏，生活中的蜜和盐。朋友间的友谊是纯洁和无私的，也是默默的嘱咐和惦记。

心里想着晚上要给爸爸送过去一些，让他老人家尝尝深州大蜜桃的风味。忽然心里一阵难受，要是妈妈在多好。自从妈妈去世以后，只要一买什么东西，就会想到妈妈。幸好爸爸还在，赶快给爸爸送深州大蜜桃去。

校园角落里的花墙

校园在割草，我闻到青草的味道，那种小时候的气息，不仅勾起了我的回忆，也突然让我心疼。割断的小草，会不会很痛呢？割下的青草如散乱的头发乱蓬蓬地在一旁，如我们那些荒废的日子。

我极目眺望，满眼的葱郁。手指下的一朵小花，也是蝴蝶最喜欢的。我随手摘下一朵，没想到蝴蝶竟然跟着花飞到了我的手上。此刻，我真的一阵眩晕：我是蝴蝶？蝴蝶是我？大自然的秘密是我永远也猜不到的。

平时工作真的挺忙，一天四节课下来，基本已将体能消耗得差不多，连话甚至都不想说，只想一个人静一静。景色再美也熟视无睹，因为心不在。熟悉的地方没有景色吗？还真不是。当你放下工作，以旅游者的身影徜徉在工作二十多年的校园里，才知道，"珍惜"二字是我们每个人必修的课程。

学校的角落深处里有一段花墙，我经常站在办公室的窗前看一看它。尽管每天看来都是一样的景致，但是每次走过操场，我还是会再有意无意之间瞅上一眼。如果要是能够看到星星般闪亮的各色小花，我便会跑过去采上一朵。这些爬上墙的小野花，我叫不上名字来，它们渺小得那么容易让人目光滑过，纤细的身子也总是歪歪扭扭。但是那清新明丽的姿色，却总是令我赏心悦目。

这段花墙，其实就是躲藏在杂树后面的一段院墙，只在空隙处露出一截身段。第一次发现了它，我便走近它，惊讶地面对它。矮墙的缝隙间，碧色的苔藓不断地滋生和蔓延，仿佛用心造一个绿茸茸的小世界。

一丛丛的花草向上攀爬，步子快得已经够着了后面的围墙，落在后面的正手脚并用地抓着，柔嫩的触角在清风中一摆一摆的。

如果是雨后，这里的空气格外清新，花墙也仿佛换上了新装，娇嫩鲜绿。尤其是雨后的小花，清新晶莹得令人不忍触碰。花墙，虽然在角落的不显眼处，却也并不寂寞。这里不知什么时候成了几只斑鸠的家园，有几只非常漂亮的斑鸠，经常悠闲地漫步在墙垣之上。偶尔它们还跟我来一次短暂的"接触"，斑鸠歪着头，亮亮的大眼睛看着我，让我时常觉得自己是个不速之客。

春夏里，花草繁盛的季节，花墙隐藏在葱郁之下，静悄悄的。秋风徜徉的时候，枝叶开始凋零，花墙也渐渐显眼起来。我的心里多了些惴惴不安，怕没穿"衣服"的花墙很冷。

花墙成了我的朋友，成了我的挂牵。

第七辑

话说乌镇

　　我的好朋友小萍，在众多江南古镇中特别喜欢乌镇，她不仅经常来乌镇旅游，还在这里交了好多朋友，写了很多赞美乌镇的文章。这次有幸被小萍拉着来乌镇，我一下子也爱上了这个美丽的江南古镇。于是，我也拿起拙笔，写写自己在乌镇的见识和感受。

　　乌镇是江南四大名镇之一，这个具有六千余年悠久历史的古镇，曾名乌墩和青墩。唐咸通年间，首次出现了乌镇的称呼。乌镇先民为了保护墙面不受风吹雨淋的侵蚀，喜欢在墙面上涂一种类似于黑色油漆的涂料，而黑色在江南桐乡一带被称之为乌，因此才有乌镇这个名字。

　　乌镇是典型的江南水乡，以种植水稻和养殖蚕桑为主业，素有"鱼米之乡，丝绸之府"之称。一条流水贯穿全镇，以水为街，以岸为市，两岸房屋建筑全都面向河水，形成了水乡迷人的风光。这些临水建筑基本上还保持着江南农村的风情和建筑格局，店面和房屋的样式还有一种"老通宝"时期的遗韵。乌镇地处要冲，特殊的地理位置造就了它特殊的社会地位，虽为小镇，但一向是"郡丞控驭之地，实具川县规模"。乌镇的街、坊、巷的数量和规模也非同一般，俗称有四门八坊数十巷。

　　乌镇最著名的产品有三种：三白酒，纯粮酿造，工艺古朴，酒香醇厚；蜡染花布，点缀出江南古镇千年特有风情；姑嫂饼，香酥脆甜，声名远播，吃出了亲情味道。

　　乌镇是美丽的，但是没有人居住和生活的乌镇，少了生机和活力。乌镇的景区，包括东栅和西栅。历史保留得比较多的东栅倒是还住着些居民，尽管是已经成了风景的老人家们。重点开放修建的西栅一户人家也没有，静谧得让人压抑。不知谁说的这样一句话，没有人居住的江南古镇，美丽无从谈起；刻意筹划的江南古镇，文化已无意义。许多人批评乌镇的旅游规划和古镇保护，我倒是觉得乌镇这样的规划，最起码算是一条保护发展道路上的探索。历史风貌和文化传承，才是一座江南古镇可以延续的生命力，也许乌镇的故事，只适合回忆和怀念。乌镇的这种规划其实很好，尤其是在现阶段。乌镇比周庄更像是一座江南古镇，为我们保留了一块宁静的心灵归宿。

乌镇让人文景观尽可能地体现岁月的沧桑感和历史感，也就是保存一种原生态，坚定地维护百年乌镇的风貌。对于古建筑和原有风貌的修复与恢复，乌镇从街面到河埠、从小桥到长廊，都非常用心，让熟悉江南小镇生活的人们产生一种时光倒转的恍惚。

财神湾临河的长廊，是新修的仿古建筑，但木廊柱却没有用油漆将其装扮得通体光亮，而是让木质裸露在日晒雨淋中，这样不出几年，它就能以"饱经风雨"的神态融合进这古镇千年的氛围中了。这一点，即使是自称"中国第一水乡"，与乌镇直线距离不足百里的周庄，也无法与之相比。

在乌镇，除了保留染坊、酒作坊、杂货店、农具店、箍桶店等昔日见证小镇民生的铺子供游人参观外，市河东的老街上店铺非常少，少到几乎可以用冷清来描述那些没有游览点的街面。站在街口四望过去，大街小巷的老宅子门户紧闭，仿佛宁静的清晨，还在睡梦中静悄悄的样子。没有生机的街巷，没有人气的街道，是我和小萍当初的共同印象。意见不一样的是，我认为矫枉过正了，这样一来，会让一座本来生机盎然的古镇有种暮气沉沉的感觉，而渐渐失去生命力和延续力。但是小萍认为，这种没有生机的街巷，没有人气的街道，恰好能完整保持历史的风貌。花里胡哨的装扮容易把古镇的历史文化和风景名胜当商品卖。要知道，在乌镇走向旅游开发以前的年代，小镇临街的屋舍，大都也是开着店铺的，柴米油盐、针头线脑、竹木铁作、香烛纸钱，以及南北货物，总之都是围绕着小镇人日常起居生活与劳作，贸易交流和货物运输而开设的行当，非常充实和繁荣。

城因人而名，人因城而生。风光之优美，文章之隽永，不是所观之物，而是谁在其中。正是：秭归因屈原而荡气回肠，绍兴因鲁迅而不屈顽强，凤凰因沈从文而清新脱俗，乌镇因茅盾而弥久醇香。

乌镇的美似乎在半梦半醒之间。江南古镇数百，名镇数十，都像是我梦里一个个来过一般，哪一个都让我牵肠挂肚，哪一个都让我割舍不下。

乌镇的桥

乌镇，这个江南六大古镇之一的千年水乡，令我流连忘返。钟灵毓秀、人杰地灵的乌镇，历史文化灿烂辉煌，风景优美迷人。这些都不是最主要的，令我念念不忘的是乌镇的桥。

每天不知道有多少人在乌镇的桥上走过，有多少人相遇又错过，又有多少人因为一丝微笑和半波眼神而魂牵梦绕。又有多少人希望在乌镇有一个美丽的故事，就像逢源双桥，只是浅浅的一瞥，便已经浮想联翩了。

以前的乌镇，有桥一百二十座，称得上百步一桥。而乌镇的大户人家都会在自家门前建一座桥，桥街相通，往来方便。历史岁月的风雨侵袭，加上以后交通建设的破坏，乌镇古老的桥已经不知道消失了多少，许多还是在历史文化典籍上有浓彩重墨记载的。好在醒悟得还算早，如果时间再拖延几年，乌镇别说是桥，其他的古迹有可能也会消失。

目前镇内尚存的古桥还有四十多座，在江南六大古镇中数量算是多的。这还不算有的石桥已经变成了钢筋水泥的，有的因阽残废弃很久了。曾经演绎杨乃武与小白菜冤案的乌镇老衙门前的那座官桥，桥栏坍塌，桥身上也钻出了好几棵一腰之粗的香樟树。

娇小精致，形态各异，古朴典雅的石桥是江南水乡的特色，也是古镇最闪光的地方。乌镇的小桥如一张弓伏卧两岸，造型十分优美，有的非常秀气，用真的树木做成桥身，更绝的是桥身和栏杆上深雕细刻，做工精美，奇姿绝俗。乌镇保留至今的古桥都没有伟岸魁梧的身躯，有的是独具特色的江南水乡秀骨清雅的造型风格。

在现存的古桥中，逢源双桥名气最大，浮澜桥年代最久，桥里桥具诗情画意。我喜欢的是挨在水岸人家左面的那座桥，古朴的单孔石桥，桥面水痕氤氲，绿色的藤萝横绕在桥身，如同给石桥穿上了一件毛绒外套，花草拥簇，气派非常。还有蓝盈盈的小花绽放在其间，显得无比的娇俏。尤其是月出于斗牛之间时，花月交相辉映，恰似春江花月夜的意境。

浮澜桥是南栅的栅桥，始建于明宣德年间，而后又经历两次重建，虽经六七百年的风雨沧桑，却并不显得老态龙钟。尤其是一支探出桥头的古干新枝，每年都会在那里迎接第一场春风春雨。

人们习惯称作"桥里桥"的是位于西栅的通济桥和仁济桥的合称。当地人把两桥比之为姐妹桥，传诵更多的是"桥里桥"美称的由来。通济桥是座单孔石拱桥，桥的西面原是湖州吴兴地域，所以桥联也表明了地域分界的内容："寒树烟中，尽乌戍六朝旧地；夕阳帆外，见吴兴几点远山。"

充满诗情画意的通济桥和仁济桥地处镇郊接合部，一边是鳞次栉比的民居，一边是翠田绿树，风光优美。这两座桥最为奇特的地方是，两桥直角相连，互为犄角，交相辉映，你中有我，我中有你，无论站在哪一座桥边，都可以欣赏到桥里有桥、桥里套桥的奇特景观。月明星稀的时候，粼粼的波光中倒映着一轮明月，几分迷离，几分清雅。

翠波桥联云："一渠翠染诗人袖，终古波清客子心。"还有："浦上花香追屐去，寺前塔影送船来。"现在的石佛寺就是当年"南朝四百八十寺，多少楼台烟雨中"的其中一座。站在朴素的翠波桥上，远看风貌依然，水侵苔生的古刹，突然之间会有一种"念天地之悠悠"的感觉。

荐馨桥名字雅趣，却不知其意，我们问了桥头闲坐的老人家们，也说不出来历。荐馨桥两侧的桥身上各蜿蜒出一棵灵霄，贴着桥身石缝一直爬到了对岸。一边开着黄色的小花，另一边开着紫色的小花。在灵霄掩映的碧水里，几条大鱼游来游去，很是惬意。用手抚开嫩枝翠叶，我轻声读着荐馨桥联："水隔一溪依依人影，塘开三里济济行踪。"

　　称之为水乡，船和桥便是极寻常的景观了，船使得水乡有了灵动，桥使得水乡有了沉静。从应家桥到财神湾，七百米的河面上就横卧八座石桥。也许是因为建造年代的不同，八座石桥纷繁多姿，风格迥然有异，叫我们这些爱桥的人喜不自胜。圆拱桥的造型曲线优美，极具中国元素，属于唐宋时期的风格。垂虹卧波的单孔圆石拱桥，在乌镇被称为环洞桥，是乌镇现存数量最多的形貌。半圆形的桥孔托起石头桥身，耸在空中的平整桥面积很小，两边桥坡上下的石级便显得有点陡峭，但是贴着桥栏为行人留下了歇脚的地方。圆拱桥通行往来船舶比较便捷，在狭窄的河道上使用率最高。圆拱桥堪称桥中仙子。每当云淡风轻，皓月当空之时，闲坐在桥栏，一轮明月，天上水间，交相辉映，美不胜收。天上飘云遮月，水里月影荡漾，再点缀一二鸟啼，二三渔火，宁静中又平添了几分幽雅，是中国人得意陶醉的意境。

　　线条简洁明快，令人耳目一新的是明清时期的梁式桥。中间的桥面犹似房屋的大梁搁架在河心的桥柱上，虽经百年的沧桑，却依然保持着一贯的恬淡和朴实。梁式桥在西栅河道上比较多，大多是清朝末期建筑。这种桥结构简单，省时省力，方便建造。梁式桥一般净空高度低，适合往来内河槽船。

　　朴实无华、规矩方正的平桥在乌镇也有，桥身平直，与街道连接处平坦没有起伏，通行车辆比较方便。但是根据内河运输的需要，也有的平桥两端设有台阶和角度不大的坡道，为的是让桥身抬高。财神湾的逢源双桥就是一座能够遮蔽风雨的平桥，只不过精美无比。逢源双桥原来是两条四米多宽的石桥并排建在一起的，桥栏处高耸的木柱支撑起遮蔽桥身的屋顶，这就是风雨桥。烈日当空，可以纳凉遮阴；天气突变，可以躲避风雨。春雨淅沥之时，可以躲在桥下听橹声；秋天淫雨霏霏，初晴见日的时候，水里的荷花早已开败，残荷有一点儿发黑，连着藕的地方还显出一点黄色。两个桥栏的中间隔起一壁花格栅的屏风，屏风下还有两排行人歇脚的石凳。人走在桥上可以隔着格栅相互望见，如果坐在石凳上，看不见人，但可以互相说话，特别有意思。历史上著名的"闻声定姻缘"的故事，就发生在这里。

记得在一本书中看过："如果还有旧日时光，从前月色，不在江南，就在徽南。"倘若要在世上寻找一处停留记忆和思念的地方，寻找一种不曾被打扰的安静与和谐，这个地方便是乌镇，乌镇里最好的落脚处便是逢源双桥。

因为这个原因，我们便流连在逢源双桥，寻找和感受那种让人动情的感触。淅淅沥沥下起了绵绵细雨，仿佛是为了配合大家的情绪，仰起头，细雨落在脸上舒爽惬意。傍河的左侧，青石细板铺就的街道光滑明亮，可以照出人影。随着时光的流逝，人来人往的踩踏，原本有很多不平的地方，渐渐地磨掉棱角；原本平滑的地方明显凹下去了。如果是刚下过雨，还会存着一汪水，人不小心踩上，会溅湿裤脚。临河处以小石柱为栏，茶碗口粗细的杉木从中穿过为杆，没有多少精雕细刻，十分简约朴拙。栏杆的里面还有新建的一排石凳，可以供游人休息小坐，十分方便。

市河上往来的高架乌篷船载满了欢声笑语的游客，几位年轻漂亮的女孩子穿着蓝印花布的裙装，在细雨里探出头追逐河水里时隐时现的鱼儿。眉眼带笑的船家夫妇，轻轻哼唱悠扬的小调，小船轻柔地在水墨画般诗意的乡情画中荡漾开去，一切都是那么舒畅和快意。

远眺小楼老舍氤氲弥漫，似有似无；近闻吴侬软语丝竹乡音，绘声绘色。这夏日的小雨如雾如烟更如幔帐，像是给乌镇罩上了散着水汽的大笼屉，浸润着往来客人，花草树木湿漉漉的。古镇有了一种神秘婉约的迷离美态，宛若江南少女回眸一瞥，荡人心魄。

乌镇的古桥虽然大多是清朝后来改建和修缮过的，也有二百年左右的历史，时光荏苒，岁月流转，风雨侵蚀，到如今依然风韵犹存。尤其是刻写在桥柱上的楹联，词句优美，意境深远，不仅透着书香，而且尽显眼前风景。古镇的先贤们的妙笔生花，情景交融，写景画龙点睛，抒情妙语连珠，当初虽是临时起意寄情之句，却为后人留下无限遐思，也使古镇的风光蕴含无限的情趣，更加富有生命力和感染力，这就是中国传统文化辉煌灿烂之处。站在桥上环望四处，那种氛围和气息，让你一下子就能把乌镇古老韵味体味个够。

乌镇人家

　　仿佛有一段湿润的青春，遗忘在江南的乌镇。杏花烟雨的江南，春风墨绿的水乡。多年以前，在梦中有过一场悠缓的等待，多年以后，于现实还在淡淡地追寻。只是一个无意的转身，那位撑着油纸伞结着丁香心事的姑娘，已经走在幽深的小巷，走在寻梦的桥头，走进一段似水年华的故事里。

　　不是我写的，也不是从书里看到的，这是我脑海里偶然想到的一段话，好像是有人把这段话塞进我的脑海，让我对乌镇有了梦一样的感觉。正是这样，让我走进了乌镇，喜欢上了这个江南独一无二的古镇。

　　乌镇老街有个高公生糟坊，酒坊原始土气，酿酒是手工的。坊内总保持着一千个酒瓮，层层叠叠地摆放在一起，年头老的在上面，随时可以装瓶或者整瓮买走。老旧的泛着白碱的酒瓮，有的爬上了苍苔，里边却是数百年一直牵着乌镇人魂梦的至纯至美的三白酒。有一位在乌镇旅游过多次的朋友告诉我，在乌镇就算走遍了大街小巷，还是走不够。就算是走遍了乌镇的每一个角落，阅读了乌镇的悲欢离合，融进了乌镇的风风雨雨，还是不满足。

　　高公生糟坊的东家也是风雅的人，很是好客。知道这些旅游的人，会把乌镇的特色和风情到处流传，所以店主人对旅游的客人很是照顾。

　　午后，下起了小雨，淅淅沥沥的。酒坊里也空闲，我们也很闲，店主人就沏了茶坐在河边在香樟树下和我们说着话。我们都是不能喝酒的人，于是就买了一些乌镇婶子大娘喜欢喝的甜白酒，度数几乎低到零。

乌镇最有名的酒是三白酒。三白酒是乌镇人的美酒，天然原料纯手工酿成。何谓三白酒？《乌青镇志》上说："以白米、白面、白水成之，故有是名。"三白酒醇厚清纯、香甜可口，男女老少皆宜饮用。以其香气浓郁、酒味醇厚、入口绵甜、回味爽净、余香不绝而名声远扬。几百年来风靡江南，经久不衰。尤其是窖藏十年以上的五十五度的三白酒，算是酒中之仙，无与伦比，最为江南酒中之人推崇。

晚上的时候，我们决定大快朵颐。小菜不多，一盆刚炖熟的羊肉，外加豆腐干、鲜笋、菜心若干。酒是好酒，菜是好菜，虽然简单，但吃得酣畅淋漓。我们查了有关三白酒的资料，了解了有关三白酒的历史和传承，我增长了许多酿酒的知识。酒坊旁边是宏源泰染坊，也是百年老字号，专门制作乌镇民间传统布料——蓝印花布。这种仿佛染入水乡韵味的布看上去朦胧没有界限，却又颜色鲜明。

白天去高公生糟坊的时候我们是走着的，回来的时候是坐船。乌篷船走在东栅的市河里，拐过去钻过一座石拱桥，又拐回溜进一个木板桥。船主人在船尾放了一个篮子，篮子里是乌镇特产桐乡橘李，还有一条肥大的白水鱼。橘李比较稀有，也是桐乡一带的传统名果，其盛名传于天下，身价倍增。原因是橘李的果实非常大，颜色特别鲜艳，果肉多，但果核特别小，咬上一口，果汁特别甜，甜里有着百果的鲜香。橘李风味独特，营养丰富，在众多的李子之中可以排第一名。橘李成熟之后还略带酒香，用嘴咬破，可以将里面的汁水直接吸到肚子里。船主人见我一直盯着篮子看，就递给我一个橘李，我顾不得洗，在身上擦擦，就急急忙忙咬下一口。只见一股汁液飞射而出，溅了一身，舌尖刚刚沾了一点点，便觉甜美异常。

夜深人静的时候，水乡渐渐安静，店铺上了门板，关了昏黄的灯，黄色的酒旗随风轻轻摇曳。一轮明月当空，月光如水般清澈。这时候乌镇时光也是属于水的了，一艘艘油光锃亮的高架乌篷船投入到静谧的弯角处，船也有归宿了。几只雪白的鹅，卧着柳条打瞌睡。水乡睡了，没有桨声搅碎梦境，只有静静的流水和着清香的夜风，洗净俗尘。

月亮仿佛就在我们头顶上悬着，跟着我们转，那么明亮，那么皎洁。我们静静地沐浴着月光，竟有些混沌了。

先贤雅士出古镇

到了乌镇，就不可避免地想起那些曾经生活或是出生在这里的文化先贤们。比较早的有梁国昭明太子萧统，还有他的老师沈约，中国山水诗派开创者谢灵运，唐朝的名相裴休，宋朝的诗人江西诗派三宗之一的陈与义，南宋中兴四大诗人之一范成大，理学家张杨园，藏书家鲍延博，晚清翰林严辰，光绪皇帝的老师夏同善。近现代更有政治活动家沈泽民、银行家卢学溥、新闻学前辈严独鹤、旷代清才汤国梨、农学家沈骊英、漫画家丰子恺、著名作家孔另境、海外华人文化界传奇大师孙木心等等。

乌镇自宋至清千年时间里出贡生一百六十人，举人一百六十一人，进士及第六十四人，另有荫功袭封者一百三十六人。想想，对于一个半天就可以走遍所有大街小巷、数清买卖店铺的小镇来说，简直太神奇了。这种千年来的文化传承，是一个地方之所以敢称物华天宝、人杰地灵的前提。

当然也要说说茅盾，毕竟茅盾是乌镇近现代非常著名的一位大作家。茅盾故居，静静伫立于街角，茅盾十三岁前住在乌镇，乌镇的风土人情融入了他的生命里、作品里。

茅盾故居位于乌镇大戏台的东侧小巷里，这是当代文学巨匠茅盾出生和生活过的地方。导游介绍说，故居是茅盾曾祖父沈焕于清光绪十一年（1885年）前后在汉口经商时寄钱回家购置的，自沈焕至茅盾，四代同堂居住于此。整个故居面街南向，是砖木结构的一般江南民居。其主体是四开间两进深的二层楼房，共十六间。另外楼房后有小园，有平房三间近一百平方米。值得一提的是前楼上茅盾父母的卧室，房内陈设简易，有一张宁式雕花大床，边上放一张小床，一座衣橱，几叠衣箱，临窗有书桌放着文房四宝。故居内部的布置简单，寂静得有些幽深，却散发着沈家世代书香特有的静雅之气。

人们都说茅盾在这里诞生、成长，接受母亲的启蒙教育，度过少年时代。以前看书，书里说茅盾先生的祖居是在乌镇乡下的，这里的屋子是茅盾用稿费后来改建起来的。不知导游说的和书上说的哪一个版本是真的。我们坐在院子里清幽的石阶上，安静地看着、听着、感觉着。其实，我一直推崇这种沉浸式体验，找一个可以和前辈的故事结合在一起的切入点，然后让自己的心与情，沉浸进去。这也是我喜欢在一些故居老宅子里坐一坐，闭着或睁着眼睛发发呆，放空一下的原因。

出了茅盾故居，拐过一条小巷，在墙角处探出一个小幌子。这是一家很小的杂货铺，小到了只有一间屋子。门口墙边一只坐在煤球炉子上的小锅里冒出的香气，让我们一下子停下了脚步。于是，我们便一人买了几串五香豆腐干和酱油蛋，旁若无人地吃起来。

踩过湿漉漉的青石板，抬眼便是夏同善年少时曾经读书居住的一处大宅子。赶紧在门外吃掉最后一口豆腐干，拿出纸巾擦擦手，才轻手轻脚地迈过门槛。对于夏同善，我一无所知，赶快拿出手机在百度上搜索，总算让我搞明白了。原来小时候最不愿听的评剧《杨乃武与小白菜》，就和夏同善有着好大的瓜葛。

夏同善是浙江钱塘人，自幼丧母，他的父亲续娶了桐乡乌镇富家小姐。继母对夏同善关怀备至，视如己出，在夏同善幼年读书的时候，杭州城里非常炎热，因此他的继母年年夏天便送他到乌镇自己的娘家读书。乌镇就算成夏同善的第二个故乡，倒是他的"故乡人"不知夏同善的故居今在何处。

杨乃武与小白菜，是清朝末期轰动江南的四大奇案之一，发生在杭州府余杭县（现余杭区），离乌镇及杭州都不过百里之遥。此案的主审夏同善与杨乃武有些关系，说是杨乃武的亲姐姐杨淑英年轻时曾做过夏同善继母的佣人。通过夏同善的指点，杨淑英才到北京的刑部大堂告御状，杨乃武终于得以平冤昭雪。杨乃武与小白菜的案件查明后，杨乃武以行医为生，而小白菜葛秀姑却来到了乌镇，为报答夏同善的救命之恩，情愿为他叠被铺床，侍奉晨昏三个多月，然后在乌镇的尼姑庵削发为尼，静度余生。

我个人觉得，小白菜以后的故事，多为牵强附会。但是这个案件，说明了夏同善为官刚柔并济之处，不然怎么做得了皇帝的老师。夏家的翰林第原是一般的民居，占地不多。夏同善钦点翰林并获赐"翰林第"额匾以后，才得以扩展而稍具规模。整修后的翰林第基本上遵循了原来的格局，分成三部分。中间部分是主轴线，三间三进。大门前有一对大理石滚墩石，显示出夏家的不同凡响。

出了夏同善的故居，又重新走上了老街。人也一下子从古宅沉静幽深的环境中，进入了来来往往天南海北的游客人流中，情绪便也亢奋起来。忽然隐约一阵紧锣密鼓，随即是柔美的唱腔，飘飘悠悠，直灌耳朵。我寻声出了一段小巷，有一个江南那种精致小巧的戏台，上面有几个穿了戏服的人，正在一本正经地唱着。

修真观戏台是道观的附属建筑，建于清乾隆十四年（1749年）。北面和观前街与修真观对着，南面是东市河，向东望去是兴华桥。戏台为歇山式的屋顶，檐角处飞出来一个翘角，上面的青瓦非常精美，尖脊上有一对栩栩如生的凤鸟，庄重中透着秀美，赏心悦目。梁柱之间的雀替雕刻得非常精致，还保持着原来木头的纹路，有很高的艺术性。台子共分为两层，底层是以石料做支撑的柱子，用砖垒成墙，进出有前门和边门。前门虚掩着，轻轻推开，里面有很多的水。我一只脚踏了进去，随即又一脚收了回来。可能是下雨的缘故，门槛又几乎平于外面广场，所以积了些水。边门通河埠，底层后部有小梯子通楼台，也可通过翻板门从河埠下到船里。

旧时戏台两边的台柱都有对联，这个戏台也有一副："锣鼓一场，唤醒人间春梦；宫商两音，传来天上神仙。"正中上方悬一个横额："以古为鉴。"原来，每年正月初五迎财神会，三月廿八迎东岳庙会，五月十五祭拜瘟元帅会等，都要在这个戏台演神戏，招待修真观中的诸神。平时，还演出一些"罚戏"。罚戏是乌镇传统的一种戏剧，凡有人损害公益犯了众怒的话，当事人得出钱请戏班子在神前演戏，以示忏悔。昭明书院算是有记载的乌镇最为古老的建筑，门前明朝万历年间乌镇同知全廷训手书的"六朝古迹"的石碑，还有乡人沈士茂题书"梁昭明太子同沈尚书读书处"石坊，便是佐证。

南朝梁武帝的儿子名萧统，就是昭明太子。乌镇千百年来的传说是这样：萧统刚生下时，右手紧捏拳头，不能伸直，东宫娘娘以及宫女都没法掰开，梁武帝为此十分担忧。有位大臣说："皇上何不张榜招名医诊治呢？"梁武帝觉得有理，就张榜招贤，大意是谁能掰开太子的手，太子就拜他为师。沈约见了榜文，就揭榜前去一试。他捧起太子的手，轻轻一掰就分开了。梁武帝十分高兴，就赐封沈约为太子的老师，专门教太子读书。沈约是乌镇人。他的先人墓就在乌镇河西十景塘的附近。沈约每年清明总要返乡扫墓，并要求守墓几个月，梁武帝怕儿子荒废学业，就命昭明太子跟随沈约到乌镇来读书。为此，就在乌镇造起一座书馆。萧统来到乌镇，见桃红柳绿，鸟语花香，景色诱人，便终日游玩嬉戏。沈约治学严谨，见太子不认真读书，便对他讲了一个故事，大意是这样：

有一年冬天，我回乌镇过年，轿子经过青镇一座庙，被庙前一群百姓挡住了去路，我吩咐停轿查询，原来庙里冻死一个十多岁的小叫花子。围观的百姓说，这小叫花子父母早亡，无依无靠，白天沿街乞讨，夜晚宿在庙堂。但他人穷志不穷，讨来的钱，除了买吃的，余下的都用来买书，在佛殿琉璃灯下夜读。可是一夜西北风，竟夺去了他年幼的生命。我当时进庙一看，这小乞丐虽然面孔瘦削，却眉清目秀，他仰面躺在稻草堆里，身体已经冻僵，左手还拿着一本书。他是有志于学，至死还不忘读书呀！

沈约说完此话，昭明太子感动得流下了眼泪。从此，昭明太子刻苦读书，后来，沈约把祖坟迁至京城，把他在乌镇的府第捐为白莲寺，萧统拾馆为寺，这就是后来的密印寺。如今这里是乌镇人家和临近百姓常常教育子女立志读书、成就栋梁之材最活灵活现的教育基地。

书院的院子里很静谧，虽然街巷河市里大多是外来的游客，还有一个很大的外国旅游团。但是这里的修竹青藤间，好像只是蓝蜻蜓和白蝴蝶的天下。绕过水井，还有一只大花猫在明媚的阳光下打着瞌睡。偌大的书院里只有我们几个人，就连管理员都没有了踪迹。随便转了转，我们便走进了阅览室，里面的桌椅案架，都是红木雕刻古色古香的，很是养眼，令人心怡。

走出昭明书院，便要去丰子恺先生的故居，因为昨天我还看了老先生的散文《春》和《杨柳》。大概今天注定要走马观花地看了，因为那些在东西栅比较有名气的景点，我还都没有去过。比如蓝印花布艺坊、裱画坊、江南百床馆、江南木雕馆、余榴梁古钱币馆等。故旧的庭院中，斑驳陆离，数匹各种蓝印花布挂在高高的竹竿上，成为一种装饰，随轻风任意舒卷，翩翩起舞。

走累了，我们靠着敞开的窗，坐在摇曳的竹影里，吹着凉爽的风。消磨了一个中午的时间，肚子里却还饱的。看看地图，下午我们去看看南朝的古迹。

南朝古迹今何在

乌镇在历史上曾是二省三府七县交界之地，方圆二十里内并无其他集镇，再加上有寺、院、庙、观、堂、庵四十多处，所以乌镇不仅是文化和经济中心，也是宗教集中融合之地。

修真观与苏州的玄妙观、濮院的翔云观齐名，是江南三大名观之一。修真观在乌镇中市的印家巷内，看到古戏台，也就看到修真观了。中华人民共和国成立以后，修真观多有塌损，并在很长一段时期因作他用而被拆除。为发展旅游事业，才在前些年整修戏台后，又将修真观按历史原貌修复。修真观山门前的青石广场非常开阔，整齐干净，乌镇很少有特别宽敞豁亮的地方，如此舒畅之地，给人一种心旷神怡之感。广场两边琉璃瓦的长廊，好像是游客小憩的场所，许多旅游团的游客都各成一个小集体，围坐在一起，谈天说地、兴致勃勃的。

修真观里面早已经没有了道人，鲜亮崭新的门窗檐柱，整洁干净的院落台阶，却少了些什么。修真观与其他道观布局大同小异，无非是道家鼻祖老子坐中央，得道神仙，论资排辈顺出其左右。

在乌镇市河西岸，有一座古庙，叫作"乌将军庙"。庙名古老，庙宇却是近几年才重建的。庙内有一棵古老的银杏树，而今仍然巍然矗立。这棵树又高又大，要三个人手拉手才能合抱，古朴苍劲，十里外行船就可以望见冠盖。

前人有诗云："从祠日暮鸦呼群，访古人说乌将军。将军遗迹不可见，一棵大树撑青云。"讲的就是这棵银杏树，这棵大树千年来便是乌镇胜迹。曾经树因庙生，而庙毁树仍在，所以银杏树要比乌将军庙的名气大。茅盾曾在《可爱的故乡中》写道："我的家乡乌镇，历史悠久……镇上古迹之一的唐代银杏，至今尚存。"

说起这棵银杏，又一个古老的传说。唐宪宗元和年间，有位武艺高强、勇敢善战的将军，姓乌名赞，人称乌将军。唐自安史之乱后，中央实力渐弱，地方官吏纷纷割据称王。当时的浙江刺史李琦，也想称霸，就举兵叛乱。以至于当时唐朝最富庶的江南一带兵荒马乱、田园荒芜，百姓无法生活，宪宗皇帝于是命令乌将军和副将吴起率兵讨伐。叛军不敌，落荒而逃。乌将军率军追赶到车溪（今乌镇市河）河畔，李琦突然挂出免战牌，要求休战。乌将军就地扎营，待机再战。谁知就在当夜，叛军突袭营地，乌将军奋起迎战，李琦又向后退却。乌将军追到车溪河边，跃马上桥，刚过石桥，只听得战马长嘶一声，前蹄陷落，乌将军也从马上跌下。原来李琦在桥堍设下陷阱，陷害乌将军。当乌将军跌入陷阱以后，埋伏在周围的叛军蜂拥而上，用乱箭把乌将军和他的青龙宝马射死。

吴起赶来，杀退了叛军，把乌将军和它的战马葬在车溪河边。说也怪，就在当天夜晚，人们看到乌将军的新坟上放射出点点闪亮的红光，还传出阵阵的战马嘶鸣声。第二天，坟上冒出一株青枝绿叶的银杏，很快就长成参天大树。这棵银杏从来不结果实。大家都说，这银杏树是乌将军的化身。由于平定了李琦的叛乱，百姓终于安居乐业，老百姓为了纪念这位英勇善战、热爱国家的将军，在银杏树旁边建造了一座乌将军庙，并在庙中悬挂一块匾额，上书"大树属将军"五个大字。古人作诗赞道："大树前朝庙，将军战骨存。灯红嘶鬼马，潭里聚神鼋。风雨孤忠壮，须眉万古尊。当年功勒石，御寇此乌墩。"这棵象征着精忠报国的古银杏树，一直从唐代开到现在，早已经成了乌镇人和乌镇历史文化的一个标志。

花月桥下有一家小小的臭豆腐干店，只有一间特别小的房子，炉子支在台阶上。别看店面小，名气却很大，乌镇人都喜欢吃她们家的臭豆腐干。这家豆腐干店是妈妈带着两个闺女开的，她们的家在乌镇的南栅。每天早上撑着自家的船，带来自家制作的臭豆腐干，晚上再撑船回家。日复一日地开着这间小店，两个女儿也从儿童长到了楚楚动人的年纪。豆腐干大小西施，不知是谁赠予了相差一岁的两个姐妹这样优雅的外号。叫来叫去的，这一片老街上的人也就习以为常了。臭豆腐干小店的名号人们记不住了，只知道大小西施了。

臭豆干全国都有，但乌镇的臭豆干却别具风味。要上好的豆用传统老卤泡制整整一天，所以没有异味，香得纯正。传统老卤得来非常不容易，有的店家老卤已用了数年，每年都添加菜梗、笋根。为防止变质，还不时把烧得通红的铁钳放入卤中杀菌消毒。大小西施她们家的卤水据说比炸豆腐干的姑娘岁数还大，还是过世的父亲留下的。乌镇的臭豆干要在菜油中油炸成金黄色，然后沥干，串在竹签上，抹上同是乌镇特产的豆瓣辣酱，便成了让人难以释口的美味了。但是在臭豆腐干上，用有一百五十年历史的叙昌酱园的特制豆瓣辣酱作为蘸料，大小西施家恐怕是乌镇唯一的一家。臭豆腐干的案子前已经有了好几个人，都是随意溜达来的游客，说着天南海北的口音。他们没想到臭豆腐干这么好吃、过瘾。特殊的奇臭混合着特殊的香辣，味道简直百转千回，舌头上的每一个蓓蕾都被激活了，特别兴奋。

吃这种臭豆干，最讲究的是配上熏豆茶，熏豆茶又称烘豆茶，主要原料是熏豆，辅料有桂花、炒芝麻、橙皮、萝卜丝、苏子、炒柏子等。乌镇上的老人有吃茶一说，指的就是熏豆茶。熏豆茶香气馥郁，富有滋补功能，现在熏豆茶还是招待贵客必备的上品。

走出臭豆干的小店，老远就可看见冠盖如云的一棵大树，高高地矗立于粉墙黛瓦之上。我们直奔银杏树而去，银杏树保存得比我想象的要好，生机勃勃，郁郁葱葱，看不出一千多岁的高龄。这棵银杏树历来是乌镇人重点保护对象，是乌镇的至宝。当年大炼钢铁的时候，外乡的领导组织人来砍这个树打算当劈柴烧。还好被乌镇人发现早，德高望重的老人们出面保了下来。水岸人家对面老杂货店的九十岁老爷爷曾说过，这棵树就是乌镇的历史和乌镇人的精神。这句话说得真好，把银杏古树上升了高度。

想想，偌大的乌镇千户民居，各家各户，都把银杏古树看成自己家乡的象征。东南西北四栅，饱经岁月历经风霜留下的万间屋舍庙宇，哪座有银杏古树的历史悠久？走出去的乌镇人精神领袖们，谁的诗词文章少得了银杏古树的雄姿？

茅盾先生当年读书的立志书院门前河埠上有一幢楼阁，名叫文昌阁。书院与文昌阁之间，仅隔一条繁华热闹的观前街。旧时富贵人家的子弟到文昌阁读书，一般都有下人陪同乘坐小船前来。小船就泊在文昌阁下的河埠边，学子们在楼上读书，侍候的书童就在过道两旁的长凳上坐着等候。清朝末期科举废止以后，文昌阁便成了镇上居民游玩休息的地方，老人往往最喜欢在这里聚集。镇上的大事小情，国家的时局政治，都会在这里传播到家家户户。立志书院作为茅盾纪念馆的一部分，已经按原样恢复。文昌阁也在去年重现飞檐临波的风姿，使得文化昌明的古镇有了不可或缺一景。

立志书院临水而建，门前的台阶就是泊船的码头。当年茅盾先生就是坐船来上学的，那时这里每日都船来船往，热闹非凡。立志书院的门楼，极具乌镇特色，让人过目难忘。尤其是那优美高挑的飞檐，乌黑色的瓦脊，宛若展翅欲飞的鹰。

西栅月老庙，去的时候正是雨后天晴的傍晚，满天火烧云，把乌镇渲染得瑰丽多彩。在花月桥放眼望去，往日熟悉的乌镇仿佛陌生得让人惊讶，绚丽的光影扑朔迷离，仿佛梦境般不真实。只有看到老店依旧炊烟袅袅，桥下小船还是"吱呀吱呀"地摇荡，邻居的老爷爷老奶奶还在悠闲地喝着茶、说着话，我才相信还在乌镇的真实生活里。

　　如果不是特意找寻，没有人会注意到月老庙的存在。它默默地伫立在僻静的巷中许多年，见证过人世间的悲欢离合，生命中的旦夕祸福。从前是那么风光的月老，曾经给人们带来无限美好的希冀和企盼，多少花好月圆的故事镌刻在月老的慈眉善目里。好多年了，新一代的人，已经记不起父辈们津津乐道过的月老，也不知道他的前生和往事，更不会让他给自己些什么希望与祝福。

　　月老庙很小，小得还没有水岸人家大。这个曾经令天下有情人最为欣慰的老人，还是那么慈祥，他没有普通神仙的严肃面孔，和蔼得就像是邻家的老爷爷。手中那根拴姻缘的红线，还是那么鲜艳。

趵突泉

　　一提到济南，或者来济南旅游的人，往往首先想到的，就是趵突泉和大明湖。可见，趵突泉的知名度有多高。泉水之于济南，犹如魂魄之于人。泉水，就是济南这个泉城的"魂"。

　　济南是一处以泉水众多、风光明秀而著称于世的历史文化名城。济南城内外自古以来便是百泉争涌，千脉风流。分布着久负盛名的趵突泉、黑虎泉、五龙潭、珍珠泉四大泉群。有美泉数百处，享有盛名就有七十二泉之多。

　　我对济南向往已久，尤其是趵突泉、千佛山、大明湖。天津虽然离山东很近，但以前只去过烟台和青岛。后来路过济南，也只是浮光掠影地走马观花，所以一直对这几处名胜念念不忘。

　　趵突泉为什么这么有名呢？以前我不知道。当我知道宋代女词人李清照的故居就在此的时候，我便有点坐不住了。李清照是我小时候就仰慕的伟大女性，她的每一首词，都能够激荡起我心中的涟漪。

　　　　一派遥从玉水分，暗来都洒历山尘。
　　　　滋荣冬茹湿常早，涧泽春茶味更真。
　　　　已觉路傍行似鉴，最怜少际涌如轮。
　　　　曾成齐鲁封疆会，况托娥英诧世人。

　　这是唐宋八大家之一的曾巩所作《趵突泉》，北宋时期著名的文学家曾巩，虽然是江西人，但在济南为官时，公正严明、推进变法、兴修水利、除暴安良，在济南任职的众多名士中，曾巩是政绩与文采都很出色的一位。曾巩在济南任太守三年，写下了许多光彩照人的作品，堪称济南文化历史上的耀眼明珠。曾巩与趵突泉结下不解之缘，他在《齐州二堂记》中记录了这样一段话，自崖以北，至历城之西，盖五十里，而有泉涌出，高或至数尺，其旁之人名之曰"趵突"之泉。大体意思就是说：在历城的西面五十里外，有一泉眼，泉水能喷数尺高，周边人都管它叫趵突泉。所谓"趵突"，其实，是一组象声词，是跳跃奔突的意思。

虽然说趵突泉这个名字不是曾巩给起的，却是因为曾巩的文章《齐州二堂记》而名噪一时。从此，趵突泉这个名字，逐渐为众人所知。由此可见，曾巩对于趵突泉的出名，功不可没。以至于后来那位十全老人乾隆皇帝都禁不住御笔一挥，写下了"天下第一泉"的金字招牌。

济南城的历史悠久，而且城址一直都未曾有较大的改变。早在春秋战国时期，齐国便在此筑城。这个倚水携山的重要城关，成为当时齐国西方边防的要塞。经过历代的经营和完善，在明清时期成为"四面荷花三面柳，一城山色半城湖"的著名泉城。

未到趵突泉，我已经是把趵突泉思忖了千百遍，那书中的描述，电视里的画面，都令我浮想联翩。可是等到我真的面对趵突泉的时候，那股震撼，还是令我激动不已。

一走进位于市中心的趵突泉公园，我便感觉好像是走进了苏州园林。迎面一块高近四米，重约八吨的太湖石，挺拔露骨，筋络明显，纹理凹凸。这块奇石，名叫龟石，是元代著名的散曲家张养浩家宅后花园之物。别小看这块石头，它可是重要文物，极为珍贵，被称为镇城之石，堪称泉城第一名石。

漫步趵突泉公园，眼中是碧绿翁郁中的古典亭台楼阁，耳边是淙淙的泉水之声，花草芳香扑鼻，不时有鸟鸣啾啾。树影婆娑间波光粼粼的泉水池中，倒映着古色古香楼阁倩影，构成了奇妙的画面，令人目眩神迷。

趵突泉所在的泉池，是一个东西长三十米，南北长二十米的长方形水池，围在汉白玉石栏中。趵突泉那三个昼夜喷涌的泉眼，此刻正喷涌飞溅，水花飘散，势如鼎沸。注目凝神在趵突泉，便觉得大自然是那么奇妙而有趣，竟然会有这般动人的杰作。我完全陶醉在美丽的泉水上了，置身其中，忘了一切，感觉自己特别幸福。这样的场景，让我想到了老舍先生文章写的那样："永远那么纯洁，永远那么活泼，永远那么鲜明，冒、冒、冒，永不疲乏，永不退缩，只有自然有这样的力量！"

以前，听我父亲说起过，他老人家 20 世纪 80 年代去济南旅游的时候，因为是枯水期，再加上地下水位下降，他看见趵突泉只是三个冒着水波纹的大圆圈而已。而如今随着水资源环境的维护，泉城济南的各大名泉，几乎全部恢复了从前的景观。我兴奋地有点不能自已，赶快请别的游客为我拍下照片，留作纪念。忽然想起不知谁写的打油诗："趵突泉，泉趵突，三个泉眼一般粗，咕嘟咕嘟又咕嘟。"想到此便忍不住哈哈笑出了声，赶快回头看看左右的人。见没人注意我，这才放心。

趵突泉出名，一个是本身"天生丽质难自弃"，再加上历代文人发自内心的炒作。这其中最要感谢三个人，是这三个人，让趵突泉声名远播，他们是曾巩、乾隆帝、老舍。先有曾巩动用盈余财力，修筑惠民的水利工程；再有乾隆皇帝数次地驻跸趵突泉，御笔封赐；然后便是作家老舍寓居济南时，写下的那篇著名的文章《济南的冬天》。正是他们千百年来不遗余力地营建和宣传，才有了今日趵突泉的名气。

趣游大明湖

学生时代，学习老舍的文章《济南的冬天》，印象深刻。济南的冬天竟然那么美，山和水、阳光与白雪，以及浸透在如诗如画美景中的那份浓情。后来看了刘鹗的《老残游记》，把济南城的大明湖写得如此别致，一种淡雅神韵，一种悠长味道，还有一种大气的家国情怀。

于是记住了济南城，也就难以忘记大明湖。大明湖，就像泉城一百零八个泉眼构成的珍珠项链中那颗最大的坠，光华夺目，熠熠生辉。来济南，必看大明湖，看过了大明湖的风景，一城烟柳半湖荷花留下了太深刻的印象。看过它的建筑，曲径回廊，赞叹中国古典园林的那份典雅；看过它的历史，赞颂辛弃疾的烽烟，李清照的别情，铁铉的忠贞不屈。

七月的大明湖，这一次要看什么呢？大明湖区别于中国传统古典园林建筑的特点，其中最典型的要数这个开门见山的门，它没有以往的门墙围列，这要归功于大明湖本身的历史，因为自从明清，大明湖就属于城市花园。一个亭亭玉立的五门通透牌坊，便是景区便宜的入口。迎面一湖碧波，幻堤烟柳，无限风光，尽收眼底。

沿着鸟语花香的湖堤，漫步前行，大明湖像一幅美丽画卷徐徐呈现在面前。偶然间瞥见湖中荷叶上的青蛙，一蹦一跳地自娱自乐，我的心一下子也灵动起来。因为我想到了大明湖那么多轶事趣话，其中就有这个古灵精怪的小家伙。明末山东著名的诗人王象春，总结出了大明湖的"四大怪"：恒雨不涨，久旱不涸，蛇不见，蛙不鸣。不如我就跟着轶事趣话，再一次走进大明湖风光旖旎的情怀。

济南城有句老话，说是大明湖"有草无蛇，有蛙不叫"。民国时期，传奇将军张宗昌执政山东的时候，因此写了一首著名的打油诗《游大明湖》："大明湖，明湖大，大明湖里有荷花。荷花上面有蛤蟆，一戳一蹦跶。"张将军还真说对了，大明湖的蛤蟆，只蹦跶，但不叫。这青蛙在世人眼中算是吵闹家伙。古人写得好，唐代贾弇的诗"蜃气为楼阁，蛙声作管弦"，宋朝大文人苏东坡的诗"雨过浮萍合，蛙声满四邻"，这青蛙个个都是大嗓门，怎么就大明湖的青蛙不叫呢？

故事是这样的，据说有一年，乾隆皇帝下江南，途经济南城，下榻在大明湖南岸的巡抚衙门里。这一场雨后，大明湖中的青蛙小子和蛇仙们，可是高兴坏了，鸣歌载舞，热闹非凡。可是一路之隔的乾隆爷，被吵得一宿都没有睡好，辗转反侧，只好秉烛夜读，聊以趣味。第二天，侍从们知道这件事，便逢迎乾隆爷，说："您是皇上金口玉言，您下道谕旨，让大明湖的蛙不叫，蛇不行，不就行了吗？"果然这乾隆爷的口谕，被侍从太监们骑着马在大明湖转着圈地一宣布，大明湖里的青蛙便哑口无言了，蛇也不敢在大明湖行走了。

我伫立历下亭，目之所及，蓝天白云，湖水潋滟，碧荷花开，游船漾荡。历下亭经过多次修缮，一派典型的中国园林特色。小径石路迂回，花木山石掩映，充分体现了园林的层次感和含蓄美。陆游名句"山重水复疑无路，柳暗花明又一村"的意境，用在中国园林营造上最为生动。

一队游客此时也在导游率领下，来到了长亭这里，我也凑过去听。女导游济南风味的普通话说得很有趣："大明湖久旱不涸，一个原因是众泉汇流，一个是由济南城地理构造决定的。济南城属于盆地，而地下又是不透水的火成岩，所以大明湖水不会枯竭干涸。"

"有关大明湖水位的稀奇之处，大多传说是有千佛山的菩萨们保佑着。其实作为一处天然湖泊，大明湖水来源于城内珍珠泉、濯缨泉、芙蓉泉、王府池等诸泉，可谓众泉汇流。虽然大明湖水源充足，但是排水也便利，湖水出东北汇波门，经泺水河注入小清河。这项工程是由唐宋八大家之一的济南太守曾巩所建，用来调节大明湖的水位。既能保证济南城民众吃水的问题，又可以逢大雨涨水之时，顺利由北水门流入小清河排走。"导游的话，讲得很透彻，游客们纷纷点头，我也长了知识。其实我们生活中许多神奇之处，都蕴含着丰富的科学道理。只不过没有过多地深入研究和发现而已，所以经年累月传下来，便越来越神奇。

大明湖，在北魏郦道元《水经注》中称"历水陂"，唐时又称莲子湖。从金代文学家元好问著文《济南行记》流传开始，始有大明湖的称谓。大明湖作为一处风景名胜，之所以盛名远播、历久弥新，自有其与众不同之处。它自然风景和人文内涵兼而有之，不仅风光秀丽，更有深厚悠久的文化积淀。

大明湖风物绝佳，受到历代文人墨客的钟爱，留下许多美轮美奂的诗词文章，也流传着无数可歌可泣的英雄故事。在这里不仅有辛弃疾的铿锵战鼓，也有铁铉的视死如归；有苏东坡的去国怀乡，也有李清照的儿女情长。

大明湖之美，我的拙笔是写不出来的。就算当年的刘鹗先生也都诚惶诚恐，不敢担起大笔。这一次游览大明湖，我只是换了角度去看，忽然发现大明湖的美，竟然如此有趣。想着大明湖的各种妙趣，看着大明湖的美景，脑海里竟然涌出的是一句大俗之语："大明湖畔的夏雨荷，你还在吗？"

趣说黑虎泉

在游客眼里，济南的泉水当属趵突泉名气最大。趵突泉不仅有"天下第一泉"的名号，更是康熙和乾隆两位皇帝认可的。但是在济南百姓眼中，最亲民的当属黑虎泉，因为黑虎泉的泉水谁都可以来打，免费的公园也可以随便玩。

从趵突泉公园出来，沿着一条时窄时宽的石砌小路向下走，一边欣赏老城风光，一边说着话，不知不觉就到了黑虎泉。护城河公园真是漂亮，从上面向下看，护城河呈"品"字形，河里人工堆砌的石头多，泉水也多。有的地方冒出的泉水只是涓涓细流，可一经八方汇集，再从石隙间流出，立刻水花飞溅；有的泉水从石砌的墙上落下，在小溪里潺潺流淌，不时打出几个旋涡来；有的泉眼被弄成造型怪异的自来水管笼头状，别出心裁，很受孩子们喜欢。

黑虎泉的泉水清甜甘洌，质地冰津清澈，是附近泉城老百姓居家生活少不得的好水。不管五冬六夏，每日里取水者不断。尤其是老人们，锻炼完身体，顺手灌上一桶天然矿泉水，乐呵呵骑着自行车回家泡茶做饭，已经是一种生活习惯。我就看到了一家三口，孩子还在婴儿车里，妈妈推着，爸爸在那打了一大桶福泉的水，然后上坡的时候，由于阶梯比较陡，爸爸随手抱起婴儿，还一并提起了五升的水。

黑虎泉称为福泉，就冲着这个名字，不渴都想喝两口，所以大家都愿意把泉水打回家。福泉的水随便喝，随便打，就是不能洗脚洗澡。有本事你把家里的大水缸抬来灌满，也没有人管你。黑虎泉附近的茶楼，还有机关单位，从来都是开着车来，一拉溜排开几十个二十升的大桶。

黑虎泉位于南护城河南岸，如今已是美丽的敞开式公园。黑虎泉源在陡壁下一个深邃的洞穴内。洞中上有巧石悬挂，下有顽石激流，左右秀石错落。古时洞前有一黝黑巨石，泉水奔流直下，击打石头，声如虎吼。加之巨石似一踞伏的猛虎，故得"黑虎"之名。明代晏璧的《济南七十二泉》诗，写出了黑虎泉的气势："石罅水府色苍苍，深处浑如黑虎藏。半夜朔风吹石裂，一声清啸月无光。"清代的刘鹗在《老残游记》中，对黑虎泉以及周遭百姓的描述也颇详尽，写出了市井百姓的生活状态。

黑虎泉的涌水量在济南名泉中仅次于趵突泉，居第二位，涌水量最大每日四点一万立方米。历史上记载黑虎泉，及其附近琵琶、溪中、九女等名泉十四处，组成黑虎泉群。历史上黑虎泉只有三次断水，并且很快复喷。

黑虎泉取水点这里最是热闹，许多人拿着瓶子在那里接水。有的豪爽大叔则先接了喝上一瓶，再灌上一瓶带走。为了跟着大家一起开心，尝尝黑虎泉水的味道，我更是直接把一瓶没有打开的矿泉水直接倒掉了，接了满满一瓶，仰头喝下几口，感觉凉丝丝的还有一点甜，舒爽得想呐喊一声。抬头又看了一眼"福泉"二字，忽然感觉自己喝的不是普通泉水，而是幸福之水，瞬间被泉水打通了"任督二脉"，一种通透之感，布满全身。

明嘉靖年间，黑虎泉洞穴上方曾建有黑虎庙，院内院外，花木扶疏，景色佳丽。如今，在黑虎庙旧址新建了一处小庭院。院内朴素大方，清雅宜人。东有月门、茶亭，西有曲廊小亭、假山叠布。休憩其中，令人心旷神怡。黑虎泉风景秀丽，情趣别致，东临解放阁，西依泉城广场，闹中取静，实是休闲娱乐的好去处。

既然到了黑虎泉，怎能不喝上一回茶。淡淡的日照绿茶，被黑虎泉水一烫，清香立刻充盈整个茶室。看着墙壁上绘制的黑虎泉版画，我一下子想到了或许赛珍珠也曾在这里喝过茶，她的文学作品《大地》中，也有这样的泉水在奔涌。想着这位了不起的女性以及她的故事，我心里顿时荡出一波波涟漪。

趣话五龙潭

五龙潭，金代《名泉碑》所著录的济南"七十二名泉"之一，当时称其为"灰湾泉"。据史书记载，此潭六朝时称其为"净池"，宋时又称"四望湖"。

据《水经注》记载，北魏以前就有这片水，称净池，是大明湖的一隅。相传，五龙潭昔日潭深莫测，每遇大旱，祷雨则应，故元代有好事者在济南旧城西门外潭边，新建五龙神庙，内塑五方龙神，自此便改称五龙潭。

其中有一眼泉的名字叫作七十三泉，说来还有一段佳话。清乾隆五十六年（1791 年），著名学者桂馥命人在五龙潭西侧修建潭西精舍，以作禅修。孰料在挖地基时，挖出一个泉眼，泉水汩汩喷涌，水势甚佳。桂馥大喜，大宴宾客，请众人为此泉起名。众人七嘴八舌，所起的名字都不甚理想。最后桂馥灵机一动，为此泉起名为"七十三泉"。众人无不称妙，桂馥还赋诗一首："名泉七十二，不数五龙潭。为劳算博士，筹添七十三。"

关于五龙潭的形成，传说甚多。元代散曲家张养浩在《复龙祥观施田记》中记载，这里是唐胡国公秦琼府邸遗址。

秦琼是唐开国名将，祖籍济南。与程咬金、罗士信都是隋唐时代的名将，他在公元 638 年，贞观年间去世后，他的儿子秦怀道一直居住于此。传说，唐玄宗李隆基末期，由于朝政荒废，奸臣当道，民不聊生。秦怀道正直不阿，看不惯朝纲败坏，便与一些仁人志士在府里聚集，席间痛斥朝廷的腐败与奸臣的恶毒。结果被小人告发，奸臣便在玄宗面前污蔑，玄宗大怒，派人来济南缉拿秦琼之子，并将秦府抄家。结果朝廷官兵快到秦府时候，突然电闪雷鸣，有人见五条金龙闪现空中，随即秦府塌陷，形成渗坑，大量水冒出，形成了今天的五龙潭，自此秦府便消失，被一池潭水取代。

五龙潭，其实在北魏时期就已经出现了。当时人们在此祈求五龙神护佑，以保风调雨顺，五谷丰登。因为五龙神有求必应，十分灵验，名声远播四方。五龙潭所在的五龙潭景区，与著名的趵突泉景区仅一街之隔。景区内散布着形态各异的二十余处古名泉，构成了济南四大泉群之一的五龙潭泉群。五龙潭还是济南诸泉中最深的一个，泉水碧绿凝重，深不见底，终年涌流不息。

关于五龙潭的传说很多，五花八门，众说纷纭。据历城志书上记载，曾有水性好的人潜入潭中，竟然发现一处保留完好的府院，上写"秦琼府"。里面用具齐全，似有人居住于此。明代还有人在潭边见秦琼显灵，驾驭五龙为百姓布雨。

五龙潭自古异相频生，怪事连连。考证记载，一是此潭在深夜突然沸腾，随即有一处唐代府院浮现，这在《山东志》有明确记录。还有一次是一夜之间潭中水声巨响，第二天清晨水面漂浮大量古书画册。

有一年，济南地区大旱，千年没有干枯过的五龙潭，也历史性地第一次枯干了。当时潭水面积被缩小到一洼之距，潭里有大量的放生鱼龟，为了不让这些鱼龟因为水干而遭殃，人们准备把鱼龟全部打捞上来转移到别处。神奇的事情出现了，水里的鱼龟神秘失踪。

转年，济南地区雨量增大，五龙潭又恢复了过去的喷涌。从前消失的那些鱼龟又回到了五龙潭。闻听喜讯，百姓奔走相告，纷纷前来探望观赏。科研工作者断定，潭底必然有秘密水道与外界沟通，而百姓则认为此潭里面有秦琼化身的龙在守护。

如今的五龙潭，风景秀丽，建筑精美，交相辉映，美不胜收。泉水肆意流淌于青石板上，或涓涓，或潺潺。花香四溢，随风飘荡于亭台楼阁之间。游走潭边，用心去感知生命的脉动，用情去抚慰历史的沧桑。

千佛山览胜

千佛山位于济南市南部偏东之处，离市中心不远。千佛山峰峦起伏，林木森森，恰似济南的天然屏障。晚清小说家刘鹗在他的《老残游记》中写道："只见对面千佛山上，梵宇僧楼，与那苍松翠柏，高下相间，红的火红，白的雪白，青的靛青，绿的碧绿，更有那一株半株的丹枫夹在里面，仿佛宋人赵千里的一幅大画，做了一架数十里长的屏风。"

从学府大酒店出来，往左拐大约一百米，过一个红绿灯路口再走三百米左右就到了千佛山。距离近得有点出人意料，仰望翁郁叠翠间的千佛山，有一种欣喜在心里激荡。花三十元钱买了门票，不贵也不便宜。千佛山景区规定，六十岁以上的老人，无论是本市市民，还是外地游客均享受免费入园。我来的时候，正好赶上百年大庆，公园大门口摆了很多鲜花，造型各异，装点得千佛山更加秀丽可人。

迎门便是许多罗汉，相貌或老或少，或善或恶，或美或丑，给人一种艺术的享受。当然，我在千佛山是不敢造次的，不敢高声说话，也不敢拍照，因为怕惊扰了这里面的各路神仙。怀着敬畏之心走到佛像前，仔细看旁边的介绍，体悟他们成佛的过程，内心非常安宁和祥和。

千佛山古称历山，亦名舜耕山。舜，中国上古时代的部落联盟首领。相传上古虞舜帝为民时，曾躬耕于历山之下，因此称舜耕山。据史载，隋朝年间，山东佛教盛行，虔诚的教徒依山沿壁雕刻了为数较多的石佛，建千佛寺而得名千佛山。

沿盘道西路登山，途中有一唐槐亭，亭旁古槐一株，相传唐朝名将秦琼曾拴马于此。半山腰有一彩绘牌坊，即"齐烟九点"坊。据说登上一览亭，凭栏北望，不仅可以看见大明湖，而且还能够遥瞻黄河。古人那时候，平畴沃野，视线自然极佳，黄河如玉带般缥缈逶迤的景象，不知生了多少诗情画意。

抱着这样的心情，我脚底生风，走得飞快，恨不得一步踏入一览亭。我气喘吁吁登上亭子，叉着腰尽力极目远眺，面前却只能看见泉城一派锦绣繁华的景致，那些鳞次栉比、造型各异的高楼大厦，在阳光映照下绚丽生姿，五彩斑斓。

千佛山上的石佛雕刻，集中在兴国寺后的千佛崖上。寺门外西南上方的山崖上刻有"第一弥化"四个篆体字，每字约有四米见方。千佛崖上有隋代石佛六十余尊，年代悠久。

千佛山是泰山的余脉，海拔二百八十五米。因为有台阶方便登临，所以上千佛山，便成了一项健身运动。泉城的老人们，更是每日早早来爬山锻炼，使得千佛山热闹非凡。

我属于比较懒的，特别累的项目一般都不敢参加。虽然山并不高，沿着台阶一步步攀登上去，我还是微微出汗了。沿途也有一些正在复修之中的寺庙道观，虽然规模不大，却古色古香。

从南门进入景区，沿着盘山公路大约行走二十分钟之后，便到达半山腰的历山院，这里是济南本地人烧香祈福的地方。从历山院出来，走几步就到了舜帝庙。我对济南有崇拜感，原因之一就是舜曾在这里耕种。清代学者翁方纲在他的《千佛山》诗中写道："山对济南城，人言帝舜耕。登临记秋晚，几案与云平。曾巩文传久，开皇像凿成。历亭遥望处，痁痳倚栏情。"

小时候看小人书，就了解舜，喜欢舜。舜从小受父亲瞽叟、后母和后母所生之子象的迫害，屡经磨难，仍和善相对，孝敬父母，爱护同父异母的弟弟象，故深得百姓赞誉。舜生于姚墟，辛勤耕稼于历山，渔猎于雷泽，在黄河之滨烧制陶器，在寿丘制作日用杂品，在顿丘和负夏一带经商做生意。因品德高尚，虚怀若谷，所以在民间威望崇高。

他在历山耕田，当地人不再争田界，互相谦让。人们都愿意靠近他居住，两三年即聚集成一个村落。当时部落联盟领袖帝尧，年事已高，欲选继承人。问之于天下，四岳一致推举舜。于是，尧将自己的两个女儿娥皇、女英嫁给舜，让九名男子侍奉于舜的左右，以观其德。又让舜职掌五典，管理百官，负责迎宾礼仪，以观其能。皆治，乃命舜摄行政务。我对三皇五帝，这些我们民族的人文始祖们素来敬仰，不自觉地双手合十，拜了三拜。

因为历山，才有了大明湖的历下亭。以前读《老残游记》，总觉得这个历下亭名字很是古怪，不知道有什么来历。当我驻足在历山，满心是舜的丰功伟绩、光辉形象，一下子明白了历山之下大明湖，大明湖畔历下亭。

千佛山景区，算得上是景中有景的地方。喜欢爬山的人，肯定觉得千佛山还不能称之为山，因为太过于局促。喜欢佛学的朋友，把这里当宝地，因为这里是千佛之地，灵光闪耀的地方。对于历史爱好者，一个历山便足以令人唏嘘不已，更何况这里留下了那么多历史文化名人的诗词歌赋。

弥勒胜苑，位于千佛山东麓，这里风景秀丽，视野开阔。弥勒胜苑占地面积三万平方米，由雕塑欢喜弥勒佛、樱花园和附属建筑物等组成。大肚能容，容天下难容之事；开口常笑，笑世间可笑之人。这副在佛教寺院弥勒殿堂门前经常见到的对联，可谓妇孺皆知，脍炙人口。它既是对弥勒佛宽宏大量、乐观豁达形象的一种描述，也表达了中国人对待生活的一种态度。自古以来，民众瞻仰和膜拜弥勒大佛，除了一份虔诚的祈祷之外，还能寻求到一种快乐，一种洒脱，一种释然。

兴国禅寺，在千佛山山腰，占地三千平方米，是济南著名的香火胜地。殿内塑释迦牟尼、大悲观音、地藏王菩萨、十八罗汉、四大天王等佛像，造型生动，惟妙惟肖，堪称海内外精品。兴国禅寺的寺门朝西，这里正是"俯瞰齐烟九点，远瞻鲁火一处"的绝佳胜地。兴国禅寺的牌匾，是佛教人士赵朴初题写，古韵盎然，端正俊逸。两边抱柱的楹联石刻是："暮鼓晨钟，惊醒世间名利客；经声佛号，唤回苦海梦迷人。"这是济南秀才杨兆庆书写的对联，很有禅意。

观音园内，矗立着白衣观音，庄静慈祥，面露微笑。这座高达十三米的石像，为观音园中最大者。我慢抬脚、轻落步，唯恐惊扰了这些菩萨大士们。山路逶迤，景色绮丽，走走停停，看看瞧瞧，不知不觉竟然走到了黔娄洞。洞中上端，有石刻一方，写着"黔娄洞"三个字。洞深数米，三折之后呈长方形，为人工开凿，类似房间，面积二十平方米，高两米，正中间有黔娄的坐像，旁有小字记载黔娄子的身世。

黔娄子，周代齐国人，修身清节，不事王侯，隐居在这里，凿一石洞，终身不下山，曾著书四篇，名《黔娄子》，皆言道家的事情，鲁共公听说他有才能，就派使节聘请他做宰相，被他拒绝。齐威王每遇兵败，就来请教，黔娄子授给他秘语，遂转败为胜。

黔娄子死后，他的好友，孔子的高足曾参前往吊祭，看到黔娄子停尸在破窗之下，身着旧长袍，身下垫着烂草席，用白布覆盖着。由于这块白布短小，盖头就露出脚来，盖上脚就露出头来。不禁为之心酸，就说："把布斜过来盖，就能盖住黔娄先生的全身了。"不料，黔娄子夫人却答道："斜之有余，不若正之不足，先生素来生而不斜，死而斜之，这会违背先生的生前意愿的。"

黔娄子的故事流传下来很多，很多人对黔娄子有所了解，对黔娄子的妻子也很熟悉。在初中课本中，陶渊明先生写的《五柳先生传》里，文章结尾处写道，赞曰："黔娄之妻有言：'不戚戚于贫贱，不汲汲于富贵。'其言兹若人之俦乎？衔觞赋诗，以乐其志，无怀氏之民欤？葛天氏之民欤？"所以啊，黔娄子之妻是安贫乐道的贤德之妻，难怪她支持丈夫的做法，愿意和丈夫同甘共苦，夫妻间志同道合是多么重要啊！后来黔娄子夫人继承夫君遗志，设帐授徒，专心教化，仁慈俭约，为贤惠妻子树立了一个可贵的典范。曾子感慨地说："唯斯人也，而有斯妇！"我们未尝不可以说："唯有妇也，而有斯人！"

黔娄子弃繁华富贵如敝履，与他的信仰有关。道家学派，痛恨不平等的社会，鄙视富贵利禄。难能可贵的是他的夫人，贵族出身的施良娣，知书达礼，明媚灵巧，称得上秀外慧中。施良娣豪气如云，从贵族家庭的娇女，变成平民庐中的黔娄夫人，从此脱下绮罗换上布衣，洗尽铅华插上荆钗，躬操井臼。下田与丈夫一同耕作，晨兴理荒废，戴月荷锄归。穿的是自己纺织缝制的衣服，吃的是自己种植的五谷及菜蔬。正是：黔娄有妻应无恨，一世布衣又何妨。

千佛山，佛光普照，但是更为后人铭记的，当是黔娄与施良娣。佛在理想和虚空中，而黔娄与施良娣这样品德高洁的人则活在我们的生活里。

第八辑

寻常日里泼茶香

我们都有泡茶的经历。我自己平时也喜欢喝茶，一般都是在周日下午，太阳用慵懒的目光看着我的时候，我会有极有兴致地泡上一壶茶。

我有一套湘妃竹的小茶几，做得古色古香，还镂空刻着"茶缘"两个娟秀的字。几个汝窑淡青色茶盏，简单不失韵调。洗茶、冲泡，一套程序下来，品着自己独到的工夫茶，眼光是柔和的，心情是惬意的。

人到中年，总会爱上慢生活。年轻的时候喜欢喝饮料，直冲鼻尖的凉气和青春女孩的撒娇任性，搭配得天衣无缝。现在的我已到中年，如同经历了茶道中的第一道工序，洗去小女子的羞怯与懵懂，收获了端庄和知性。当一个个平凡的日子被倒入茶盏浸润过后，中年女人从美丽过渡到了优雅，从形体到风貌都获得前所未有的改变。

古往今来，众多文人墨客无不嗜茶，却很少有人真正懂茶。白白糟蹋了那生于青山，长于幽谷，看似貌不惊人，泡则氤氲缭绕，蕴尽人间风情的极品好茶。他们不是静静找寻茶汤中蕴藏的洁净、美好，不能在缥缈茶雾中，体会那独有的美感和意境，无法体味东坡居士捧盏独品中，悠然吟出的"从来佳茗似佳人"的千古绝句。

庆幸的是，如今的女人越来越独立，她们用自尊、自爱、自强、自信及善于学习、永不自满、勇于开拓的精神，用岁月这把老壶慢慢冲泡地老天荒的时光，品味着恬淡如茶的人生。

爱美之心人皆有之。美，源于人们对生活的热爱。每个热爱生活的女人都希望自己是完美的。美丽容颜是上天恩赐的，是与生俱来的，是先天遗传的，但美丽气质却是内蕴的，是需要时间来慢慢修炼的，是后天培养的良好修为与素养。尽管不同的时代有不同的审美标准，但优雅得体却是女人一生追求的至高境界。

中年女人，真正懂得了沉淀自己，内修自己，提升自己。如果把青春比作头道茶的话，真正会品茶的人，往往最中意"二道茶"。因为，茶在泡第二道的时候，清香醇厚的味道，柔和的茶色才慢慢体现出来。优雅是在岁月的磨砺中，不断地自我完善，不断地自我纯净，于时间中沉淀下来的生命精华。那二道的茶水，是水和自然的拥抱，是茶和心情的交融，是自己对自己的赞同。

茶有那么多种，无论你喜欢哪一种，都算与茶结缘。茶中所能表现外在优雅的那些清韵，也是女子的情怀。女子的情感是温婉细腻、善解人意且成熟理智的，我想那是二道的大红袍。女子热忱地对待身边每一位朋友，能够恰到好处地给人温暖和关怀，给人心灵妥帖的抚慰，我想那是香醇的二道"水仙茉莉花"。女子对人友善，待人真诚，善待每一个生命。其温柔善良宛如三月醉人的春风，给人暖暖惬意的味道，那会是二道的"信阳毛尖"。女子的温婉体贴犹如夏日里的一抹清凉，给人清新舒畅的感觉，懂得不断地用学识充实自己，在学习中芬芳自己的生命，用知识滋养高贵的书卷气质，我想那会是二道的"西湖龙井"。女子独立自信，拥有自己的天地，在言谈举止、一颦一笑中流泻出淡淡书香，显露超凡脱俗的雅韵。人格魅力时时影响着身边的每个人，我想又会是彰显品质的"祁门红茶"。

这些二道茶水般优雅的中年女人，是一道独特的风景。如空谷中的幽幽兰花，似如水月色里的洞箫声声，超俗不凡的气质令人心旷神怡，轻言浅笑的韵味让人回味无穷。我们举起琥珀样的茶水，以茶代酒，为我们厚重的心思和奋斗的过往干一杯，也为那些一直努力着的人饮尽苦痛，饮尽五味杂陈，饮尽生活的满杯。

好水烹茶

明代张源的《茶录》对煎水的过程做了绘形绘声、惟妙惟肖地描写："汤有三大辨，十五小辨。一曰形辨，二曰声辨，三曰气辨，形为内辨，声为外辨，气为捷辨。"古人对于"汤候"的要求是有科学道理的，水的温度不同，茶的色、香、味也就不同，泡出茶叶中的成分也就不同。

有了名茶好水，还要讲究烹茶艺术。《红楼梦》对此也有描写："妙玉自风炉上扇滚了水，另泡一壶茶。"名茶冲泡要掌握好开水温度，如果是绿茶，一定宜用七八十度的水冲泡。不仅使茶叶清醇幽香，而且茶叶品质又不受损坏。

古人把茶饮，看作一种艺术。茶是自然之选，生活尚品。所以对于茶饮的方方面面，都本着和谐于茶、尊重于茶的原则十分讲究。古人饮茶，对泡茶的水温是十分重视的。泡茶的水，要武火急沸，不要文火慢煮，以刚煮沸起泡为宜。用这样的水泡茶，茶汤鲜亮、香味高远。这和我们现代人的泡茶理念不同。我们现代人，不同的茶，用不同的水温。现代人认为水沸腾过久，水韵挥发殆尽，泡茶后的味道，便大为逊色；未沸滚的水，水温低，茶中有效成分不易泡出，香味轻淡。

一般来说，泡茶水温的高低与茶叶种类及制茶原料密切相关。较粗原料加工而成的茶叶，宜用沸水直接冲泡，比如红茶、普洱，还有黑茶。用细嫩原料加工而成的茶叶宜用降温以后的沸水冲泡。

我个人认为，女子一边读书一边看着茶雾蒸腾，润染在淡淡的茶香中，可能是最美的情致了。就像大才女李清照，无论在多么艰难困苦的岁月里，都会用一盏茶熨帖疲倦的身心，悠然而生那份掩藏不住的顿悟之心。

我的一位同学，出身于书香世家。她从小就在做老师的父母熏陶下，读遍中外名著。她长得并不漂亮，但她走在花团锦簇、浓妆艳抹的女人中间，格外引人注目。是气质、修养，是浑身流溢的书卷味，使她显得与众不同，特立独行。"腹有诗书气自华"，这句话用在她的身上，真是太合适不过了。与她闲谈，她总能令人神清气爽，从她身上看不出俗气的味道。跟她交往，常使人了无城府，阳光灿烂。的确，一个女人，在读过足够的书之后，她会变得很优秀，因为书给了她底气，熏陶了她至真、至美、至纯的情感，使她变得温文娴雅，善解人意，充满优雅而娴静的气息。

从她的身上，我又想到了我的女同事们。学校里许多老师都是书迷。她们不仅在图书馆借书看，还自己从书店买书，从网上购书，可见是多么喜欢读书。她们那么爱读书，有雅趣，常常让我这个忙忙碌碌的语文老师汗颜。我的同事渴求新知，丰富自己，争着抢着让自己"腹有诗书"。所以在这样一群读书人当中，我怎能不做一个"读孔孟之书，达周公之礼"的曼妙女子呢？

有这样一些女子，她们喜欢书。买书、读书、写书，书是她们经久耐用的时装和化妆品。即使衣着普通，素面朝天，也遮掩不了她们优雅的气质，柔美的蕴意。走在雍容富贵、遍身华丽的女人中间，反而格外引人注目。这就是腹有诗书气自华的最好写照，这就是书卷氤氲出来的修养。

我要做书中的颜如玉，跟这些美好的女子一起沉浸在书的美好世界。

做个茶一样的女子

　　清代乾隆皇帝，在游历南北名山大川之后，确定宫廷用水每年取自玉泉山。玉泉山不仅水质好，景色也幽静佳丽。泉水从高处喷出，琼浆倒倾，如老龙喷射，碧水清澄如玉，故有此殊荣。

　　水看似平常，实则真不简单呢。我们常常把女人比作水，把有韵致的女人比作放了不同茶的水。那这些不一样的女人，又是怎样的甘露呢？我想答案是感恩知足，淡泊名利。茶一样的女子待人真挚而热情，笑容发自内心。她们热爱生活、热爱生命，热爱大自然，她们重生活本质、重人间真情、重家庭和美，在平淡中演绎浓郁。

　　茶一样的女人是自信的女人。她们坦然面对一切打击和不幸，不自寻烦恼，不自乱阵脚，不逃避、不自欺，她们生活于现实之中又仿佛超脱于现实之外。

　　茶一样的女人保有自己的一方世界，她们有自己的爱好乐趣，怡情养性；茶一样的女人似幽谷小潭，有深度却清澈见底；如三秋桂子，朴实无华却馨香悠远。茶一样的女人是首小诗，是幅写意画，不需要洋洋洒洒，不需要浓墨重彩，却让人品不尽那份平淡与简单。茶一样的女人天性纯朴，虽身处繁华都市却可以宠辱不惊，身在世俗却不被浮华所影响。

　　茶一样的女人并不是不食人间烟火。她们看似平凡，为生活奔忙，除了工作还要相夫教子，可在她们内心深处永远有一个角落是别人到达不了的，只属于她们自己。偶尔会远离人群发一会儿呆，在这个角落里释放自己、审视自己、欣赏自己，然后对自己报以一丝不易觉察的微笑。

四季的风景在眼前悬挂，潮起潮落在心里变化，流转的时光，过往的色彩，不动声色地在岁月中缠绕。在这个美好的世界里，以一份清闲淡泊轻描世上的繁华，笑看云卷云舒，痴守自己的那份天真、那份清韵，做一个简单善良的茶一样的女子。

茶心

中国人崇尚喝茶。中国茶人崇尚一种妙合自然、超凡脱俗的生活方式。茶生于山野峰谷之间，泉露在深壑岩峰之下，两者皆孕育于青山秀谷之中，喝茶成为一种远离尘嚣、亲近自然的象征。

人们留恋在茶韵茶香中，品一杯香茗，嗅一点清韵，也就是亲近了自然，呼吸了田园的芳馨。喝茶的女子，时时装点着平静日子里的色彩，时时变换着单调日子里的生活。

你看，品茶的女子，从黎明的曙光中走来，从蓝天白云下走近，与清风荷塘相约。慢慢地让自己沉浸在茶香里，周身也氤氲了茶香，把一颗心牢牢地定住，然后让自己沉静。

我办公室里有简单的茶具。一个喜欢喝茶的女子遇到一个得心应手的好杯，就如同采得一枝好花，寻得一支好笔。好花能醒目，茶香浸风骨。

好茶能醉人。历经了茫茫人海的风雨，品味着好茶，欣赏风华绝代的茶一样的女子，亲近风韵韶华的大自然，是件幸福的事。嗅着淡淡的茶香，正如淡淡的心绪，更是美不胜收；细细地端详着妩媚的茶汤，每根神经都欢快地跳跃，乐在其中。一路上有工作相随，事业相伴，茶香萦绕，仿佛人生路上铺满锦缎，如鱼得水，畅快徜徉。

茶圣陆羽有"山水上、江水中、井水下"的用水主张。所以说，用什么样的水冲泡，是非常关键的。

茶看风韵，水贵清纯，人重品质。拥有一颗散发茶香的心，能静观花开花落，用恬静的微笑坦然面对生活的得与失。人与大自然有割舍不断的缘分。茶一样的女子品茶，追求宁静淡泊、淳朴率直的意境。

在淡中有浓、抱朴含真的泡茶过程中，享受"壶中真趣"和心灵宁静。散发茶香的女子，她们从不唯利是图，更不会斤斤计较，她们拥有"达则兼济天下，穷则独善其身"的胸怀，有着"己所不欲，勿施于人"的品行。散发茶香的女子会把家整理得井井有条，宁静而舒适。她们教育子女、孝敬老人，一行一动透着优雅的气息。

茶一样女子，她们的内心是宽容、平和的。她们举止从容、性情淡泊，她们的情感是温婉细腻、善解人意且成熟理智的。茶一样的女子懂得不断地用丰厚的学识充实自己，在学习中芬芳自己的生命，用知识滋养气质。她们独立自信，拥有自己的天地。茶一样的女子喜欢读书，中外名著启迪她们的心灵，唐诗宋词陶冶她们的情操，和她们交谈可以看出她们知识的渊博、聪颖的思维，娓娓的话语如涓涓细流滋润心田。

让我们都拥有一颗茶心，散发幽香，浸染身边的每一个人。

茶香怡人

中国的茶道可谓是博大精深，《红楼梦》中就有这样一段：

> 宝玉笑道："常言世法平等，她两个就用那样古玩奇珍，我就是个俗器了？"妙玉道："这是俗器？不是我说狂话，只怕你家里未必找得出这么一个俗器来呢！"宝玉笑道："俗语说，随乡入乡。到了你这里，自然把这金珠玉宝一概贬为俗器了。"妙玉听如此说，十分欢喜，遂又寻出一只九曲十环，一百二十节蟠虬整雕竹根的一个大盏出来，笑道："就剩了这一个，你可吃得了这一海？"宝玉喜地忙道："吃得了。"妙玉笑道："你虽吃得了，也没这些茶让你糟蹋。岂不闻一杯为品，二杯即是解渴的蠢物，三杯便是饮驴了。你吃这一海，更成什么？"说得宝钗、黛玉、宝玉都笑了。

这一段描写道出了红楼中饮茶者妙玉是一位品茶高手，也是一位地道的古玩茶具的收藏家。真正做一个懂茶的女子真的不容易呢。

在我看来，做女人一定要做茶香女人，拥有茶香的女子是最有女人味的，茶香比任何香水都要好闻。女人味是女人的魅力所在，女人没有女人味，就像鲜花失去香味，明月失去清辉。所以，怎敢不把自己的茶香味道缭绕到永远呢！

茶人总结出什么"关公巡城""韩信点兵"的冲茶方法，都很好地体现了自然知识和人文知识的结合。赏茶有所谓的"雀舌""旗枪""明前""雨前"之分；泡茶有惠山泉水、扬子江心水、初次雪水、梅上积雪之别。品茶还要讲人和环境协调，领略清风、明月、松涛、竹筠、梅开、雪霁等，凡此种种，尽在一具一壶、一品一饮、一举一动的微妙变化之中。茶水中那份升腾氤氲在女子鼻息前的轻雾，我想也能品评为优雅。茶中所能表现的那些清韵也是女子的情怀。

身处教学中的女子，多是喜欢看书的。看书的时候，那神情，那举动都能牵动闪亮的目光，也最动人，最有味道。她们穿着朴素典雅，别有韵味，一条长裙或是一条仔裤，总能透出脱俗的气质。大街上、小路旁，一泻而下的长发，更平添了街景的神韵。不过，现在我的同事们大多剪的是齐耳短发，几乎看不出年龄，每个人都如同雨后的小白菜，散发着勃勃生机。

磨砺成就风韵，风韵是女子的骄傲。她们从不为垒麻将的城墙而腰酸背痛；从不为鸡毛蒜皮的小事而唠叨烦人。她们不忙的时候，会像一只温顺的猫乖乖地蜷缩在小窝里，享受生活的温馨。她们不清高，不张扬，谨慎适度地把握分寸、善待他人。

她们会在心情不畅的时候，对着月亮，抿着红酒，听着音乐，释放着千结愁肠。也会在细雨里，邀伴同游，一朵落花，一片叶子，都能牵出千丝万缕的心绪，还总能吟出"一叶一世界"的情怀。我想，这些都是与生俱来的性格和后天的修养所凝聚起来的闪光点吧。

人生如茶

老师们是喜欢喝茶的，尤其是上了年纪的老师，每日里断不可离开茶。喝没有茶香的水，感觉特别没有味道，没有茶香的水，哪怕是各种口味的饮料，也滋润不了心田。简单地喝茶，简单地工作，简单的快乐，就是一个老师幸福美好的教学人生。

老师们喝茶，主要是为了润嗓子。老师的工作，被调侃为"嗓子的艺术"。没有一副好嗓子，怎么能讲好课呢。拿我来说吧，多的时候一天六节课，少的时候一天两节课，这茶水一时没跟上，声音便沙哑了，讲课的时候，嗓子就说不出话来，光靠"眉飞色舞""比比画画"也就没了神采。就像一位退休的老教师说的那样："没有茶水滋润的老师，讲不出好课来。"

老师们喝茶的品味和习惯，南北差异也很大。有的喜欢喝绿茶，代表就是龙井、碧螺春、黄山毛峰这样的。有的喜欢喝红茶金骏眉、太姥山白茶、武夷岩茶、乌龙茶等。我们办公室的几个老师都喜欢茉莉花茶，茉莉花茶香气袭人，味道清苦，用杯子沏好，大口大口地喝，图的就是滋润喉咙，解渴痛快。前些年普洱茶时髦，各种保健功效宣传得神乎其神，老师当中也风靡了一阵，老师们不仅喝普洱，还聊普洱，俨然要把这种来源于茶马古道的边贸茶系，普及成高雅的文化。

如今许多年轻老师很少喝茶，也不喜欢喝茶，只要瓶装水，不管是矿泉水还是蒸馏水，解渴舒爽就行。说来，他们不讲究喝茶，也是一种进步。因为生活和工作的节奏那么快，年轻的老师在单位里都是挑大梁的，工作特别忙，没有时间安静地坐下来，放松地喝一杯茶。别看年轻的老师现在不喝茶，但不代表以后中年了，甚至老年了不喝茶。

茶水不仅润喉，而且还有清肺的作用。当年神农氏尝百草，以茶解毒，茶是中国文化的重要组成部分。茶如生活，要优雅；生活如茶，要清新。别看仅是简单的喝茶，却是热爱生活的一种表现。中国的茶叶品种不胜枚举，不要说每个市县，就是五里相隔的村庄，十里之距的镇乡，种植和出产的茶叶都各具特色。

欧洲人喜欢喝下午茶，下午茶主要特点就是休闲，而且欧洲人喜欢把下午茶看作一种交际方式。他们喜欢在红茶里加奶加糖，这是不同于中国人的饮茶方式。

我喜欢喝茶，也爱买茶。我在福建旅游的时候买过花茶，是那种最传统的水仙茉莉。在长沙访友的时候买过黑茶，黑茶是湖南安化最著名的特产。在云南过泼水节的时候买过红茶，滇红的味道果然不俗。在杭州寻古的时候买过龙井茶，是路边支起一口大锅，现摘现炒制的那种，味道极鲜。

如今喝茶也多样化了，不再是茉莉花茶一泡就是一天地喝了，开始注意保健养生了。不仅仅局限于喝纯正的茶，也开始喝保健茶。比如有血压高的喝罗布麻茶、绞股蓝茶；血脂高的喝杜仲茶、田七茶；嗓子不好的喝胖大海、薄荷茶；身体胖的喝荷叶茶、决明子茶；身体弱的喝人参茶、当归茶；嫌口味淡的喝桂花茶、菊花茶。真可谓植物花卉皆可茶，百姓生活滋味多。

我曾经遇到过一位喝茶讲究之人，那是我的前辈。每日喝茶，喝什么茶，怎么喝都有讲究。比如绿茶用玻璃杯，观其汤色和上下沉浮之态，水温不能超过八十度。铁观音要用白瓷盖碗，闻其芬芳袅袅，一定要用沸水冲，逼出香气。普洱茶适合用紫砂壶，经久耐泡，时间越久越香醇，茶具还可在手中把玩。至于花茶，前辈觉得味道苦涩，香味过重，只适用于敞口大杯，说白了就是大茶缸子。这位年长我三十岁的前辈，还送我这样一番话："品茶有三乐：独品得神，对品得趣，众品得惠；生活有三宝：知足常乐，平淡是福，心平气和。"

赵州和尚吃茶去，就是一种乐观积极的生活态度。苏州阿婆泡一壶茶置于绣床旁，流露的是平静和优雅。楠溪江上渔翁泥炉烹茶，香气中萦绕的是惬意和祥瑞。我捧着茶，喝的是苦后回甘的滋味，是一种简单而朴素的快慰。

人生如茶，清苦为先，香郁在后。就像我们的生活，平凡而简单，但享受的却是苦中有乐，禅意无限。

宁德茶话

来宁德之前，不知道宁德这个地方，来宁德之后，才知道宁德原来还是茶乡。

五月的宁德，春光明媚，草长得非常繁茂，只要有山的地方就有一汪好水。放眼望去，烟云缭绕之间风光如画，景色宜人。鲜绿整齐的茶园随处可见。徜徉在一处处安逸静谧的茶园里，仿佛身心都被茶香荡涤。

小时候看书，看见"南方有嘉木"这句，觉得非常美，后来才知道是出自茶圣陆羽著的《茶经》。《茶经》开宗明义道出："茶者，南方之嘉木也。"上古传说，神农氏尝百草，而毒于身，唯茶可解毒去秽。茶是中国历史悠久的饮品，普及于秦汉，到唐朝时喝茶已经蔚然成风，形成了茶文化。

百年名茶"坦洋工夫"，别说一般的好茶之人，就算是茶界高级别的人物，都是非常看重的。我以前满耳朵灌的都是十大名茶，是西湖龙井、碧螺春、铁观音、信阳毛尖、都匀毛尖、黄山毛峰、六安瓜片、祁门红茶、武夷岩茶、君山银针。待到我来到宁德，听了导游讲解宁德茗茶历史，我才知道自己才疏学浅，竟然从来没有听说过"坦洋工夫"茶。

宁德茶，关乎历史，关乎地理；宁德茶，关乎民生，关乎经济。宁德茶成了一种文化、一种信仰。没想到我认为的一个普普通通的茶，竟然在宁德有着这么高的经济地位和文化地位。

福建最早的茶业学校创办于宁德，而且现今福建省茶叶科学研究所也在宁德。宁德全市有茶园面积将近九十万亩，茶叶年产量达十万吨。宁德茶叶品种多，有绿茶、红茶、白茶、乌龙茶、茉莉花茶和工艺茶等，茶叶是宁德城市的名片。

"雾谷云山、细雨惠风"这句话是对宁德气候特点的概括，这种环境天然适合茶树的生长。宁德茶香飘四海，声誉满全球，不仅有百年名茶"坦洋工夫""白琳工夫"，也有后起之秀"白毫银针""天山绿茶"。尤其是"坦洋工夫"，在 1915 年的巴拿马太平洋万国博览会上荣膺金奖。

宁德，流传着很多与茶有关的美丽故事。了解了宁德这么多关于茶的事情，自然就要好好品尝一下宁德的茶叶。在宁德繁华的商业中心街上，有一座规模很大的宁茗茶城，专门从事茶叶的批发和零售。

在茶城的三楼有一间有特点的茶室，茶室有个非常别致的雅号"悦茗阁"。茶室花格门两边有一副篆刻在竹板上的对联："古往今来一生茶，天上人间不了情。"

这间茶室全部是中式摆设，一堂的红木家具。顶棚上爬满翠绿欲滴的绿色藤萝，方格窗旁两丛亭亭玉立的竹子，一方通透瘦皱的石山盆景静卧在墙角，白墙上挂着一幅中国水墨丹青的山水画，名曰《宁德茶居图》。最显著的位置是个雕龙刻凤的紫漆木榻，上置一面方桌，桌上一套彩花茶具。能在这么有特色的茶室品茶，我不仅感觉新鲜，心情也特别激动。我和朋友坐好，有位年轻秀气的女子来专门侍茶。那茶谱上的价格从几十元到上千元的都有，其中排在茶谱第一位的便是尚品坦洋工夫。

宁德这里招待客人也是分规格的，一般三道茶已是高规格了，许多外国客商到宁德洽谈生意，就是三道茶的招待，只有挚亲密友、德高望重之人才会享受到四道茶的待遇。最知心的朋友来了，一般会给朋友上四道茶，第一道白茶，第二道绿茶，第三道乌茶，第四道家茶。

中国的茶艺如今都成了表演项目，茶气萦绕，长袂飘逸，再配上丝竹，悠扬婉转，悦耳动听，仿佛仙境一般，有些故弄玄虚，虽然有意境，却觉得怎么也高雅不起来。

在中国茶文化中，茶道是核心。茶道是以修道、行道为宗旨的饮茶艺术，是饮茶之道和饮茶修道的统一。茶道包括两个内容：一是备茶品饮之道，二是思想内涵。在茶事活动中融入哲理、伦理、道德，茶道以茶为媒，通过沏茶、赏茶、饮茶来修身养性、陶冶情操、增进友谊。我在宁德喝的第一道茶是太姥山麓的白茶，这种白毫银针，挺直如针，满身披豪，条形优美，宛若矉眉的西施。一盏雪白的瓷盅，淡淡的茶色，淡淡的清香。对于我饮茶偏好重口的习惯来说，白茶味道有些清淡，但是清鲜甘和的味道，回味悠长。

宁茗绿茶的沏泡要用九十度的水，晶莹剔透的玻璃杯。一般根据口味放入二十到三十个茶芽。宁茗绿茶的茶树，全部生长在云雾高山间。水色清澈明亮，呈现出淡淡的绿意，每个饱满卷缩的茶叶，都在水中慢慢地舒展绽放，娇困欲懒的样子，仿佛梦醒的美人。品一口，味道清香优雅，似有淡淡的兰花味道。而坦洋工夫和绿茶正好形成鲜明的对比。这宁德有名的茶，茶劲儿非常大。一盅坦洋工夫下肚，便觉肠胃蠕动，立刻有了坐立不安的感觉。制作坦洋工夫，从培植繁育，到采茶、制茶、送茶，都有一套严格的责任机制和严密的工作流程、严谨的时间限制。总体来说，坦洋工夫和我比较喜欢的祁门红茶和滇红工夫茶有异曲同工之妙。

家茶，顾名思义也就是各茶家存储的自家茶园最好的茶。无一例外都是茶园里最好茶树产的最娇嫩、最珍贵的茶，由自家老辈人亲手炒制而成。这些茶可以说是无价之宝，都是留着不卖的。一个是自己喝，一个是招待客人。宁德有句俗话："茶家无好茶，不如种黄麻。"只要是宁德茶乡的茶家，必定都有镇家之宝的好茶，就看你够不够资格，让茶家拿出来为你泡上一壶。

阿琴，是我在旅途中认识的一个漂亮的女孩子，她家里有茶园。她把一撮家茶用竹匙盛出，放在盏碟里给我看。阿琴的家茶，外形条索肥壮、紧结、匀整，带扭曲条形，俗称"蜻蜓头"，叶背起蛙皮状砂粒，色泽青黑油润，俗称"蛤蟆背"，内质香气馥郁、隽永，滋味醇厚回苦。喝上一口润滑爽口，汤色橙黄，清澈艳丽。阿琴和我说起她婆婆家的家茶，还讲了一个小故事。

前些年的时候，祖籍宁德的一位华侨衣锦还乡，在故人处喝到了阿琴婆婆家的家茶，极为惊叹，称之为上上品。于是华侨要花大价钱买阿琴婆婆家的家茶。可是阿琴婆婆就是不卖，只愿念着家乡情谊赠送老华侨一坛。因为阿琴婆婆家祖上留下来家训：家茶可送不可卖。华侨十分感动，再次回国的时候也带来了礼物回赠给阿琴婆婆。而阿琴婆婆家的茶叶生意，也正是通过这位华侨，在整个美国的华人圈子里有了名声。就是因为阿琴婆婆遵循家训，正是这因缘巧合，才使得原来很小的生意，现在做得风生水起。

阿琴婆婆的老家在太姥山，阿琴的家在屏南县，两家只隔着一条江，两个地方的茶却有着明显的区别，两家的家茶也大不相同。阿琴的家茶，与铁观音相似，叶体沉重，形美如观音，色泽砂绿光润，具有天然花香，汤色清澈金黄，味醇厚甜美，入口微苦，立即转甜，冲泡多次，依然味道无穷。茶叶在杯底开展，叶片青绿红边，每片茶都带茶枝。阿琴婆婆家的家茶有芽披白雪的姿态，白牡丹叶片细长怀抱着芽头，整体墨绿色、钴绿色交叠，与茶梗的橄榄绿交相辉映，喝上一口，茶的香气是直接明快的，它能直接撞进你的心扉，有一股类似玉兰花、铃兰花的香味。

　　茶家人常说的一句话："感恩天地，每一季茶都是大自然的赐予。"

老茶树

宁德虽然和武夷山隔得比较远，但是宁德茶文化与武夷山地区还是有很多类似的地方。宁德最著名的坦洋工夫便是源于武夷山岩茶。坦洋工夫茶同样具有武夷岩茶"臻山川精英秀气所钟，品具岩骨花香之胜"的特点。

武夷山产茶历史悠久，岩茶始于唐而盛于宋，为历代所推崇。唐贞元年间武夷山一带已有将茶蒸焙后研碎而塑成团状的"研膏"茶制造，这便是最早的武夷岩茶，早在唐代就成为贡品。不知什么时候读过这么一句，"千载儒释道，万古山水茶"，不知道是哪位古人说的，就是觉得好，就永远记在心灵深处了。宋代大文学家苏东坡在咏茶诗中赞道："武夷溪边粟粒芽，前丁后蔡相宠加。"

据记载，宁德的茶大约与武夷山岩茶同一时代。钟灵毓秀，碧水丹山孕育了武夷山岩茶，山清水秀，惠雨和风演绎了坦洋工夫茶。坦洋工夫茶生长在宁德福安丘陵地区的砂岩土壤里，属红茶。不仅锋苗显露，条形秀丽，而且汤色乌润油光，香气浓郁持久，滋味醇厚回甘。

宁德城外，道路两边便是绿莹莹的茶园，茶园远处常见峻峭秀美的山岩，清澈见底的溪水，任意漂流的小竹筏。放眼望去，那些整齐的块块茶田有时就蔓延到远山的深处。凤凰坂是特色坦洋工夫茶生产基地之一，在凤凰坂的深山里有十棵母茶树，据科学家测定有五百年以上的历史了。母茶树生长在云雾缭绕的山谷里，汲天地日月之精华，享风华万物之灵气，这几棵珍贵的茶树所产茶叶量不多，品质却独冠群芳。

从凤凰坂宁茗茶园的研究种植基地步行上山，穿行在岗坡间层层叠叠碧绿的茶园小路上，发现茶树并不高，树梢才到我的肩头。明媚的阳光把习习的山风渲染得格外轻快，阳光把每一颗茶树照得闪闪发光，清新湿润的空气里飘荡着心旷神怡的丝丝馨香。远处的山清幽得像是一块美玉，从高处落下的泉水形成一个个小瀑布。茶园的旁边还有一片片杂树丛，树丛里有很多不知名的小鸟雀，岩壁的石缝间覆盖着层层叠叠的绿苔，这些看起来都让人非常愉悦，置身其中，仿佛是在一个天然大氧吧里，深呼吸，连胸口都格外舒服。置身在一个碧绿鲜活世界，自己仿佛也变成一棵绿莹莹的老茶树。

大约走了一个小时的山路，忽然峰回路转，视线转暗，一个狭窄幽深的山壁缝隙出现在我们面前，笔直的峭壁顶上是一线晴朗的天。我们侧着身子，后背贴着岩石，胸前不到一拳的距离全都是岩壁上密密麻麻的苔藓，往前一倾，胸口马上黏糊糊的。大约走了五十步之后，眼前豁然开朗。映入眼帘的是一座闽北风格的木楼，古旧得有些残破，原来紫色的廊柱窗棂有些灰白了，而且多有裂缝，但是所有的玻璃依旧明亮，有一缕袅袅炊烟飘着木薯的香味。

木楼前有一条小溪蜿蜒流淌，小溪上还有一座竹桥。小溪旁边有一排木头架子，架子上有一棵老藤翠萝，在藤萝的架子底下坐着两位老人。一个须发皆白的老翁，一个精神矍铄的老妪，这一对老夫妻悠闲地喝着茶，不知道的还以为是到了仙境，感觉像是仙人在对饮。不知从哪钻出两只体形较小的狗，就在我不知所措的时候，老翁蹲下身子把两只小狗搂在了怀里，小狗兴奋地叫着。我们的到来打破了这个安谧宁静的世界，也惊动了老人。两位老人慢慢站起身子，什么都没说，只是咧着嘴憨厚地笑。

两位老人互相说着宁德话，我一句也听不懂，老爷爷会说能让我们听得懂的普通话。两只小狗对我发生了兴趣，围着我转悠，并且好奇地上下左右打量我，还用湿漉漉的鼻子头在我手上拱着。其中一只立起身子，把脚搭在我的胳膊上，和我近距离地对视。老翁赶紧把这只比较顽皮和热情的小狗叫住，两只狗有些舍不得地跑到老翁身边，还忍不住回头冲我抛着媚眼。

原来这座木楼以前是座小庵，后被被拆了，只剩下一座破败的两层木楼。两位老人以前也是当地的茶农，因为是五保户，便一直住在木楼里。两位老人喜欢山里的安静，便主动守护十棵老茶树。这里成了茶园最美的风景。在宁德地区许多人也许喝过老茶树产的极其昂贵的茶，但很少有人知道老茶树的家在哪里。在老人的指点下，我们看见了那十棵老茶树，就在竹桥过去的一条上山的小径尽头。离我们直线距离不到百米。这十棵老茶树不像武夷山的大红袍茶树生长在悬崖峭壁之上，而是就处在峡谷崖壁的根部，错落有致地排排列开来，附近几米处都杂草不生。这十棵老茶树都异常粗壮高大，枝干恣意横斜，近百米的峭壁上不时有泉水自岩罅滴落，砸在岩石上，传来悦耳的声音。现在正是中午时分，一缕阳光正好投射在老茶树的身上，茁壮的老茶树神采奕奕，显得异常光华夺目。

站在高大的茶树旁，仰视这些伟大顽强的生命，这些享尽日月精华的大地精灵，任凭风吹雨打，依然昂首挺立。抚摸着岁月留在树干上的皱纹、瘤体，听着汩汩山泉水打在茶树脚边的石头上发出的清越声音，仿佛老茶树正在舒展身体，抽枝展叶，焕发新的生机。这时，有山风吹来，和着茶叶微涩的清香，沁人心脾。几百年来，这些老茶树静静地生活在这里，从来不被人打扰，连野兽也很少光顾。直到寻茶人发现了它们的踪迹，它们才成为茶人的圣物，被敬仰和推崇。

这十棵老茶树的周边有砾石护基，平时老人们已经做得很好了。我们为了表示对饱经风霜的老茶树的亲近和敬重，特意寻找了几块漂亮的石头，放在了护基上。经过科研人员的精心研发和栽培，取老树的新枝用扦插法培植，现如今已经种植出了第二代和第三代的茶树，这十棵老茶树的子孙后代已经生产出很多品质优良的好茶，越来越受人们的喜欢。

老人的老木屋旁有一座茶亭，茶亭不大，仿木亭样式，用毛竹榫接搭建而成。茶亭内有藤桌竹椅，俯身在藤竹椅上，可以看见溪水中有很多小鱼游来游去，还有几只小乌龟懒洋洋地爬在水中的石头上。老人们坐在亭子里，不用别人帮助，又是烧水，又是摆布茶盏，真是老当益壮。

十棵老茶树，一对老夫妻成为永恒的画面。红泥小炉，松树木炭，紫铜水罐，这些情景让我想起了苏东坡老先生的《汲江煎茶》的诗："活水还须活火烹，自临钓石取深清。大瓢贮月归春瓮，小杓分江入夜瓶。雪乳已翻煎处脚，松风忽作泻时声。枯肠未易禁三碗，坐听荒城长短更。"于是，我自告奋勇到亭前小溪里取水。那只葫芦水瓢，伸入溪水中，便招来许多小鱼围观，待我舀水上来时，小鱼又纷纷躲避。老夫妻取出一套看着非常普通的茶具，说这套茶具已有二百年的历史，我禁不住捧在手上细细把玩。我的鉴赏水平有限，看不出这个当年福建官窑陶瓷的妙处，只觉得沉甸甸的，握在手中就像是握着厚重的历史。

第一道春茶，刚斟满我的瓷盏，早已等不及的我也顾不得谦让，仰头一饮而尽。即便是这样的牛饮，也只觉回味甘甜，齿颊留香，尤其是那兰花的清香余味，沁馨怡人，妙不可言。大家见我如此不羁，暴殄天物，都哈哈大笑。

老爷爷幽默健谈，老奶奶则从来没有迈出过太姥山，老爷爷说着饮茶的知识，虽然这都是我早已熟知的，但是老爷爷说来，让我真正地感觉到"莫道醉人唯美酒，茶香入心亦醉人"这句话的飘然意境。喝了一个时辰的茶，和卢仝喝茶后的感觉一样：一碗喉吻润。二碗破孤闷。三碗搜枯肠，惟有文字五千卷。四碗发轻汗，平生不平事，尽向毛孔散。五碗肌骨清。六碗通仙灵。七碗吃不得了，唯觉两腋习习清风生。

在老奶奶忙着做饭的时候，我们又爬到了老茶树那里，坐在葱茏翁郁的老茶树下面，一边说着宁德的茶事，一边听着老茶树枝叶在清风中沙沙作响的声音……那一刻，感觉已经人树合一了。

临别的时候，老奶奶送我一颗茶籽。我把茶籽放在一个小瓷罐子里，茶籽下面是一小撮当地的红色土壤。圆实而小巧的茶籽，从中间微微裂开了四瓣。这颗其貌不扬的茶籽，让我感觉像是捧着老茶树五百年沧桑的魂魄，仿佛看见了五百年生命的轮回，静默间看到无数岁月的来去过往。

这颗茶籽是这十棵老茶树中，从东面数第一棵茶树上掉落下来的，老人不知什么时候捡起来的，也不知为什么放在瓷罐里。说来很奇怪，就在我来的前一天，老奶奶做了一个梦，梦见远方来的客人在老茶树下拾到一颗茶籽。没想到今天便来了客人，于是老奶奶把茶籽送给了我。

我们要走出山谷的时候，听到背后有人在呼唤，我不由得回头去寻找。看见老人们站在竹桥上，向我们轻轻地挥手。回眸一瞥那十棵青翠欲滴的老茶树也摇晃着身子，像是与我们告别。我知道，从此它们已经深深嵌入了我的心灵深处。紧紧捧在手里的茶籽，是历经五百年老茶树的过往，也是新生命的希望。无论经过多少年，走过多少路，无论走到哪里，只要看见这颗茶籽，在悠然的梦里，我就会回到老茶树这里。

太姥山茶园

古人云："青山秀水出好茶。"确实如此，太姥山峰峦叠嶂，沟壑纵横，雾萦云绕，泉叠涧鸣，而且气候温和，空气纯净，雨水丰沛，砾壤肥沃。有了这样幽静的环境，独特的气候，适宜的土壤，再加上几百年来茶农世世代代细心培护，精心种植，太姥山地区形成了独特的种茶文化。

特别是每年4月底、5月初的开山采茶极为热闹，福建茶农都要举行传统的祭祀仪式，不仅极为隆重，而且非常有地方特色。许多宁德籍的台胞和侨眷，都赶回来参加，重温流失的岁月时光。我来的时节稍微晚了半个月，没有赶上场面浩大、仪程烦琐的祭祀仪式。但是还处于春茶采摘季节，于是我便抽时间跟着朋友参观了太姥山宁茗出产白毫银针的茶园。

通往政和县的路有好几条，朋友选择的是出宁德向西走省道，然后在屏南县拐向北面这条路。朋友的坐驾是一辆大型的越野车，小巧玲珑的她坐在驾驶座上，操控着巨无霸似的大车，让我看着总觉得别扭。不少女人喜欢开大车，尤其是个性强的成功女性更喜欢开大车，国内外都是这个意思。在美国，女人们最喜欢的是SUV这样的大车，在澳洲，女人们则最爱旅行用的房车。

汽车驶出城区，渐渐地远离了喧嚣，繁华和尘埃都留在了后视镜里。一路上公路两边绿莹莹的丘陵，几乎都覆盖着茶园。从山脚到山顶，高高低低的绿不断地蔓延，伸展着宁德的春天。由于山区时常云雾缭绕，阳光不是很足，所以气温非常舒适。清新舒爽的空气吸上一口，连喉咙都很妥帖，真是惬意得很。一边欣赏着沿途的风光，我一边问起朋友有关白茶的事。只要是有关茶方面的事，朋友都喜欢聊。这一点在宁德几天时间里，我切身体会到了。

朋友侃侃而谈，如数家珍，不愧是新时代的茶人。朋友告诉我，白茶属于轻微发酵的茶类，以前多是销往东南亚和欧洲，尤其受到贵族女性的喜欢。因为白茶外形自然漂亮，满身披满毫丝，色白如银。喝起来，口感甘和清淡，香气优雅。白茶初制基本需要萎凋、阴干或烘焙、拣剔、复火等工序。白茶分为芽茶和叶茶两种，单芽为原料加工而成为芽茶；采用完整的一芽两叶加工而成的为叶茶，雅称白牡丹。

太姥山的白毫银针早在一九八二年就获得了全国名茶称号，是蜚声海外的名茶。进入太姥山区的时候，路越来越不好走，汽车穿行在茂密的崇山峻岭之间，满眼的翠绿，只露出湛蓝天空和一朵朵雪白的云。车子在盘山公路上，弯弯曲曲地上下迂回，前后只有我们一辆车。山区环境出奇的安谧，偶尔有几声小鸟清脆的串鸣回荡在空旷的山谷。翻过几个小山头，山路终于慢慢地开始平缓，陡峭的山峰幽谷也换成了一块块的茶田。朋友指着公路两边一望无际的茶田告诉我，这都是白茶田。看着我惊讶的表情，朋友嫣然一笑："在我们这里，这个茶园只不过算是中等规模的。"

因为我心里有了十棵老茶树的情结，我便想看看这个茶园的老茶树，朋友这次没等我说完便痛痛快快地答应了。朋友把我已经看成了茶家，所谓茶家，即是爱茶、懂茶、知茶的人。这让我想起之前我们文化馆组织过的一次名家讲座。讲座的是一位知名的散文家，会后，这位散文家举办赠书活动，我拿着书请其签名以留念，我记得这位散文家在书的扉页上写的就是"请郭娟方家留念"。茶家，这是我第一次听到有人给我这么美妙的雅号，让朋友感觉自己是个懂茶的方家，一时间我很是扬扬自得。因为有了老奶奶送我茶籽的故事，还有我发于内心对茶的那份纯真的情感，对于"茶家"这个称呼，我由衷地热爱。

看到有关白茶的介绍：一杯清茗，萦绕着茶思、茶梦、茶缘，诠释人生恒远的美丽。不管岁月如何流逝，唯有茶香依旧守约而来，无论岁月如何变迁，唯有茶香氤氲如故。太姥山茶园的厂区分两个部分，前面平整的一块坪地上是几栋当地古民居式的建筑，极是精致纷繁，很有闽北特色，这几栋民居式的建筑是办公区。后面郁郁葱葱的树林里是一排排高房大屋的生产区，白毫银针就是在这里被加工成为杯中妙品的。整个茶园静悄悄的，看不到一个人，朋友告诉我，现在采茶的茶工都在休息，因为白毫银针要在早上采摘，制茶的师傅这个时间正在茶棚里萎凋茶叶。

我知道采摘茶叶有许多讲究，惊蛰前开始，茶事起于惊蛰前，其采芽如鹰爪，初造曰试焙，又曰一火，其次曰二火。二火之茶，已次一火矣。故市茶芽者，唯同出于三火前者为最佳。所以，尤其是当叶子含有一定养分，还没有发力疯长时最佳。雨水过多或气温过高，都影响茶叶的品质。采茶人手不能有汗，最好是年轻的女孩。

我参观过两个茶园和茶厂，采茶人都像搞高精尖科学研究似的，要穿上比白大褂还厉害的无菌服和无菌鞋，跟制造医药那种感觉似的。我以前不知道，茶树也是要有母树的，就像是水稻中的种子稻。"好茶有好树，好树不一定出好茶。"这话听起来就别扭，可是朋友却说，这是几百年的一句茶谚语。白毫银针的老茶树是一片茶田，大约有三百棵，有二百年的历史。这里出产的白毫银针茶苗几乎都来源于这些母树，这些白茶母树经过科学培育和改良后，茶苗被广泛种植。

穿行在杂树丛生的山路，有的时候，好不容易爬上一个山冈，发现路不对，又需要马上回转；有时候还要侧着身子，贴在一面的岩壁上。对于这样的小山小丘，朋友如履平地，可是对于我就有些过于艰难了。

半个小时的山路过后，我们终于到了，我气喘吁吁、汗流浃背，腿酸得已经抬不起了。本来有一条可以通车的山路，我们没有走。朋友是山里长大的孩子，对于翻山越岭早已习以为常，不过她今天穿的是一双类似羽毛球鞋的帆布鞋，底子很薄，踩在小石头上很是硌脚。站住脚，喘了好半天，气息才匀了一些。好半天之后，才抬眼顾得上环视四周。这里到处苍翠欲滴，鸟语花香，真是一个美丽的地方。朋友指着面前的山峰给我看，果然是我在山下看到的笔架峰。朋友又指向一个峭壁石崖缝隙间的瀑布告诉我，老茶树就在那里。

我们坐在山顶上享受着风和日丽，欣赏着旖旎风光。于是，我便让朋友再讲些有关白茶的茶话。朋友便兴致勃勃地讲起了一段太姥娘娘以茶当药，救难百姓的故事。太姥娘娘是亲切慈爱的太姥山女神，传说是尧帝之母，与许多精灵渊源很深，拥有触碰心灵、能千变万化的神器"白茶枝"，帮助人类和精灵们放下执念向善。这个故事我以前听过，但是朋友讲来更是仿佛身临其境。朋友还讲了流传在屏南县老和尚以茶代酒渡山贼，明福王祭茶哭列祖等脍炙人口的几个小故事。

我们坐在很大的一潭池水的旁边，这潭池水由山坳里的瀑布直泻流下而汇聚而成，感觉凄神寒骨。站在飞流瀑布的千仞之下，仰望面前那山坡之上宛如长在芙蓉花瓣之中的二百年老茶田，它们饱经风霜，却依旧含翡吐翠、生机勃勃，朝朝暮暮饱吸着天精地华。伴着云来雾往，惯看春花秋月，仿佛修身养性的老者，一派道骨仙风，悠然自得。

是啊，不管岁月如何流逝，唯有朋友依旧守约而来，香飘万里，茶香如故。

乌镇茶香

在江南有很多茶馆。江南水乡的生活，用老人家的话说："最惬意的事情一是'皮包水'，二是'水包皮'。"皮包水指的是喝茶，水包皮指的是洗澡。喝茶洗澡，不能在家里，那样就没了滋味。喝茶要到老茶馆，洗澡要到老澡堂，才是人生快意的美事。

清晨，是茶馆最热闹的时候，晚上，则是澡堂最喧嚣的时刻。想想也对，如果没有人和人之间的交流和来往，生活也就太枯燥了，没有了乐趣。有人的地方才有生机，有人的生活才会和谐。

以前的乌镇，不足万人，但是大大小小的茶馆就有六十多家。几乎每条街巷里都有挑起的茶幌子，每家茶馆都有自己忠实的茶客。记住书上的一句话："江南水乡的风情韵致就在袅袅茶烟中悠悠展开，乌镇人的一天生活也在茶馆吆喝声里慢慢拉开帷幕。"

酒馆饭店有高有低，有极尽奢华的大酒楼，也有三两种特色小菜的路边摊。茶馆也一样，因规模档次的不同而有了阶层。乌镇的茶馆一般分为两种，乌镇最繁华的中市，聚集着许多上了档次、历史悠久的茶馆，比如访卢阁、明月楼、三益楼、常春楼、天韵楼等，建筑古朴典雅，古色古香，窗明几净，环境舒适精致，很适合游客的口味。来此饮茶的茶客，自然多是有些讲究的。从前来这里喝茶的人多是些身份比较尊贵的，乌镇人称为"街庄客"，现在大多是观光旅客。

分散在东南西北四个小栅的那些小茶馆，则代表了乌镇原汁原味的风貌，这里喝茶的主顾除了当地居住的平常老百姓，就是那些四乡里来镇上做买卖的乡亲。他们将菜篮子往街边一放，一边喝茶一边叫卖。乌镇人把这些老百姓的茶客，称为"乡庄"，在这里喝茶的就是"乡庄客"。按照从前的惯例来讲，乡庄只做上午，而街庄常做下午。现在的茶馆，几乎是一整天都开门纳客，生意都还不错。因为来乌镇旅游经商的人太多了，走在街上听听说话，找不出几个乌镇本地口音的人。

在这些茶馆当中，最负盛名的当然首推访卢阁。相传茶圣陆羽曾来此拜访茶馆主人卢仝而得其名。除了这个传说，主要是访卢阁地理环境好，倚河而建，面向中市大街，俯临东市河；开门可以看见桥，推窗就是河。位置不仅优越，环境也十分雅致，很有情调。

对于游客来说，想雅的，去访卢阁；想俗的，去东栅的一间房，各有各的风致，各有各的情调，两边都去的这叫雅俗共赏。好茶差茶，都是价格比出来的，其实本来就没什么区别。茉莉花的味道，喝不出龙井的豆香来。富贵人去的地方，别看表面上阳春白雪，风雅十足的，其实骨子里还不一定舒服。老百姓每日离不开的地方，也许便宜，感觉下里巴人，但是有滋有味的生活就在粗茶淡饭里。

在乌镇，生活节奏很慢。茶馆的晨风里都飘着茶香，一杯茉莉花茶舒展开一天的生活，一壶菊花茶纵容着脚步的闲散。茶馆里的话题是说不完的家庭琐碎，道不完的岁月悠长，都是说客，也都是听客。人老了，便有资格在茶馆里揉着惺忪的睡眼休闲，便有了可以看淡了所有是非的资本。

我觉得雨中喝茶是我们在乌镇做过的最风雅的事情了。信步走在细雨中，随意走进一家茶馆，喊着："店家来壶茉莉花茶。"喝茶是一种生活，也是一种态度。再高级点说，喝茶是一种艺术，一种境界。再时尚点说，喝茶是一种情调，一种范畴。善饮者，不会以茶的贵贱，水的优劣，左右自己对茶的领悟。当然好茶、优质茶，好水、优质水，给人切身的感觉是不同的，愉悦程度也是不同的。

有人认为茶有阶层，士、贵、富、平等。那么说，酒也是有阶层的，香烟也有阶层。所谓阶层就是有金钱的成分在里面，这就真的世俗化和狭义化了，会失去太多本真，没了对生活和思想的感悟和体会。

我喜欢喝茶，什么茶都喜欢喝，只要是茶就喜欢。就像是我喜欢美食，走到哪里，都要品尝到哪里。不管是什么风味的美食，只要我的思想意识能够接受的，我都会尝试。这也算是我对人生的一种诠释，一种对人对事的豁达态度。其实，人最后所形成的气质，根本上是人生阅历和修养决定的，不是与生俱来的。

朋友说，喝茶可以改变一个人的情感态度、价值观，这句话我非常赞同。喝茶让人们懂得了真正平凡而快乐的生活。千姿百态的茶，都有它独特的风味和特定的品质。至于细化到科学以及微观的地方，那是专家们研究的事情了。对于一般人来说，茶是生活的一部分，喝茶是习以为常、自然而然的事情。

老话说得好：老百姓开门生活七件事，柴米油盐酱醋茶。连酒都没有列在里面，可见这茶是老百姓每日生活必不可少的。在乌镇，俗语里排在最后一名的茶，可能要跃升排在第一位。乌镇人一天的生活，除了茶，别的都可以暂时放弃。没有茶的一天，是不可想象的一天，是乌镇人无法过下去的一天。

喝茶，在乌镇不仅是老人的事，妇女儿童也是离不开的。连坐在茶馆边卖菜边喝茶的乡下大婶子大娘们，都离不开茶。下午放学的时候，经常可以看见茶馆里围坐在一起学习的孩子们，他们一边写作业，一边喝着茶水。至于像风景一样的老奶奶们，坐在水阁内，花窗下，街门里，手里织着绣着，时不时抬起慈祥的眼睛瞅一瞅来来往往的人，还要抿上一口紫砂壶里的茶水。

对于乌镇人来说，在家里喝茶和在茶馆里喝茶是大不一样的。在乌镇待的不长，仅仅几天的时间，我也领悟了其中的妙处。茶馆里街坊邻居、亲朋好友，喝着茶聊着天，说着也许不关生计、不关农耕、不关儿女的话题。或许只是迷糊着眼，听着别人在讲。感觉就是在一张画框里，看见了你，也看见我。

乌镇茶馆也算是一种文化，不仅是现象也是载体。过去的老人们喜欢到茶馆，还有一个因素，那就是茶馆里有评弹。有茶馆，就有评弹，这句话说得不算太过。在乌镇只要大一些的、大众化的茶馆都会有评弹，就像北方的茶馆，有曲艺才算是有特色的。

茶是生活的一部分，评弹也是生活的一部分。来乌镇旅游的人，都情不自禁地喜欢上乌镇的茶馆，在茶馆里一边怀旧一边畅想未来。品一壶清茶，听一曲评弹，发发呆，放放空，将流光抛撒，做一个难得的闲人。

乌镇的街道临河而建，临河的一边称作下岸，街道的另一边则称作上岸。上岸的民居一般都是深宅大院，临街的只有两三间门面，纵深的却有多进，最多有六进七进。下岸的民居有一部分延伸至河面，下有木桩或石柱打在河床中，上架木梁，用木板搭成水上小屋，就是俗称的水阁。所以说水阁是乌镇的灵气所在，因为有了别具一格的水阁，乌镇的风貌才更有韵味，水乡的气质才更为优雅。

水阁茶馆，在乌镇不太多，一般的游客是寻不着的。因为它隐藏在悠长寂静的深巷里，属于那种比街庄还高级一些的特殊雅庄。雅庄就是所谓的文人雅士聚集的地方，在这里喝茶的多是在乌镇有头有脸的文化人。有钱没钱都是可以来雅庄的，但是要够条件，一般都是有些名气的文化人。

有名气的文化人也不一定是人尽皆知那种，可以是没事弄堆废铜烂铁号称前沿艺术家的人；可以是才华横溢，却偏偏靠买卖文字或摄影作品混碗饭吃的；还可以是靠着嘴皮子过活的；只要是跟文化艺术沾边的，都算是具有了雅庄接待的资格。雅庄是自助的，没有服务员，来这里喝茶的人可以喝了茶，抹抹嘴就走，没人拦；也可以放下一两张百元钞票，高兴了，扔根金条也很正常。这里还经常自发地组织非专题研讨会，你说东，他说西，管它沾边不沾边，只要参与就好。反正也不是看你有多么大的才华，有多么超然卓群，有多么特立独行，有多么不可思议。你讲你自己想说的故事，他说他的愤世嫉俗，什么离奇古怪的思想都可以在这里得到共鸣。

出了雅庄，沿着小路一直走到尽头的一个小巷里，可以看见一家没有字号的小茶馆。小茶馆门前的小路窄到迎面而来的两人必须有一个错个身子才能通过，一条高低不平的石板路，还有好几个小坑。茶馆虽然没有字号，但是门口五冬六夏挂着一个幌子，上面的图案就是牡丹花下的一把茶壶和两个茶碗。茶馆里面也不大，也没有常见的那种桌椅板凳，都是席地而坐，茶客面前随意放着小炕桌，有的还是三条腿。但是垫着桌脚的有可能是来自巴西的紫水晶矿石。茶馆里优雅干净，更主要的是格调超绝。茶馆的后墙上是一大排书架，茶客们可以一边喝着茶，一边随意在书架上挑书看。满墙壁都是艺术品，书画、木雕、草编、竹艺、照片，什么都有。据说，这都是来这里喝茶的常客自己布置的，他们把这间小小的茶馆当作了自己的家。

在乌镇的时光里沉浸，我喜欢上了在乌镇的茶馆里喝茶的感觉，看着普普通通的老人说着听不懂的方言，心里无比踏实，心情也无比愉悦。这里的人，也许还睡眼惺忪，但却已经喝了清晨的第一杯茶。

这里的人们把目光放在小桥流水间，寻着河上来来往往的小船，等待清晨第一道霞光。乌镇伴着人们的第一口早茶，醒来。